「這雖然是遊戲，但可不是鬧著玩的。」

──「SAO刀劍神域」設計者．茅場晶彥──

SWORD ART ONLINE
Aincrad

REKI KAWAHARA

abec

bee-pee

001

飄浮在無限蒼穹當中的巨大岩石與鋼鐵城堡。

這便是這個世界所能見到的全部景象。

在一群好奇心旺盛的高手花了整整一個月測量後，發現最底層區域的直徑大約有十公里，足以輕鬆容納下整個世田谷區。再加上堆積在上面高達百層的樓層，其寬廣的程度可說超乎想像。整體的檔案量大到根本無法測量。

這樣的空間內部有好幾個都市、為數眾多的小型街道與村落、森林和草原，甚至還有湖的存在。而連接每個樓層之間的階梯只有一座，階梯還都位於充斥怪物的危險迷宮區域之中，因此要發現並通過階梯可以說是相當困難。但只要有人能夠突破阻礙抵達上面的樓層，上下層各都市的「轉移門」便會連結起來，人們也就可以自由來去樓層之間。

經過兩年的時間，這個巨大城堡就這樣被逐漸地往上攻略，目前已到達第七十四層。

城堡的名稱是「艾恩葛朗特」。這座持續飄浮在空中、吞噬了將近六千人，充滿著劍與戰鬥的世界。它的另一個名字是——

「Sword Art Online刀劍神域」。

1

閃爍著深灰色光芒的劍尖，淺淺地劃過我的肩膀。

那固定顯示在視線左上角的細長橫線，好不容易縮短了長度。同時，似乎有隻冰冷的手掌，撫摸過我胸口深處。

橫線——那稱為ＨＰ條的藍色條狀物，可以看出我的生命殘值。雖然它還有八成左右的殘值，但不能把事情看得太過於樂觀。因為相對來說，我已經朝死亡深淵前進了兩步。

在敵人的劍再度進入攻擊動作之前，我就先往後跳開一大步，以保持與敵人之間的距離。

「呼……」

硬是吐了一大口氣來調整一下氣息。在這個世界的「身體」雖然不需要氧氣，但在另一邊，也就是躺在真實世界裡的真正身體，現在呼吸應該非常劇烈。而隨意擺放的手應該正流著大量冷汗，心跳也加速到破錶了吧。

這也是理所當然的事。

就算我眼前所見全部都是虛擬的立體影像物件，減少的也只是數值化的生命值，但我現在的確是賭上自己的性命在戰鬥。

從賭上性命這點來看，這場戰鬥真是相當不公平。因為，眼前的「敵人」——這除了擁有閃耀著光芒的深綠鱗片皮膚與長手臂外，還有著蜥蜴頭與尾巴的半人半獸怪物，不只外表不是人類、甚至沒有真實的生命。它只不過是不論被殺掉多少次，都可以由系統無限重生的數位檔案集合體。

——不對。

目前，操縱這隻蜥蜴人的ＡＩ程式正在觀察、學習我的戰鬥方式，用以不斷提升自己的應對能力。但這些學習檔案，在該個體消滅後便會重置，而且不會反饋到下次出現在這個區域的同種個體上。

所以，就某種意義上來說，眼前的這個蜥蜴人也算是活著。可以說是這個世界上獨一無二的存在。

「……也是啦。」

雖然不可能理解我的自言自語，但是蜥蜴男——等級82怪物「蜥蜴人領主」，竟然露出牠那排列在細長下顎上的尖牙，嗚呵呵的笑了一下。

是真的。這個世界的一切都是真實的。沒有什麼是想像當中的虛擬怪物。

我把右手握著的雙刃直劍架在身體中央，擺好姿勢。

蜥蜴人也舉起左手的圓盾，右手的單刃彎刀向後縮去。

微暗的迷宮通道上，一股不知道從哪裡吹過來的風，將牆壁上的火把吹得晃動了起來。火焰閃爍著反射在潮濕的石板上。

「嗚哇哇！」

蜥蜴人領主的腳向下一蹬，伴隨著淒厲的咆哮聲往這邊衝了過來。彎刀從遠處劃出一道銳利弧線，在空中留下炫目又鮮明的橘色軌跡，直往我懷裡進逼。這是彎刀類別裡屬於上位的劍技，單發型重攻擊技「弦月斬」。這是能在〇．四秒內越過四公尺射程進攻的優秀突擊劍技。

可惜的是，我已經先預測出牠的攻擊模式。

其實我是故意不斷拉開我們之間的距離，好誘導敵人ＡＩ學習系統做出這樣的攻擊。躲過離鼻尖只有幾公分距離的刀鋒，一邊聞著傳進鼻子的焦臭味，我放低姿勢衝進了蜥蜴人懷裡。

「嘿呀……！」

右手中的劍跟著吼叫聲橫砍出去，刀刃伴隨著水藍色特效光，深深刺進了鱗片較薄的腹部，鮮紅色光芒代替血液飛濺而出。接著響起「呀」一聲沉重的悲鳴。

但劍並沒有就此停住。隨著砍擊，系統自動輔助我的動作，以超乎常理的速度發出下一波攻擊。

這就是這個世界裡決定戰鬥勝負的最大要素，「劍技」──「Sword Skill」。

從左邊向右回砍的劍再度撕裂蜥蜴人胸口，我接著將身體迴轉一圈，將第三道攻擊深深地切入敵人身體。

「嗚咕嚕嚕哇！」

蜥蜴人在從大技揮空後的僵硬中恢復的瞬間，右手的彎刀伴隨著不知是憤怒或是恐懼的怒吼高高舉起。

但是我的連續技也還沒結束。向右切開的劍彷彿彈簧反彈般往左上角彈跳，直擊敵人心臟——也就是敵人的最大弱點。

四次的連續攻擊，在我周圍畫出正方形水藍色光線，炫目地擴散開來。這就是水平四連擊劍技，「水平方陣斬」。

鮮明的光效照亮了迷宮的牆壁，接著變淡消逝。同一時間，蜥蜴人頭上的ＨＰ條也一點不剩地完全消失。

綠色巨大身軀發出漫長的臨死叫聲，一邊向後倒去，在不自然的角度下忽然停止——接著發出玻璃破碎般的巨大聲響，變成細小的多角碎片爆開來。

這便是這個世界的「死亡」。短暫、簡潔，一種不留下任何痕跡的完全消滅。

看了一眼浮現在視線中央，顯示獲得經驗值的紫色字體與道具列表，我把劍左右揮舞了一下，收進背後的劍鞘裡。接著我後退了幾步，直到背部碰到了迷宮牆壁才慢慢地滑坐到地上。

先將悶在胸口的氣大口地呼出來，再緊緊閉上雙眼。或許是長時間單獨戰鬥所帶來的疲勞，太陽穴深處傳來沉重的刺痛感。用力地搖了幾次頭，擺脫了刺痛的感覺後，才再度睜開了我的眼睛。

視線右下角那個小小發著亮光的時刻表，顯示時間已經超過下午三點。現在不離開迷宮的話，就趕不及在天黑之前回到城鎮了。

「該回去了……」

雖然沒有任何人會聽見，但我還是一個人自言自語，慢慢地站起身來。

一整天的「攻略」終於結束。看來今天也很幸運地從死神手中逃脫。但是回到居處，經過短暫休息後，立刻又得面對明天的戰鬥。就算做好了萬全準備，只要不斷進行這種勝率不是百分之百的戰鬥，總有一天會遭到命運女神背叛。

而最大重點就是——在我抽中王牌之前，是否能「完全攻略」這個世界。

如果以生存為最優先考量的話，完全不離開屬於安全範圍的城鎮，耐心等待有人完全攻略的日子到來，才是最聰明的辦法。但是我卻不採取這種方法，每天都單獨潛入最前線，不斷以死亡的危險來換取自己升級，這究竟是已經中了這個虛擬實境大規模線上遊戲的毒，還是——

想靠自己的劍來解救整個世界的我，根本就是個超級大笨蛋呢，雖然這麼說可能有點太過於自傲了。

想到這裡嘴角不禁揚起了一絲自嘲的微笑。我一邊朝著迷宮區的出口走去，一邊忽然回想起那一天的事情。

兩年前。

想起那個一切全都結束，又重新開始的瞬間。

2

「嗚哦……哇呀……嗚咿！」

配合著奇怪的吼叫聲，胡亂揮舞的劍尖只是不斷切著空氣。

緊接著，身軀雖然巨大卻能以敏捷動作躲開劍刃的藍色山豬，朝著攻擊者發動猛烈的突進。看見攻擊者被山豬扁平的鼻子給撞飛，在草原上打滾的樣子，我不由得笑出聲來。

「哈哈哈……不是那樣。重要的是一開始的動作啦，克萊因。」

「痛痛痛……這傢伙……」

嘴裡一邊咒罵著一邊站起身來的攻擊者——隊伍成員克萊因看了我一眼，很沒出息地回了我一句話。

「你說的我也知道，桐人……但那傢伙會亂動啊。」

我在幾個小時前，才剛剛認識這個用額上的頭巾將紅色頭髮豎起來，瘦長身軀上裹著簡樸皮革鎧甲的男人。如果是用本名，我們根本就還沒熟到能直呼對方的名字。但是他的名字克萊因、和我的名字桐人，都只是為了參加這個遊戲所命名的角色名稱，所以加上先生或同學這些稱謂反而會顯得相當滑稽。

看見克萊因搖搖晃晃的腳步，我心裡想著，他應該是頭暈了，於是用左手從腳邊的草叢撿起一顆小石頭，肩膀確實擺好動作。系統檢測出劍技的起始動作後，小石頭開始發出些微的綠色光芒。

接著，左手上的小石頭一閃之後，便在空中畫出一條鮮明的光線，直接命中了準備再度進攻的山豬眉間。山豬發出「噗嘰！」一聲的怒吼，將目標轉往我這個方向。

「當然會動啦，這可不是訓練用的稻草人。但是只要確實做出動作來發動劍技的話，接著系統就會讓技巧命中敵人了。」

「動作……動作……」

克萊因嘴裡一邊像唸咒語一樣重複呢喃，一邊輕快地揮動右手的海賊刀。

藍色山豬，正式名稱為「狂躁山豬」，雖然只是等級1的小嘍囉，但在不斷揮空和遭受反擊之下，克萊因的ＨＰ已經減少了一半左右。雖然就算死亡也能馬上在附近的「起始的城鎮」復活，但要從那邊走到這個練功區還得花上一段時間。而且這場戰鬥再進行下去，大概也只剩下一次左右的攻防。

我一邊用右手的劍抵擋住山豬的攻擊，一邊側頭考慮著。

「該怎麼說才好呢……不是說一、二、三然後照順序擺出動作，接著砍下去就好，而是要

在起始動作時稍微停頓一下，感覺到技巧已經準備好了之後才磅！地一聲砍下去……」

「是這樣嗎？」

那張在印著低俗圖案頭巾下的剛毅臉孔，一邊露出了難為情的表情，一邊將曲刀舉在中段的位置。

一吸一吐的深呼吸之後，重心放低，像要把刀扛在右肩上似地往上舉。這次系統終於感應到規定的動作，慢慢劃出弧形的刀刃發出橘色光輝。

「喝呀！」

克萊因在發出渾厚吼叫聲的同時，左腳用與之前完全不同的流暢動作往地面一踢。響起「咻鏘！」一聲聽起來相當舒服的效果音後，刀刃在空中劃出火焰般的痕跡。單手用曲刀基本技「掠奪者」漂亮命中進入突進狀態的山豬脖子，將牠同樣只剩下一半的HP給消滅了。

發出「嗚嘰」這種可憐的死前哀號後，巨大身軀便像玻璃一樣破碎。我的面前浮現出用紫色字體所顯示的經驗值獲得量。

「太棒了！」

克萊因做出誇張的勝利姿勢後，帶著滿臉笑容轉向我，然後高高地舉起了左手。與他用力擊掌慶賀後，我也不禁笑了起來。

「恭喜你首次獲勝。但是……剛剛的山豬，就跟其他遊戲裡面的史萊姆一樣。」

「咦，真的假的！我還以為那是中頭目哩。」

「怎麼可能。」

笑容逐漸轉變成苦笑後，我把劍收回背後的劍鞘裡。

我嘴裡雖然開著玩笑，但其實很能理解克萊因的喜悅與感動。在這場戰鬥之前，都是由比克萊因多了兩個月經驗跟知識的我打倒怪物，所以他到現在才總算嘗到用自己的劍粉碎敵人的那種爽快感。

或許是想要複習吧，克萊因一邊發出高興的怪聲，一邊重複使出了相同的劍技。我暫時先拋下他不管，往四周看了一圈。

往四方蔓延的廣大草原，在開始略帶紅暈的陽光照耀下閃閃發亮。遙遠的北方浮現出森林輪廓，南方則是閃著光的湖面。東邊可以稍微看到一點城鎮的城壁，而西邊則是無限延伸的天空與被染成金色的雲群。

目前，我們位於巨大浮遊城堡「艾恩葛朗特」第一層南端的開始地點，「起始的城鎮」西側的寬廣區域。周圍應該有為數不少的玩家與我們一樣正在和怪物戰鬥，但因為這空間實在太過於寬廣，所以我們的視野內沒有看到別人存在。

好不容易才滿足的克萊因將劍收進腰間的劍鞘裡，然後往我這裡靠近，接著跟我一樣視線往四周環繞了一圈。

「話說回來……不論看幾次都難以相信。這裡竟然是『遊戲裡面』。」

「雖說是遊戲裡面，但也不是魂魄被吸進遊戲世界什麼的。只是我們的腦代替眼睛、耳朵，直接看到、聽到由『NERvGear』利用電磁波傳送進來的情報……」

我聳聳肩說著，克萊因就像個孩子似地噘起嘴來。

「你這傢伙或許已經習慣了。但這可是我第一次體驗『完全潛行』！這真是太厲害了……真的，能生在這個時代真是太好了！」

「你這傢伙太誇張了。」

我雖然笑著，但心裡也有完全相同的感覺。

「NERvGear」

就是運作這個VRMMORPG（虛擬實境大規模線上角色扮演遊戲）——「Sword Art Online刀劍神域」的遊戲機名稱。

而它的構造與上一世代的定點式遊戲機完全不同。

與需要平面螢幕裝置與手握控制器這兩個人機介面的舊式遊戲機不同，NERvGear的介面只有一種而已。那是將頭部到臉部完全覆蓋住的流線型頭盔。

它的內側埋藏了無數的信號元件，而頭盔則藉由這些元件所產生的複數電場，與使用者的腦部直接連結。使用者不需要使用自己實際的眼睛與耳朵，就能因為機器直接給予腦的視覺皮質區及聽覺皮質區情報，而讓使用者有看到與聽到的感覺。其實除了聽覺與視覺外，觸覺、味覺與嗅覺，也就是所謂的五感，全部都能由NERvGear讀取出來。

將頭盔戴上，並鎖上下顎的固定桿後，只要從嘴裡說出開始指令「開始連線」這句話的瞬間，所有噪音都將遠離，視線也由一片黑暗包圍，接著只要穿過從中央出現的七彩光環，就能處於完全由數位檔案所建構起來的世界裡。

總而言之。

半年前，在二〇二二年五月發售的這部機器，終於完全將「虛擬實境」給實現了。開發出NERvGear的大型電子機器廠商，將連結至其創造出的假想空間稱為「完全潛行」。

這實在是個相當符合實際狀況的名稱。因為一旦連結後，就真的與現實世界完全隔離。因為使用者不只是接收假想的五感情報而已——連由腦部向自己身體所發出的命令也會遭到阻斷與回收。

這可以說是為了在虛擬空間裡自由行動所必須的機能。若是腦部對在現實世界的身體所下達的命令依然有效，比如說，完全潛行中的使用者一旦在假想空間內產生了「跑步」這樣的想法，真實世界裡的身體也將同時跑動起來並撞上房間的牆壁。

正因為NERvGear會將延髓往肉體發出的命令訊號回收，接著將命令轉變為活動虛擬角色的數位訊號，我和克萊因才能在假想戰場上，自由地東奔西跑並且揮舞我們手上的劍。

完全進入遊戲當中。

這種體驗給人的衝擊性，讓包含我在內的許多遊戲玩家深深為之著迷。幾乎足以確定自己不會再回到觸碰螢幕、或感應條程度的介面去了。

我對眺望著隨風擺動的草原以及遠方城壁，而感動到眼眶濕潤的克萊因問道：

「那這套『SAO』也是你第一次玩的NERvGear遊戲嗎？」

克萊因那張猶如戰國時代年輕武士的威風臉孔轉向我之後，「嗯」一聲點了一下頭。

他面露認真表情時，的確帥到能在時代劇裡扮演主角。但是這個外表當然不是他在現實中的容貌，這是從零開始微調了許多不同參數後，創造出來的遊戲角色。

當然，我的角色也同樣帥到讓人有點不好意思，他具備有如同奇幻冒險動畫裡的主角一般的容貌。

克萊因用他那應該也與現實世界裡不同，強而有力的美聲繼續說道：

「說起來，應該是買了『SAO』後，才趕快去買了遊戲機。因為第一批出貨量只有一萬套而已，我可以算很幸運了。嗯……不過說到幸運，抽中SAO封閉測試玩家的你，可以說比我還要幸運十倍才是。那應該只限定一千人而已吧！」

「嗯、嗯，應該是吧。」

由於一直被盯著看，我不由得搔了搔頭。

到現在我還是無法忘記，當看見各大媒體強力報導出「Sword Art Online刀劍神域」這個遊戲名稱時，我所感覺到的那種興奮與狂熱感。

NERvGear雖然實現了完全潛行這種新世代遊戲環境，但是對應這種嶄新機械構造的遊戲軟體卻都不怎麼有趣。每一款都是小而精美的解謎、教育、環境系的遊戲，像我這樣的遊戲中毒者，對這種情況可說累積了相當多的不滿。

NERvGear能創造真正的虛擬世界。

但是，創造出來的卻只是走個一百公尺就會碰到牆壁的狹小世界，那根本就是本末倒置嘛。從機體發售開始，就夢想能夠進入遊戲世界的我以及其他遊戲狂們，會開始期待某種類型的遊戲，也是理所當然的。

我們期待的當然就是對應網路連線的遊戲——而且是有數千、數萬的玩家同時上線，培育自己的分身來戰鬥、生活的線上角色扮演遊戲。

在期待與渴望已經達到臨界點時，遊戲公司充滿信心發表的，就是這款稱為世界首次出現的遊戲種類，虛擬實境線上遊戲「Sword Art Online刀劍神域」了。

遊戲的舞台是擁有一百層樓的巨大浮遊城堡。

每層裡面都有草原、森林、街道，甚至連城鎮都有，而玩家們只能靠著自己手上的武器來闖蕩這些樓層，找出通往上層的階梯並打倒強力守護獸，努力往城堡的頂樓邁進。

這款遊戲大膽地把奇幻冒險線上遊戲裡，一向被認為是必須要素的「魔法」給排除，將其取而代之的是「劍技」這個被設定成接近無限數量的必殺技。之所以會這麼做，是因為想讓玩家運用自己的身體，以自己的劍來戰鬥，令玩家能夠體驗到完全潛行環境的最大魅力。

除了戰鬥用技能外，也有冶鍊或是皮革工藝、裁縫等製造系，還有釣魚或者烹飪、音樂這些日常系等多種技能，玩家們在廣大的區域裡面不只是冒險，還能像文字所描述的一樣，在裡面「生活」。按照個人的意願與努力，也可以在裡面買下自己專屬的房子，然後過著耕田牧羊的生活。

這些情報陸續被發表出來，遊戲玩家們的狂熱程度也跟著水漲船高。

僅限千人的封閉測試玩家，也就是正式開始服務前的營運測試參加者的募集，就有將近當時NERvGear販賣台數一半的十萬人參加。我能夠通過那道窄門順利被抽中，只能說真的是僥倖。更棒的是，封閉測試玩家還能得到正式版的優先購買權這個禮物。

兩個月的測試期間，每一天對我來說都是如夢似幻般的日子。在學校的時候，也是不斷想著技能構成以及裝備道具的事情，一放學就馬上衝回家，一直潛行到快天亮為止。轉眼之間，封閉測試期間便結束了，當培育的角色被重置的那一天，我感受到彷彿被人奪走了半個自己般的失落感。

接著時間終於來到今天——二〇二二年十一月六日，星期日。

下午一點，一切準備妥當的「Sword Art Online刀劍神域」正式開始營運。

當然我也是在三十分鐘前就準備好，時間一到便一秒不差地準時登入遊戲。從伺服器狀況看來，線上人數瞬間就超過了九千五百人。換句話說，其他能買到遊戲的幸運兒應該也跟我的情況差不多。從每家大型購物網站的首批出貨量，都在幾秒鐘內全部銷售完畢，還有人為了昨天的店面販賣，從三天前就熬夜排隊甚至鬧成新聞這幾點來看，就可以知道，買到遊戲的人幾乎百分之百都是網路遊戲的重度中毒者。

這種線上遊戲狂熱分子的模樣，也在這個名叫克萊因的男人身上忠實地表現出來。

當我一登入ＳＡＯ，並且再度踏上了「起始的城鎮」那令人懷念的石板路後，馬上就朝著位於複雜小路裡頭的便宜武器店跑去。克萊因可能是從我那毫不拖泥帶水、直接往前衝刺的模樣，推測出我應該是封閉測試玩家。在叫住我之後，就馬上對我做出「稍微帶我一下嘛！」這樣的要求。

這種才初次見面，就理所當然地要人家帶他的厚臉皮程度，讓我不由得感到相當佩服，只好順勢回答出「哦，哦。那……要去武器店嗎？」這種像導覽ＮＰＣ才會說的話，之後更直接與他組隊，並且在練功區裡面教導他戰鬥的初步方法，一直到現在——這就是我們兩個認識的經過。

老實說，我在遊戲世界裡也跟在現實世界的時候一樣不擅於交朋友。封閉測試時雖然認識

了許多人，但稱得上是朋友的卻連一個都沒有。

但是這個名叫克萊因的男人，卻很不可思議地能夠馬上進入他人的內心世界，還不會讓人感到不愉快。我內心一邊想著或許能跟這傢伙打起長久的交道，一邊再度開口說道：

「那麼……接下來怎麼辦？繼續打怪直到你抓到手感為止嗎？」

「那還用說！……雖然很想這麼回答你……」

克萊因端正的眼睛往右邊一瞥，確認一下顯示在視線角落的時間。

「……但也該下線去吃個飯了。我已經預先叫披薩店在五點半送披薩到我家來。」

「準備得真周到。」

克萊因挺起胸膛，對著發出傻眼聲的我答了一聲「當然」之後，又像忽然之間想起了什麼似的，繼續說：

「啊，對了，等一下我要在『起始的城鎮』裡面，跟之前在別的遊戲裡認識的一群傢伙見面。怎麼樣，我介紹你們認識，要不要加他們當朋友啊？這樣隨時都可以傳訊息，也比較方便吧。」

「咦……嗯——」

我突然不知該說什麼。

跟這個叫克萊因的男人雖然處得不錯，但不保證同樣也能跟他的朋友合得來。反而還有可能因為沒辦法跟他們好好相處，連帶跟克萊因也變得有點尷尬。

「說得也是……」

聽到我不乾脆的回答，克萊因或許是察覺到我的心意了吧，他馬上就搖頭說：

「沒關係，我當然不會勉強你。之後應該還有機會介紹你們認識才對。」

「……嗯嗯。不好意思，謝謝你了。」

道歉完之後，克萊因又再度用力搖搖頭。

「喂喂，應該道謝的是我才對！你這傢伙真的幫了我很大的忙，我一定要找個機會好好謝謝你。不過，當然是精神上的感謝就是了。」

說完之後咧嘴一笑，又看了一次時間。

「……那麼，我先下線了。桐人，真的很謝謝你，以後也請多指教了。」

對著他用力伸過來的右手，我心裡一邊想著這個男人在「別的遊戲」裡，一定是個很不錯的領導者，一邊伸出手回握。

「我才要請你多指教呢。如果還有什麼事想問，隨時可以找我。」

「嗯。全靠你了。」

說完之後，我們的手便放開了。

對我而言，艾恩葛朗特——或者該說，稱為Sword Art Online的這個世界，從這一刻起，就再也不只是屬於娛樂的「遊戲」了。

克萊因退了一步，右手的食指與中指一起筆直舉起，接著往正下方一揮。這是叫出遊戲「主畫面視窗」的動作。一個發著紫色光芒的長方形，立刻與鈴鐺般的效果音一同出現。

我向後退了幾步，往附近適合的石頭上一坐，並且打開視窗。接著開始動起手指，準備整理到目前為止以山豬為對手的戰鬥中，所撿到的戰利品。

這時候……

「咦……」

克萊因忽然發出走調的聲音。

「這是怎麼回事……沒有登出的按鈕？」

聽到這句話，我停下手上的動作，抬起頭來說道：

「沒有按鈕……怎麼可能？仔細找找。」

聽到我用驚訝的聲音說完，高大的彎刀使瞪大了在低俗圖案頭巾下方的眼睛，臉往手邊靠了過去。

在起始狀態下的細長狀長方形視窗，左邊會有幾個選單標籤，右邊則是顯示出自己道具裝備狀況的人形輪廓。而在這個選單的最下方應該會有「ＬＯＧ　ＯＵＴ」——也就是從這個世界脫離的按鈕才對。

我正準備將視線再度移回在幾個小時的戰鬥裡，得到的道具一覽表時，克萊因又稍微提高音量地對著我說：

「真的找不到。你也找找看嘛，桐人。」

「我不是說了，怎麼可能會有那種事嘛……」

我邊嘆氣邊嘟囔道。之後敲了一下自己視窗左上角，那個回起始選單的按鈕。右邊開著的道具欄順暢地關閉起來，視窗回到起始狀態。還有許多空白處的裝備人偶圖案浮現出來，左手邊則整齊排列著選單標籤。

我用相當熟稔的動作把手指移到最下方——

這一刻，我全身的動作停了下來。

沒有。

正如克萊因所說的，封閉測試時——不對，今天下午一點登入時，還確實在那裡的登出按鈕，現在卻消失得一乾二淨。

我凝視著那個空白的地方幾秒鐘後，再度把選單標籤從上面開始慢慢看了一遍，確認過按鈕的位置沒有改變後，我把視線抬了起來。克萊因歪著臉露出「對吧？」這樣的表情。

「……沒有對吧？」
「嗯，沒有。」
雖然有點不高興，但我還是老實地點了點頭，彎刀使看了微笑著摸摸自己強壯的下巴。
「因為今天是遊戲正式上線的第一天，的確有可能會出現這種臭蟲。現在ＧＭ專頻應該已經被塞爆，營運公司可能快哭出來了吧。」
克萊因悠哉地這麼說道，但我卻有點壞心眼地吐槽他說：
「你還這麼悠哉啊？剛剛不是說拜託披薩店五點半的時候送披薩來嗎？」
「啊啊，對哦！」
看到他瞪大了眼睛跳起來的模樣，我的嘴角也不禁上揚了起來。
將不用的物品從因負荷過重而反紅的道具欄裡刪除後，整理完道具的我站起身來，走到嘴裡喊著「糟糕了！我的鯷魚披薩和薑汁汽水怎麼辦啊！」的克萊因身旁。
「總之你也去ＧＭ專頻那邊申訴看看吧。說不定可以從系統那邊直接讓你下線。」
「我已經試過了。根本沒有反應。啊啊，已經五點二十五分了！桐人啊，難道沒有別的方法可以下線嗎？」
克萊因一臉狼狽地張開雙手如此說道——
我臉上原本的微笑整個僵住了。因為有股莫名的不安撫過我的背脊，讓我感到一陣發冷。

「這個嘛……要登出的話……」

我一邊呢喃一邊思考。

要脫離這個虛擬世界，回到現實世界裡自己的房間，就只要打開主視窗然後按下登出按鈕，接著按下從右邊浮現出來的確認選項ＹＥＳ按鈕就可以了。真的很簡單。但——除此之外我也不知道有什麼其他的方法了。

抬頭看向克萊因高高在上的臉龐，我慢慢地搖了搖頭。

「抱歉……沒有。自行登出除了操縱選單外，沒有別的辦法了。」

「怎麼可能……一定還有什麼方法才對！」

像是要否定我的回答似地大聲說完之後，克萊因忽然大吼了起來。

「回去！登出！脫離！」

當然什麼事也沒有發生。ＳＡＯ裡面沒有裝載這種聲音指令功能。

克萊因繼續東喊西喊，甚至開始用力跳了起來。我壓低聲音對他說：

「克萊因，沒用的。說明書上也沒記載任何緊急斷線的方法。」

「但是……這真的很誇張嘛！就算是臭蟲好了，竟然沒有辦法按照自己的意志，回去自己的房間和身體，這真是太過分了！」

克萊因露出茫然的表情，轉身面對我這麼叫著。他所說的其實我也有同感。

真的很誇張，實在太沒道理了。但卻是鐵錚錚的事實。

「喂喂……騙人的吧，真不敢相信。我們現在沒辦法從遊戲世界裡離開了！」

用有點迫切的聲音「哇哈哈哈」笑了幾聲之後，克萊因連珠砲似地繼續說道：

「對了，切斷機體的電源就可以了。不然就是把『頭盔』從頭上拔下來。」

克萊因像是要摘下透明帽子似地把手放到額頭上，我則是內心再度感到有些不安，冷靜地對他說道：

「你說的兩種方法都辦不到。我們現在……沒辦法控制真正的身體行動。我們由腦部向身體發出的命令，全部都在這裡被『NERvGear』……」

我用手指在後腦杓下面，也就是延髓的地方敲了一下。

「……所阻斷，然後變換成活動這個虛擬角色的訊號了。」

克萊因聽完我說的話之後也沉默下來，慢慢地把手放下。

我們兩個人就這麼沉默著各自想著事情。

NERvGear為了實現完全潛行環境，把從腦往脊髓傳達的命令訊號完全取消，轉變成活動這個世界的身體的訊號。在這裡不論多麼用力揮手，現實世界裡躺在自己房間床上的我，手臂卻是連動也不會動一下，這樣才不會因敲到桌角而造成瘀青。

但是，現在正因為這個機能，而讓我們沒有辦法依照自己的意志解除完全潛行狀態。

「……那現在只有等他們消除臭蟲，或現實世界裡有人幫我把頭盔拔下來了。」

克萊因依然用茫然的語調喃喃自語。

我只是默默點了點頭同意他所說的話。

「但我是自己一個人住，你呢？」

稍微猶豫了一下，我還是老實地回答：

「……跟我媽媽和妹妹，總共三個人。所以，如果我在吃飯的時間沒有下去，應該就會被強制解除潛行了……」

「哦？桐、桐人的妹妹幾歲？」

我把眼睛突然發亮，探出身子的克萊因從頭用力推了回去。

「現在這種狀況你還這麼有閒情逸致。我妹是運動社團的，而且最討厭遊戲了，像我們這種人跟她完全不會有交集。比起那種事……」

為了趕快改變話題，我把右手大大伸展開來說道：

「你不覺得……有點不太對勁嗎？」

「臭蟲這種東西本來就是不太對勁了。」

「這可不光是臭蟲那麼簡單的事。發生『無法登出』這種事，可是攸關今後遊戲營運的大問題啊。實際上我們待在這裡的這段時間，你的披薩正逐漸變冷，這也算是造成現實世界裡金

錢上的損失對吧？」

「…………冷掉的披薩比不黏的納豆還要難吃啊…………」

不理會克萊因這種莫名其妙的呻吟，我接著說道：

「這種狀況的話，營運公司不管怎麼樣都應該先把伺服器停下來，然後把所有的玩家強制斷線才對。但是……從我們注意到這個臭蟲到現在已經過了十五分鐘了，別說是斷線，營運公司連個相關公告都沒有，這實在是太奇怪了。」

「唔，聽你這麼一說，的確是這樣。」

克萊因好不容易出現了比較認真的表情，開始用力搓著自己的下巴。他的頭巾被高挺的鼻梁向上推，在臉上形成一片陰影，而他那細長的眼睛正在陰影底下發出銳利的光芒。

如果把這個遊戲的帳號砍掉，我們就不會再相遇了吧！但我們兩個人的分身現在卻在虛幻世界裡，討論關於現實世界的事情，這實在讓我感到有些不習慣。另一方面克萊因繼續說：

「……ＳＡＯ的開發營運公司『ＡＲＧＵＳ』，是以重視玩家權益出名的遊戲廠商對吧！就因為他們值得信賴，所以就算第一次推出線上遊戲，仍然造成大家的搶購。然而第一天就搞出這麼大的問題，這根本就是自砸招牌嘛！」

「你說的沒錯。而且ＳＡＯ還是這類虛擬實境線上遊戲的先驅，如果現在就發生問題，這類型的遊戲或許就會被禁止了也說不定。」

我和克萊因兩個人虛構的臉孔面面相覷，同時低聲嘆了口氣。

艾恩葛朗特的四季是依據現實世界來演變。所以現在也與現實世界一樣剛剛進入冬天。

我深深地吸了一口假想的乾冷空氣後，一邊感受著肺裡假想的空氣一邊把視線往上移。

數百公尺的遙遠上空，第二層的底部被一片淡紫色雲霧給籠罩著。用眼睛順著它凹凹凸凸的平面一路看過去，可以看見遙遠的彼方有一座巨大的塔——也就是往上層的通道「迷宮區」聳立著，同時也可以看見它連結著最外圈的開口部分。

時間已經超過五點半，我瞇起眼睛窺看被夕陽染成一片赤紅的天空。斜射的太陽光讓廣闊的草原閃耀著金色光芒，即使現在身處異常狀況，我依然因這美麗的虛擬世界而感動得說不出話來。

但在這之後。

這個世界卻永遠失去了它原本的面貌。

3

突然，「叮噹——叮噹——」這種像鐘聲——或者說像警報的聲音響了起來，我跟克萊因兩個人都嚇了一跳。

「什麼……」

「怎麼回事？」

我們兩個同時大叫然後看向對方，接著瞪大了自己的眼睛。

因為我與克萊因的身體整個被鮮豔藍色光柱給包圍起來。透過這層藍色的膜向外看去，只見到草原的景色漸漸淡去。

像這種現象，我在封閉測試的時候也經歷過好幾次。這是使用場地移動道具之後的「轉移」。但是我現在沒有握著道具，也沒有唸出指令。就算是營運公司所發動的強制轉移好了，為什麼沒有任何的公告？

一想到這裡，包圍我身體的光線變得更加強烈，讓我沒有辦法看見任何東西。

隨著藍色的光輝逐漸變淡，我又可以看見周圍的景色。但我已經不是身處在夕陽照耀下的草原了。

現在可以看見的，是一片廣大的石板地面、環繞四周的行道樹，以及瀟灑中世紀風味的街道。在前方遠處，還有一座發出黑色光芒的巨大宮殿。

毫無疑問，這裡就是遊戲開始地點「起始的城鎮」的中央廣場。

我與在旁邊張大了嘴巴的克萊因先是面面相覷，接著兩個人同時來回望著將四周擠得滿滿的人群。

看到這群眉清目秀的男女，以及他們身上各式各樣的裝備、髮色，就可以確定他們跟我一樣都是SAO的玩家。看起來人數有數千——應該說將近一萬人。目前遊戲裡的全部玩家，可能都跟我和克萊因一樣，被強制轉移到這個廣場來了。

數秒鐘之間，人群因為搞不清楚狀況而沉默，接著開始慌張地環視周圍。

不久之後，各個地方開始傳出吵雜的聲音，而且音量逐漸變大。耳朵裡不斷聽見「到底怎麼回事？」「這樣就可以登出了嗎？」「快點讓我登出啊！」這樣的話。

過了一陣子，群眾的吵雜聲開始帶有焦躁的氣氛，也開始可以聽見「別開玩笑了！」「GM給我出來！」這樣怒吼的聲音。

忽然間……

有人的叫聲壓下這些吵雜的聲音。

「啊……看上面！」

我和克萊因反射性地往上看。接著，就看見了一種奇妙的景象。

在一百公尺上空，也就是第二層底部，染上了一層鮮紅色棋盤狀的花紋。

仔細一看，就可以發現花紋是由兩個英文單字交互排列而形成。至於那兩個由鮮紅色字型所寫成的單字，則是【Warning】以及【System Announcement】。

一時間感到相當驚訝的我，在看見單字之後，心裡想著「啊啊，營運公司的公告終於來了」而鬆了一口氣。這時廣場裡的喧擾聲也平息下來，感覺上每個人都豎起耳朵準備聽取公告的內容。

但是，接下來的現象卻狠狠地背叛了我的預料。

覆蓋整個天空的紅色圖樣，它的中央部分就像一滴相當濃稠的巨大血滴，慢慢向下滴落。但是血液並沒有滴落地面，而是突然在半空中改變了形狀。

出現在那裡的，是一個身高將近有二十公尺，身穿深紅色兜帽長袍的巨人。

不，這麼說又有點不正確。因為我們是從下面往上看，所以應該可以看到拉得非常低的兜帽裡的臉孔——但是那個部位沒有臉孔，整個是一片空洞，甚至可以清楚看見兜帽內部以及邊緣的縫線部分。而下垂的長長下襬裡面，也同樣只是一片微微的黑暗。

我曾經見過這樣的長袍。那是封閉測試時，由ARGUS社員所擔任的GM一定會穿著的服裝。但在當時，男性ＧＭ一定是長得像魔法師、留著一臉長白鬍子的老人；女性的話，兜帽底下一定是戴著眼鏡的女性虛擬角色。現在可能是因為發生什麼問題而沒有辦法創造出角色，所以至少先讓長袍出現，但深紅色兜帽底下一片空蕩蕩，讓我有種說不出的不安感。

周圍無數的玩家應該跟我有同樣的感覺吧。因為到處可以聽見「那是ＧＭ嗎？」「為什麼沒有臉呢？」這樣的聲音。

這時候，彷彿是要制止這些聲音般，長袍的右邊袖管忽然動了起來。從擴大的袖口裡，可以見到純白色的手套。但是袖子和手套很明顯也是互相分開，完全看不見有肉體的部分。

接著左邊的袖子也慢慢舉起。在一萬名玩家的頭上，空的白色手套往左右張開，感覺像無臉人正在張開自己的嘴，然後馬上就有男子低沉又通徹的聲音從遙遠的上方傳來。

「各位玩家，歡迎來到我的世界。」

我一時無法理解它所說的話。

什麼叫「我的世界」？如果那個紅色長袍是營運公司的ＧＭ，那他的確像神一樣，擁有操縱這個世界的權限，但像這種大家早就知道的事，現在根本沒有必要再提出來。

我跟克萊因啞口無言地對望，這時候紅色斗篷緩緩放下雙手，而它說的話也繼續傳進我們耳裡。

「我的名字是茅場晶彥。是現在唯一能控制這個世界的人。」

由於實在太過驚訝，我的虛擬角色，甚至可能連我真實的身體也一起被嗆到了。

茅場──晶彥！

我知道這個名字。怎麼可能沒聽過。

幾年前，ＡＲＧＵＳ還只是為數眾多的弱小遊戲開發公司當中的其中一家而已，如今能夠發展到被業界稱為最大遊戲開發公司，原動力就是來自於這位年輕的天才遊戲設計師兼量子物理學者。

他不但是ＳＡＯ這款遊戲的開發製作人，同時也是NERvGear這套設備的基礎設計者。

對於身為一個遊戲迷的我來說，茅場是令人非常憧憬的對象。只要是有關於他報導的雜誌，我一定會買，為數稀少的訪談也重複讀到幾乎可以背誦的地步。光是聽到剛剛簡短的聲音，我的腦海裡面就自動浮現經常穿著白衣的茅場那張聰明臉孔。

只不過，到目前為止都只居身幕後，極力避免出現在媒體上，當然也應該從沒擔任過ＧＭ

這種角色的他——為什麼會做出這種事？

整個人僵立的我，努力運轉自己快要停止的思考，希望能夠盡可能掌握現在的狀況。但是從空洞兜帽下面傳出來的話，就像是在嘲笑努力想要理解狀況的我一樣。

「我想各位玩家應該都已經注意到，登出按鈕從主要選單畫面裡消失的情況。但這並不是遊戲有什麼問題。我再重複一遍。這不是遊戲有問題，而是『Sword Art Online刀劍神域』本來的設計。」

「本……本來的設計？」

克萊因沙啞地低聲說道。茅場像是要切斷他的話似的，繼續用低沉的聲音流暢地宣佈：

「今後，各位在到達這座城堡的頂端之前，將無法自己登出這個遊戲。」

我沒辦法馬上理解「這座城堡」這句話的意思。在這座起始的城鎮裡，究竟什麼地方有城堡存在呢？

但是，茅場接下來所說的話，一瞬間就將我的疑惑一掃而空了。

「……此外，沒有辦法靠外部的人來停止或者解除NERvGear的運作。如果有人嘗試這麼做的話——」

短暫的沉默。

接下來的這一段話，就在一萬人屏住呼吸的沉重寂靜裡，慢慢地說了出來：

「——NERvGear的信號元件發出的微波將破壞各位的腦，停止各位的生命活動。」

整整好幾秒的時間，我與克萊因都帶著呆滯的表情對看。

雖然我的腦部似乎拒絕去理解那段話的意思。但是茅場非常簡潔的宣言，卻以凶暴的硬度與密度直接從頭到腳將我貫穿過去。

將腦部破壞。

也就是將人殺害的意思。

將NERvGear的電源切斷，或者解開固定鎖準備將它從頭上拿下來的話，裝戴NERvGear的使用者將會被殺害，茅場的宣言就是這樣。

從人群的各個地方傳出了騷動的聲音。但還沒有大聲喊叫或是暴動的人出現。我想是因為包含我在內的眾人，都尚未或者是拒絕理解茅場所說的話。

克萊因的右手慢慢地舉了起來，似乎是想抓住應該存在於現實世界裡的頭盔，同時也發出了乾笑的聲音。

「哈哈……那傢伙在說什麼啊。這根本不可能。這種事根本不可能辦到嘛。NERvGear……只不過是遊戲機而已。怎麼可能做到……破壞腦部這種事。你說是吧！桐人！」

他的聲音在說到後半段時已經沙啞。而就算他再怎麼凝視著我，我也沒有辦法點頭同意他所說的話。

NERvGear是藉由埋藏在內部的無數信號元件，來發出微弱的電磁波給予腦細胞做某種事情時的擬似感覺。

確實可以說是走在時代最尖端的超科技。但其實與它的原理完全相同的家電製品，日本的所有家庭都早在四十年前就已經接受了。那也就是──微波爐。

只要有充分的輸出功率，NERvGear的確有可能讓我們腦細胞中的水分產生震動，接著藉由摩擦生熱來將我們的腦部蒸熟。但是……

「…………原理上來說並不是不可能……但是我想這一定只是嚇唬人的而已。因為只要把NERvGear的電源線拔掉，它就無法發出那麼高功率的電磁波了。只要它沒有內藏大容量的電池在裡面……的話…………」

克萊因應該已經察覺到我說到一半就沒辦法再說下去的理由了。

這個高個子的美男子用空洞表情呻吟般說道：

「的確……有內藏電池。聽說是占頭盔三成重量的充電電池。但這根本沒道理嘛！如果忽然停電的話怎麼辦！」

說到這裡，茅場彷彿聽見克萊因說的話似的，從上空繼續傳來他的聲音：

「更具體來說，外部電源切斷十分鐘以上、網路斷線兩小時以上、嘗試破壞、拆卸或解除NERvGear本體的固定鎖──只有在上述這幾個條件下，腦部破壞程序才會執行。而這些條件，都已經透過本公司以及媒體在外面的世界發表出去了。順帶一提，現在這個時間點上，已經有不少玩家的家人朋友，無視我們的警告，嘗試強制解除NERvGear，而結果就是……」

大聲響起的金屬性聲音講到這個地方，稍微吸了口氣。

「——很遺憾，目前已有兩百一十三名玩家，永遠從現實世界及艾恩葛朗特裡退場了。」

不知道從什麼地方響起唯一的一聲悲鳴。除此之外，四周圍大多數的玩家不是不能相信，就是不願去相信這個事實，臉上只浮現些許笑容或是呈現恍神狀態。

我的腦部也依然拒絕接受茅場所說的話。但是身體卻率先背叛了自己，我的腳忽然開始發起抖來。

因為膝蓋發抖使得我在往後倒退了幾步後，好不容易撐住自己才沒倒下。而克萊因則是一臉虛脫的表情，整個人一屁股坐到地上去了。

已經有兩百一十三名玩家……

這句話不斷地在我耳朵深處重複播放著。

如果茅場所言屬實——那現在這個時間點，已經有超過兩百人喪生了嗎？

這裡面一定也有跟我一樣是封閉測試的玩家吧。說不定還有我曾聽過角色名稱，或看過虛擬角色臉孔的玩家呢。NERvGear已經把這些人的腦給燒了——茅場的意思是這些人已經死了？

「我才不信……我才不信呢。」

跌坐在石板地面上的克萊因啞著嗓子說道：

「只是嚇唬人的吧。這種事不可能辦得到。別在那邊囉哩八嗦了，趕快把我弄出去啊。我沒那麼閒可以陪你在這邊玩。沒錯……這一切全都是遊戲的活動吧。是為了遊戲開場所做的表演對吧。沒錯吧。」

我的腦袋深處也不斷吶喊著跟克萊因相同的話。

但是，就像要消滅包含我在內所有玩家的希望一樣，茅場那種像在宣布工作事項般的廣播，又再度開始了。

「各位沒有必要擔心放在現實世界裡的身體。現在所有的電視、廣播、網路媒體都不斷重複報導著這個狀況，以及有多數犧牲者出現的情形。所以各位頭上的NERvGear被強制拆下來的危險性，可以說已經降到相當低的程度了。今後，各位在現實世界裡的身體，應該會在戴著NERvGear下的兩小時斷線緩衝時間裡，搬送到醫院或是其他的設施，然後加以慎重地看護才對。希望各位可以安心……把精神放在攻略遊戲上就可以了。」

「什…………」

到這個地步我終於也忍不住了，從嘴裡爆發出尖銳的叫聲。

「到底在說些什麼！居然要我們專心攻略遊戲？在不能登出的情況之下，還能放心地玩遊戲嗎？」

狠狠瞪著飄浮在上一層底端附近的巨大紅色兜帽長袍，我繼續吼道：

「這根本已經不能算是遊戲了！」

結果，茅場晶彥像是又聽到我的話般，繼續用他那沒有抑揚頓挫的聲音平穩地宣布：

「但是，希望各位要特別注意。對各位而言，『Sword Art Online刀劍神域』已經不再只是遊戲，而是另一個現實世界。今後……遊戲中將取消所有復活的機能。所以當ＨＰ變成零的瞬間，各位的虛擬角色將永遠消滅，同時……」

我可以完全預測出他接下來要說的話。

「各位的腦將被NERvGear給破壞。」

一瞬間，有股想要大笑的衝動由腹部深處往上湧，但我拚命忍耐下來。

現在，我視線的左上角有一條發著藍光的細長橫線。仔細一看，上面重疊顯示３４２／３４２的數字。

Hit Point。生命的殘值。

當它變成零的瞬間，我將會真正地死去——根據茅場所說，因為腦部被微波給烤熟而馬上死亡。

這的確是個遊戲。是個真正攸關生死的遊戲。也就是……死亡遊戲。

我在為期兩個月的SAO封閉測試當中大概已經死了上百遍，每次都會伴隨著令人感到不愉快的笑聲，在位於廣場北方的宮殿「黑鐵宮」復活，再次投身於戰場。

所謂的RPG就是這麼回事。它是種不斷死亡、藉由獲取經驗值來提升玩家技能的遊戲。現在竟然說沒辦法復活？而且一日死亡了就會真的失去生命？更誇張的是——還不能夠主動停止這個遊戲？

「……真是太蠢了。」

我低聲呻吟。

在這種條件之下，會有人想跑去危險區域嗎？所有玩家一定都會躲在安全的街區裡面。

但是，對方就像能不斷看透我以及全部玩家的想法似的，又發出了新的宣告：

「能夠將各位從這個遊戲裡解放出來的條件就只有一個。就是我剛剛提過，到達艾恩葛朗特的最高層，也就是第一百層，然後打倒在那邊等待的最終魔王。我保證在那個瞬間，存活下來的全部玩家都可以安全地登出遊戲。」

一萬名玩家全部沉默了下來。

現在我終於能夠了解到，一開始茅場所說的「到達這座城堡的頂端」的真正意思為何了。

這座城堡，指的就是——把我們吞噬在最下層，而上面還有九十九層、持續飄浮在空中的巨大浮遊城堡，艾恩葛朗特。

「全破……要到第一百層？」

克萊因忽然吼了起來，迅速站起身，右拳朝著天空舉了上去。

「怎、怎麼可能辦得到嘛！聽說封測的時候就很難攻上去了！」

克萊因說的沒錯。一千人參加的ＳＡＯ封閉測試，在為期兩個月的時間裡，也僅僅只攻略了六個樓層而已。如今的正式上線，則大約有一萬名玩家潛行在遊戲裡，但只靠這些人要攻略到一百層，究竟得花上多久的時間？

我想被集合在這個現場的所有玩家，應該都在考慮這無解的問題吧。籠罩在現場的寂靜，沒多久便被低聲的喧囂給淹沒了。但是傳出的喧囂中幾乎聽不見恐怖或是絕望的聲音。

我想大部分的玩家應該都還沒辦法判斷，究竟現在的狀況是「真正的危機」，或者只是「開幕活動裡多餘的演出」而已。這是因為茅場所說的話實在太過於恐怖，所以反而沒有什麼真實感。

我抬頭仰望天空，直瞪著那空蕩蕩的長袍看，努力地想要把思緒和目前的狀況整合起來。

現在我已經沒辦法登出這個遊戲。沒有辦法回到現實世界裡自己的房間，也沒辦法回歸自己原本的生活。得有人打倒這座浮遊城堡頂端的大魔王，我們才能回到屬於我們的日常生活。

而在那之前只要有任何一次ＨＰ變成零——我就會死亡。真正的死亡將降臨在我身上，我這個人將永遠消失在這個世上。

但是……

不論我再怎麼努力，也沒辦法把這些情報當成事實。五、六個小時前，我還吃著母親做的午飯，跟妹妹說了幾句話後才上樓。

我沒辦法回到那個地方了？這真是現實的狀況嗎？

這時候，思考永遠比我和其他玩家快上一步的紅色長袍，輕飄飄地動了一下右手，用不帶有任何感情的聲音公佈：

「最後，來讓各位看看這個世界對你們來說，已經是唯一現實的證據。在各位的道具欄裡面有我準備好的禮物。請各位看一下。」

一聽到這裡，我右手的兩根手指幾乎自動地往正下方揮去。周圍的玩家也都跟我做出同樣的動作，廣場上響起一連串的電子鈴聲效果。

從浮現的主要選單上敲了一下道具欄的標籤後，顯示出的持有道具表最上面，有茅場所說的禮物。

道具名稱是——「手持小鏡子」。

心裡一邊想著為什麼要送我們這種東西，一邊點了一下那個名字，從浮現出來的視窗那裡選擇了實體化的按鈕。伴隨著發亮的效果音，馬上就出現了一面小小的四角形鏡子。

戰戰兢兢地將它拿到手上，但卻什麼事都沒發生。鏡子裡所照的，只是我苦心創造出來，有著勇者臉孔的虛擬角色而已。

我一邊覺得奇怪，一邊往站在旁邊的克萊因看了一下。發現那個有著剛毅容貌的武士，也跟我一樣右手拿著鏡子，臉上出現呆滯的表情。

這個時候——

克萊因與周圍的玩家忽然被白色的光線籠罩起來。而在這同時，我自己也同樣被白光所包圍，眼裡所見盡是一片蒼白。

僅僅兩、三秒的時間，光線便消失了，原本的景色再度出現在眼前……

不對。

現在在我面前的不是克萊因那熟悉的臉孔。

板金連結起來的鎧甲、低俗圖案的頭巾以及怒髮沖天的紅色頭髮都跟原來一樣。但只有臉變成另外一個人的樣子。原本細長的眼睛，變成一雙凹陷的銅鈴大眼。細直的鼻子成了長長的鷹勾鼻。而且臉頰和下巴還留著鬍渣。如果說原本的虛擬角色是爽朗的年輕武士的話，那現在的樣子就像是戰敗的武士——或者可以說是山賊。

我完全忘記現在的狀況，只是呆呆地囁嚅道：

「你……是誰？」

結果，眼前的這個男人也問了跟我相同的問題：

「喂……你這傢伙是誰啊？」

這一瞬間，一種預感閃過我的心頭，我也同時了解了茅場的禮物「手持小鏡子」究竟是怎麼回事了。

我迅速地舉起鏡子，瞪大眼睛往鏡子裡面看去，而鏡子裡面出現的……是留著一頭很普通的黑髮，長長的瀏海下有一雙柔弱的眼睛，穿著便服跟妹妹一起出去的話，到現在還常被誤認為是姊妹的細長臉孔。

幾秒之前「桐人」所擁有，如同勇者般堅強的面孔已經不知道消失到哪去了。出現在鏡子裡的——

是我非常不喜歡的，現實世界裡真正的臉孔。

「嗚哦……這不就是我嘛……」

旁邊跟我一樣看著鏡子的克萊因大吃一驚。

我們兩個再度對看，同一時間叫了起來：

「你是克萊因？」「你就是桐人？」

兩個人發出的聲音都因為語音效果停止，而與原本的聲調產生了明顯的變化，但這時候已經沒有多餘的心力去注意這種事情了。

鏡子從我們兩人的手上掉落到地面後，隨著細微的破碎聲消失了。

重新看了一下四周，可以發現，那些幾十秒前還長得一副像在奇幻冒險遊戲裡出現的俊男美女相貌的人，全都不見了。取而代之的，是像把遊戲展覽會場裡眾多的客人聚集起來，然後讓他們穿上盔甲的一群真實世界裡的年輕人。更恐怖的是，男女比例產生了相當大的變化。

到底為什麼會發生這種事呢？我與克萊因以及周圍全部的玩家們，都從自己創造的虛擬角色變成真實世界裡的模樣了。雖然仍是由多邊形材質所構成，細微的地方多少還是有點奇怪，但仍然可以說是相當了不起的模擬程度。簡直就像在我們臉部施加了立體掃描一樣。

掃描——

「……原來如此！」

我抬起頭看著克萊因，從嘴裡擠出細微的聲音道：

「NERvGear以高密度的信號元件將使用者從頭到臉完全覆蓋住。也就是說不只是腦部，它連臉部的表面形狀也能完全掌握……」

「但、但是，像身高和……體重這些資料呢。」

克萊因一面用更細微的聲音回答，一面瞄著四周圍的環境。

周圍啞然失聲地看著自己與其他人容貌的玩家們，平均身高顯然比「變化」之前降低了不少。我為了防止視點的高度差異造成動作上的妨礙，所以把虛擬角色身高設定跟真實世界裡的

身高一樣，這點我想克萊因應該也跟我有相同的想法才對。但是其他大多數的玩家，應該都設定比現實世界裡的身高高出十幾二十公分吧。

還不只如此，身材橫向發展的平均值也著實上升了不少。但是這些方面的資訊，只限戴在頭上的NERvGear應該沒有辦法掃描出來才對。

但克萊因馬上就解答了這個疑惑。

「啊……等等。因為我昨天才剛買了NERvGear，所以還記得很清楚。第一次戴上頭盔時的設定程序裡，不是有個叫做……測定器調整什麼的，要我們到處碰自己的身體嗎。可能就是靠那個來……？」

「啊，嗯嗯……對了，一定就是這麼回事……」

所謂的測定器調整，就是為了重現著裝者的身體表面感覺而進行測量，以「手要移動到什麼樣的程度才能碰到自己身體」的動作掌握基準值的工作。這也等於把自己真正的體格資料，在NERvGear裡面檔案化。

所以在這個ＳＡＯ世界裡，要把全部玩家的分身完全轉變成真實世界相貌的多邊形角色，的確是辦得到的事。

而這麼做的動機可以說是再清楚不過了。

「現實……」

我嘴裡低聲說了這麼一句話。

「那傢伙剛剛說了，這就是現實。這個多邊形的虛擬角色以及……被數值化的生命值都是我們真實的肉體，也是我們的生命。茅場就是為了強制讓我們了解這一點，才會重現我們在現實世界裡的容貌和體格……」

「但是……但是呢，桐人……」

克萊因使勁搔著自己的頭，頭巾底下的大眼睛發著光大聲吼著：

「為什麼？他到底為什麼要這麼做……？」

我沒有回答他的問題，只是用手指了指上面後說：

「再等一下吧。反正他馬上就會回答了吧。」

茅場果然沒背叛我的預測。幾秒之後，染成血紅色的天空傳來了可稱為莊嚴的聲音：

「各位現在心裡一定會想為什麼。為什麼——SAO以及NERvGear的開發者茅場晶彥要這麼做？這是大規模的恐怖行動嗎？或者是為了贖金而犯下的綁票案呢？」

先前語調完全不帶任何感情的茅場，這時候的聲音卻帶有某種情感。雖然場合不對，但我心裡還是忽然浮現出「憧憬」這兩個字。明知應該不是這麼想的時候才對。

「這些都不是我的目的。甚至可以說，我如今已經沒有任何目的或理由了。要說為什麼的話……那是因為對我而言，這個狀況就是最終目的。創造出這個世界並觀賞它，我就是為了這個目的才會發明NERvGear，並創造出ＳＡＯ。而現在，我的所有目的都達成了。」

持續了一段短暫的時間後，茅場那回復成無機質的聲音響了起來。

「……『Sword Art Online刀劍神域』正式營運的遊戲說明就到此為止。各位玩家——祝你們好運。」

最後的一句話殘留了一些回音便消失了。

鮮紅色的巨大長袍無聲無息地上升，從兜帽尖端部分開始，彷彿溶化般逐漸與覆蓋住整個天空的系統訊息同化。

它的肩膀、胸膛以及四肢慢慢沉入血紅色的水面，最後只留下一個波紋擴散開來。接著，佈滿整片天空的訊息又跟出現時一樣，突然消失了。

吹過廣場上空的風聲以及由ＮＰＣ樂團所演奏，城鎮街道上的ＢＧＭ由遠方逐漸靠近，平穩地觸動著我們的聽覺。

遊戲再度恢復成原本的模樣。而唯一的變化，就是遊戲的某些規則有了改變。

緊接著——事情到了這個地步，總算……

一萬人的玩家集團，這才出現應該有的反應。

總之就是許多地方都發出壓倒性的超大聲響，令整個廣場震動了起來。

「騙人的吧……這是怎麼回事，一定是騙人的！」

「別開玩笑了！放我出去！把我從這裡放出去！」

「這樣我很困擾！接下來還跟人有約呢！」

「不要啊！讓我回去！讓我回去啊啊啊！」

悲鳴、怒吼、尖叫、痛罵、請求、以及咆哮。

在短短幾十分鐘裡，就由遊戲玩家變成囚犯的人們，有的抱著頭蹲在地上，有的雙手朝天舉起，有的互相擁抱，有的甚至開始互相謾罵。

聽著無數喊叫聲的同時，我的思緒不可思議地逐漸冷靜下來。

這一切全都是真的。

茅場晶彥所說的全部都是事實。如果是那個男人，的確有可能會做出這種事。應該說他會這麼做一點也不奇怪。茅場給人的那種毀滅性天才的印象，讓人不得不這麼想，而這也正是他的魅力所在。

我會有一段時間——幾個月，或者更長的時間沒有辦法回到現實世界。我將沒有辦法和母親，以及妹妹見面，甚至是交談。而且說不定我已經沒有機會再見到她們了，如果我在這個世界裡死亡——

就代表我將真正死去。

因為腦部被遊戲機，同時也是監獄大鎖跟刑具的NERvGear給燒焦而死。

緩緩吸了口氣，然後吐出來之後，我開口說道：

「克萊因，你過來一下。」

彎刀使在現實世界裡一樣比我高出不少，我抓住他的手臂後，快步穿過開始發狂的人群。看來我們應該是在人群的外圍部分，我們很快就穿出了人群。當走進了從廣場呈現放射狀散開的其中一條街道後，我們馬上衝進停在那裡的馬車陰影中。

「克萊因……」

我用最嚴肅的聲音，再度叫了一次這個男人的名字，雖然他看來仍一副失魂落魄的樣子。

「你聽好了，我現在馬上就要離開這個城鎮前往下一個村莊，你也一起來。」

克萊因瞪大了在低俗圖案頭巾底下的那雙眼睛看著我，我則壓低聲音繼續說道：

「如果那傢伙說的全是事實，那為了在這個世界裡存活下來，我們得拚命強化自己才行。我想這點你應該也很清楚才對，線上角色扮演遊戲這種東西，就是玩家之間的資源搶奪戰。搶到越多系統所提供的有限金錢、道具以及經驗值的人才能變強。跟我們有同樣想法的傢伙……應該會在這座『起始的城鎮』周邊區域不斷地練等，這樣資源馬上就會枯竭了。最後只會變成大家不斷地找尋系統的出怪地點而已，所以趁現在趕快把下個村落當成據點才是最好的選擇。往下個村落的路徑以及危險的地點我都很清楚，就算現在等級只有1也可以安全到達。」

克萊因動也不動地聽著寡言的我把一長串話說完。

過了幾秒之後，他稍微苦著臉說道：

「但是……但是呢。我剛才也說過了，我跟在其他遊戲裡認識的好朋友，一起通宵排隊買了這個遊戲。那些傢伙應該也已經登入，而且剛剛應該也在那個廣場裡才對。我不能放下他們不管……」

「…………」

我屏住呼吸，咬著自己的嘴唇。

我完全可以感受到克萊因那緊張眼神裡所帶著的感情。

這個男人——這個爽朗討喜，應該也很會照顧人的男人，希望我能夠把他所有的朋友也一起帶走。

但是我卻無論如何都沒辦法同意。

如果只有克萊因一個人的話，就算現在等級只有1，我也還有自信能從好戰的怪物手中，保護他安全到達下一個村莊。但如果再增加兩個人——不對，應該說再增加一個人的話，情況就會相當危險了。

如果在路途當中出現犧牲者，而結果也真如茅場所說，那名玩家的腦因此被燒焦，而造成在現實世界裡死亡的話……

這份責任就得歸咎到提議離開安全的起始的城鎮，然後還沒有辦法守護同伴生命安全的我身上了。

我實在無法背負這麼重大的責任。絕對不可能辦得到。

克萊因似乎又聰敏地看出我突然猶豫了起來的原因。他那留著鬍渣的臉頰上，浮現出勉強做出來的爽朗笑容，慢慢地搖了搖頭。

「不……我不能再繼續給你添麻煩了。怎麼說我在上一個遊戲裡也擔任過公會會長，不要緊的，有你剛剛教我的技巧應該就沒問題了。而且……這些有可能都只是無聊的惡作劇，馬上就能夠登出了也說不定。所以你不用在意我，快到下一個村莊去吧。」

「…………」

我保持著沉默，在幾秒鐘之間，內心有了前所未有的強烈掙扎。

接著，我選擇說出了之後整整讓我痛苦了兩年的話。

「這樣啊……」

我點了點頭，往後退了一步，用沙啞的聲音說道：

「那我們就在這裡分手吧。有什麼事的話就傳訊息給我……那我先走了，克萊因。」

克萊因叫住低下頭準備轉身的我。

「桐人！」

「…………」

用眼神詢問他叫住我的意思，但他只是微微抖動臉頰骨，沒有再說什麼。

我輕輕揮了一下手，身體轉向西北——下一個村落所在地的方向。

當我走了五步左右的距離時，背後再度傳來他的聲音：

「喂，桐人！你這傢伙真正的臉還滿可愛的嘛！是我喜歡的類型！」

我苦笑了一下，背對著他直接叫道：

「你現在那張落魄武士的臉才真是適合你呢！」

我就這樣背對著在這個世界第一個認識的朋友，專心地直直往前走。

在往左右彎曲的小路上走了幾分鐘後，回頭看了一下，但當然已經看不見任何人的身影。

我咬緊牙關，將塞在胸口的奇妙感情壓抑下來，開始跑了起來。

跑向起始的城鎮的西北門、廣大的草原與森林，以及越過這些地方之後的小村莊——全力朝著今後將不斷持續下去，永無止盡的孤獨求生戰場跑去。

4

遊戲開始一個月就有兩千個人死亡。

最後，還是沒有辦法從外部解決問題。更糟糕的是，沒有任何由外部傳進來的訊息。

雖然我沒有親眼目睹，但聽說終於相信沒有辦法離開這個世界時，玩家們的恐慌可說是極為瘋狂。當時有人大吼大叫，有人嚎啕大哭，甚至還有人嚷著要破壞遊戲世界，而準備把街道的石板挖起來。當然建築物全都是無法破壞的物體，他們的嘗試都只是徒勞無功罷了。我還聽說全部的人接受這個現實、開始思考今後的方針，已經是過了好幾天以後的事情了。

玩家們一開始大概分成了四個集團。

首先是大約占了一半人數，不相信茅場晶彥提出的獲救條件，等待著外部救援的人們。

我非常能夠了解他們的想法。因為自己的肉體明明就還悠閒地躺在椅子或床上呼吸著。對他們來說，那才是真正的自己，現在的狀況只是「虛幻」，只要一點機會、一個小小的契機，

應該就能回到真實世界了。現在的確沒有辦法從選單裡面登出，但只要在內部發現任何之前沒注意到的事的話，就可以——

不然的話，如今在真實世界中，營運公司ＡＲＧＵＳ以及政府，一定正在盡最大的努力來解救所有玩家才對。其實根本就不需要慌張，只要待在這裡等待一陣子，就可以平安無事地在自己房間醒來，與家人感動重逢，接著成為學校或公司裡的話題人物。

其實他們會這麼想也無可厚非。因為其實我內心也還存有幾分這樣的期待。他們所採取的行動基本上就是「待機」。完全不離開城鎮上一步，只靠著初期所配給遊戲內貨幣——這個世界以「珂爾」為單位來表示——每天只使用一點錢來買糧食，住在便宜的旅館裡，然後幾個人組成一個團隊渾渾噩噩地過日子。

幸好「起始的城鎮」大約占了底層面積的十分之二左右，號稱可以與東京的一個小區相匹敵，所以的確是有足以收容五千名玩家生活，而又不顯得擁擠的空間。

但是，不論等了多久，救援仍然沒有出現。每天從睡夢中醒來，窗外所見的永遠不是藍天，而是一片陰鬱覆蓋在頭頂的上層底部。而只靠初期的資金也沒有辦法永遠維持生活，不久之後，他們也被迫必須開始採取行動。

第二個團體占全部玩家的大約三成。這個有三千人左右的集團，是以互相幫忙來積極求生為目標的集團。而他們的首領，是日本國內最大網路遊戲情報網站的男性管理人。

玩家們在他的手下分成了幾個集團，共同管理獲得的道具並且收集情報，然後前往攻略有通往上層階梯的迷宮區。首領自己的集團，則是占領了面對起始的城鎮中央廣場的「黑鐵宮」，用以囤積物資並給予手下集團各種指示。

這個巨大集團一開始沒有名稱，但從他們開始配給全部參加者制服後，不知道是哪個人便開始以「軍隊」這種挖苦人的名稱來稱呼他們。

第三個團體推定大約有一千人左右，這是群一開始便毫無計畫性地浪費珂爾，但又提不起勁跟怪物作戰來獲得物資，生活因此陷入困頓的人。

順帶一提，即使在虛擬世界SAO內部，也依然會有睡眠以及食慾這兩種生理需求。因為腦部沒有辦法辨別獲取的感覺情報，究竟是來自於現實世界或是虛擬世界，所以玩家們會想睡覺也是理所當然的事情。當玩家想睡時，便到街上的旅館，根據自己財力選擇適合的房間然後進去休息。擁有大量珂爾的話，當然也可以在自己喜歡的城鎮裡，購買自己專用的房間，但那不是簡單就能存到的金額。

至於食慾則讓許多玩家感到不可思議。雖然實在不願意去想像在現實世界裡，身體的狀況究竟如何，但應該是有用某種手段強制給予身體所需要的營養吧。總之，就算因感到肚子餓而

在這裡吃東西，現實世界的胃裡也不可能有食物出現。

但是，實際上在遊戲裡吃進假想的麵包或是肉類等食物後，空腹感確實會消失並且感到飽足。但這些現象的原理，我想就得去請教腦部的專家了。

反過來說，只要空腹感一出現，沒有進食的話，肚子餓的感覺就絕不會消失。雖然我覺得應該不至於會因為絕食而死，不過這仍是相當難以忍耐的慾望，所以玩家們還是每天都衝進NPC經營的餐廳，拚命把虛擬食物塞進自己胃裡。雖然有點多餘，但還是提一下，在遊戲裡面沒有排泄的必要。至於在現實世界裡的排泄問題，則是比進食更讓人不願意去想像。

好了，讓我們回歸主題——

一開始便把錢用光的人，姑且不提睡覺的地方，由於沒辦法吃飯，在不得已的情況下，大部分都選擇參加之前提過的共同攻略集團「軍隊」。因為只要聽從上級的指示，至少就能獲得配給的食物。

但不論哪個世界裡都會有缺乏互助精神的傢伙存在。壓根沒有考慮過參加什麼集團，或是犯下過錯而被放逐的人們，便把起始的城鎮的貧民窟當成根據地，開始幹起強盜這種勾當來。

在城鎮當中，也就是所謂的「安全圈內」，系統將會自動保護玩家，所以玩家無法有任何互相傷害的行為。只不過在城鎮外就沒有這種限制了。這些墮落者聚集在一起組成幫派，躲在城鎮外面的區域或是迷宮區裡，襲擊某種意義上比怪物更有油水，而且危險性更低的獵物，也就是其他玩家。

搶劫歸搶劫，他們也還不至於會去「殺人」——至少剛開始的第一年是如此。這個集團的人數一點一點地增加，剛剛也有提過，現在人數推測應該有一千人左右。

最後是第四個團體，簡單來說就是剩下來的人們。

以攻略為目標，但不屬於巨大集團的玩家們所組成的小集團大約有五十個，人數大約是五百人。這些集團被稱為「公會」，他們善用軍隊所沒有的機動力，來進行確實的攻略與戰力增強行動。

此外，還有非常少數選擇職人、商人職業的人。雖然他們只有大約兩、三百人的規模，但他們也組成了自己的公會，為了賺取生活所需的珂爾而進行技能的修行。

剩下不到一百個的人，就是我所隸屬的團體——人稱「獨行玩家」的一群人。

這是認為不屬於任何集團、只靠獨自一人來進行強化，才是最有效生存手段的利己主義團體。這些人幾乎全是封閉測試的參加者。利用他們的知識從遊戲一開始就全力衝刺，在短期間內便提升了自己的等級，而在得到可以獨立對抗怪物與盜賊的力量之後，老實說，與其他玩家一起戰鬥一點好處都沒有。

更何況這個名為ＳＡＯ的遊戲，因為沒有「魔法」、也就是「必中的遠距離攻擊」的存

在，所以單獨一人也可以輕易對付複數怪物。只要有熟練的技巧，獨行玩家獲得經驗值的效率比組隊玩家要好多了。

當然獨行玩家也有其風險性。例如組隊的話，可以讓隊友幫忙補血，而只有自己一個人的話，只要遭到「麻痺」攻擊就有可能直接面臨死亡。事實上在遊戲初期，獨行玩家的死亡率是在所有玩家類別裡面最高的一種。

但是只要擁有足以迴避危險的充分知識與經驗，就保證能獲得高於風險的報酬率。而包含我在內的封閉測試玩家們，早就擁有這樣的經驗與知識了。

獨占寶貴的知識，以猛烈速度提升等級的獨行玩家們，與其他玩家之間產生了嚴重的爭執。所以在遊戲裡的狀況比較穩定之後，每個獨行玩家都離開了第一層，以更上層的城鎮做為自己的根據地。

黑鐵宮裡原本是「復活者房間」的地方，被設置了一面封閉測試時沒有的巨大金屬碑，它的表面刻有全部一萬名玩家的姓名。上面竟然還很貼心地在死亡玩家的名字上，劃了簡單易懂的橫線，旁邊還詳細記錄了死亡時間與原因。

得到第一個被劃上消除線榮譽的人，在遊戲開始三個小時後便出現了。

死因不是與怪物戰鬥，而是自殺。

這個男人提出了，以NERvGear的構造來說，只要能夠切斷與遊戲系統的連線，應該就可以自動恢復意識這樣的論點。於是他便越過在起始的城鎮南端，也就是位於艾恩葛朗特最外圍展望臺的高柵欄，縱身跳了下去。

無論你如何睜大眼睛去看，也看不見浮遊城堡艾恩葛朗特下方的陸地，能見到的只是連綿不絕的天空與層層相連的白雲而已。在許多看熱鬧的人將身子探出展望臺旁觀之下，那個男人的身影伴隨嘴裡拖著長長尾音的哀號逐漸變小，最後消失在雲層之間。

兩分鐘之後，男人的名字便被簡潔且毫不留情地劃上一道橫線。死亡原因寫著「由高處落下」。實在不願意去想像在這兩分鐘之間，他到底有了什麼樣的體驗。而從遊戲內部也無法得知，這個男人究竟是已經回到現實世界了，或者就如茅場所說的，造成腦部被燒焦的結果。

只不過，幾乎所有的玩家都認為，如果靠這麼簡單的手段就可以脫離這裡，那我們全部的人早就應該從外部切斷連線，然後被救出去了。

即使如此，那個男人從遊戲世界裡消失之後，偶而還是會有人將自己的生死託付給這種簡單就能得到結果的誘惑。包含我在內的所有玩家，怎麼樣也無法對SAO內的「死亡」有什麼真實感。

這種情況就算到了現在也沒什麼改變。因為ＨＰ變成零、構成身體的多邊形消滅，這種現象對我們來說實在太過熟悉，也就是實在太像一般遊戲裡「ＧＡＭＥ　ＯＶＥＲ」的感覺了。

所以，除了親身去體驗之外，大概沒有別的辦法能讓我們了解SAO裡面死亡的意義了。缺乏真實感，應該也是讓玩家快速減少的確定因素之一吧。

話說回來，「軍隊」以及隸屬於其他團體的玩家，特別是待機組那些人，當他們慢慢開始進行遊戲攻略後，也就有因為與怪物戰鬥而喪失生命的人出現。

SAO裡的戰鬥的確是需要一些感覺與熟練度。自己不隨便亂動，而「倚靠」系統輔助可以說是戰鬥的訣竅。

就以單純的單手劍上段斬擊來說好了，學習到「單手直劍技能」之後，在劍技表裡點了「上段斬擊」的人，只要內心一邊想著這個技巧一邊做出起始動作，之後系統便會自動幫助玩家做出斬擊。然而沒有點技能的人，就算勉強去模仿斬擊動作，也會因為揮擊動作緩慢或攻擊力低下，使得根本沒辦法在戰鬥裡派上用場。總而言之，這有點像是格鬥遊戲中，輸入指令來使出必殺技的感覺。

不習慣這種戰鬥方式的人，即使握著劍也只是隨便亂揮，就算對上的是只用初期狀態就會的基本單發技也能獲勝的山豬或野狼，仍會落得手忙腳亂的結果。即使如此，在HP減少到一定程度時，放棄戰鬥而選擇脫離、逃亡的話，應該就不至於會死亡——

不同於一般螢幕上平面繪圖的敵人，SAO裡栩栩如生的怪物會凶狠地露出牙齒，朝玩家襲擊而來，面對如此真實的怪物時，將會喚醒人類心中原始的恐懼感。

連封測時都有人因為戰鬥而陷入恐慌了，何況現在還有實際死亡這種恐怖結果在等待著玩家。許多陷入恐慌的玩家根本忘了使出劍技，也忘了逃跑，隨便就把ＨＰ浪費光而永遠從這個世界退場了。

自殺、與怪物作戰而敗北。被殘酷地劃上橫線的名字，以非常驚人的速度增加。

當遊戲開始一個月，死亡人數就達到兩千人這個令人恐懼的數字時，剩下來的所有玩家都被一股陰暗的絕望感給籠罩住了。如果死亡人數以這種速度增加下去，不到半年，一萬名玩家將全部死亡。要突破一百層根本是癡人說夢。

但是——人類可說是習慣的動物。

一個多月後，終於成功將第一層迷宮區攻略下來，而且短短十天就成功突破第二層後，死亡人數便明顯降低許多。有助於存活下來的各種情報傳遞到各個角落，大家發現到只要確實累積經驗值來提升等級，怪物其實也不是那麼恐怖。

只要能夠完全攻略這個遊戲，就有可能回到現實世界。抱持這種想法的玩家開始一點一點確實增加了。

雖然離最上層還有相當遠的距離，但玩家們以微薄的希望做為原動力，並展開了行動——整個世界也終於開始運轉了起來。

之後經過了兩年時光。未突破樓層數為二十六，生存者為六千人。

這就是艾恩葛朗特目前的狀況。

5

我結束了與棲息在第七十四層「迷宮區」的強敵，蜥蜴人領主的單獨戰鬥。在踏上歸途的同時，腦袋裡也想著久遠之前的回憶，就這麼走了十分鐘左右，在看到出口的光線出現在前方時，才終於鬆了一口氣。

我不再沉浸於過去的回憶之中，加快腳步由通道裡出來後，用力吸了一口清新空氣。

出現在我眼前的，是一條貫穿茂密陰暗森林的小路。回頭一看，則可以見到剛才走出來的迷宮區被夕陽染紅，一直延伸到上空——正確來說應該是延伸到上層底部的龐大身軀。

以城堡的頂端為最終目標的遊戲形式，使得這個世界的迷宮不是在地下，而是一座巨大的高塔。但是徘徊在迷宮內部的怪物比野外的更強大，最深處則有恐怖的魔王怪物把關等等，這些設定則是沒有變的。

現在，這個第七十四層迷宮區已經攻略了八成——也就是已經紀錄好了地圖檔案。大概再過幾天，就會發現有魔王等著的大廳，接下來應該就會組成大規模攻略部隊。這時候，身為獨行玩家的我也會參加這場戰役。

對既感到期待又有些緊張的自己苦笑了一下，便開始往小路上走去。

我現在的根據地，是位於艾恩葛朗特第五十層的最大都市之一「阿爾格特」。從規模上來看，起始的城鎮是比較大，但那邊目前已經完全變成「軍隊」的根據地，所以不太容易進入。

穿過暮色漸濃的草原後，林列著錯綜複雜古樹的森林出現在我眼前。在森林裡面走三十分鐘左右，就可以到達第七十四層的「主街區」，可以利用那裡的「轉移門」一瞬間移動到阿爾格特去。

雖然使用手上的瞬間移動道具也可以回到阿爾格特，但這東西的價格有點昂貴，除了緊急時刻之外，實在很不願意使用它。而且現在距離日落也還有一段時間，我只好不顧能夠早點鑽進被窩裡休息的誘惑，開始往森林裡走去。

艾恩葛朗特各層的最外圍，除了幾個支柱部分外，基本上整個是開放空間。這時陽光以斜角射進來，讓森林樹木火紅得像要燃燒起來一般。流動在樹幹之間的濃密霧氣，在反射夕陽光線之後閃爍著神秘光芒。白天時相當吵雜的鳥叫聲在這時也變得零零疏疏，使樹梢隨風搖曳的聲音顯得特別大聲。

即使知道就算是剛睡醒的我，也不可能會輸給在這附近出沒的怪物，但在夜色漸濃的這個時候，無論如何就是沒辦法壓抑自己心中的不安。小時候在回家路上迷路時的那種感覺，逐漸填滿了整個心頭。

不過我並不討厭現在這種感覺。還在現實世界裡生活時，這種原始的不安感在不知不覺當中已經被遺忘。置身在空無一人荒野上這種孤獨感，可以說是角色扮演遊戲真正的醍醐味——

沉浸在鄉愁當中的我，耳朵忽然聽見不曾聽過的細微野獸叫聲。

那是種尖銳又清澈，類似草笛的短暫聲響。我馬上停下腳步，慎重搜尋聲音來源的方向。在這個世界，遇上從沒聽過或從沒看過的東西出現，就是無法預料的幸運，或是不幸降臨到你身上的時刻。

身為獨行玩家的我已經徹底鍛鍊了「搜敵技能」，這種技能除了有防止偷襲的效果外，還有一種效用是只要隨著技能熟練度上升，就可以識破在隱蔽狀態下的怪物或玩家。不久，躲藏在離我十公尺左右大樹枝陰影下的怪物浮現在我眼前。

牠並不是多巨大的怪物。我可以看見牠那隱藏在樹葉裡的灰綠色毛皮，以及比身體還長的耳朵。把視線集中在牠身上之後，系統自動將怪物設定為攻擊目標，視線裡出現了黃色浮標以及攻擊對象的名稱。

一看見牠的名字，我不由得屏住呼吸。因為「雜燴兔」可是超少見的怪物。

連我也是第一次見到實物。雖然這隻生活在樹上的毛茸茸兔子並不是特別厲害，打倒牠能獲得的經驗值也沒有特別高——

但我還是從腰上的皮帶裡悄悄地拔出投擲用的短錐。我的「飛劍技能」只是為了填滿技能

格才點的，熟練度沒有多高，但我有聽說過，已知怪物裡逃走速度最快的就是雜燴兔，所以我沒有自信能夠接近牠然後用劍戰鬥。

趁現在對方還沒有注意到我，還有一次可以進行先制攻擊的機會。我用右手拿起短錐擺好動作，心裡一邊祈禱，一邊發動飛劍技能基本技「單發射擊」的動作。

就算熟練度再怎麼低，靠著徹底鍛練過的敏捷度補正技能，我的右手就像閃電般一閃，射出去的短錐留下一抹殘光後，便被吸進樹梢的陰影當中。開始攻擊的一瞬間，表示兔子位置的浮標，變成戰鬥中的紅色，而下面則顯示怪物的HP。

耳朵傾聽著短錐是否有命中目標，不久後終於聽見一道非常尖銳的哀號傳了過來——接著HP往後移動變成零，然後是相當熟悉的多邊形破碎效果音。我不禁握緊了左手。

立刻揮動右手把選單畫面叫了出來。手指急忙操縱面板，打開道具欄後，果然新入手物品的最上面有「雜燴兔肉塊」這個名字。在玩家之間的私人買賣裡，這可是價值十萬珂爾以上的商品呢。這個金額已經足以打造自己的訂做武器還有找零。

之所以會有這樣的價值，理由其實很簡單。因為存在於這個世界的無數食材道具裡面，它被設定為最高級的美味食材。

在這個進食可以說是唯一樂趣的SAO裡面，一般可以吃到的只有歐洲田園風味——老實說，我也不確定是什麼口味的簡單麵包和湯而已。雖然還有一些少數的例外，是選擇料理技能的廚師玩家費盡心思，想讓食物種類多一些而做出來的食物，但由於廚師人數實在非常稀少，而且高級食材也出乎意料地難以入手，因此這些食物都不是能夠輕易吃到的東西，這也讓全部玩家都陷入了慢性美食飢渴症。

當然我也不例外，雖然常去的ＮＰＣ餐廳裡的黑麵包與濃湯並不難吃，但偶爾還是會因為想大口咬下柔軟又多汁肉塊的慾望而備受煎熬。我一邊瞪著寫有道具名稱的文字列，一邊發出猶豫的低吟。

今後要再獲得這種稀有食材的可能性可說相當低，老實說，真的很想自己把它給吃了，但要料理越高級的食材，所需要的技能等級也越高，所以想吃就得拜託某位高手等級的玩家幫忙料理才行。

我不是沒有適當的人選，但總覺得要特別去拜託別人也很麻煩，何況防具也到了該更新的時期了，所以就決定把這個道具拿去換錢而站起身。

像是要把猶豫不決的心情甩開似地關上狀態畫面後，我再度用搜敵技能探索周圍的環境。雖然在這種最前線，換句話說也就是邊境，不可能會有盜賊玩家出沒，但現在有了Ｓ級稀有道具在身上，再怎麼小心也不為過。

想到把這個道具換成錢之後，就可以盡情地購買需要的瞬間轉移道具，我為了降低危險便決定直接從這裡回到阿爾格特去，因此把手伸進腰間的小袋子裡。

抓出來的，是閃耀著深藍色光芒的八角柱型水晶。在這個「魔法」要素幾乎全被排除在外的世界裡，僅存的一點魔法道具全部都是這種寶石。它是依照顏色來分類——藍色是瞬間轉移，粉紅色是HP回復、綠色則是解毒。每一種都是即刻生效的便利道具，但因為價格相當昂貴，所以像是回復的話，大家通常都是遠離敵人之後，使用價格便宜的藥水來進行。

我幫自己找了個藉口說，現在應該是緊急時刻，然後握緊水晶叫道：

「轉移！阿爾格特！」

手中的水晶馬上伴隨著許多鈴聲同時響起般的美妙聲音破碎，藍色光芒也同時包圍住我的身體，周圍森林的風景就像溶化般消失不見。這時候光芒又更加刺眼了——等到光芒散盡時，就是轉移已經結束。接著，冶鍊時發出的尖銳鐵鎚聲與熱鬧喧囂聲，取代了剛剛還聽見的樹葉摩擦聲傳進了耳裡。

我出現的地方是位於阿爾格特中央的「轉移門」。

圓形廣場的正中央，有一座高達五公尺左右的巨大金屬門聳立在那裡。門裡面的空間就像海市蜃樓那樣搖晃著，準備轉移到其他城鎮或者不知道從哪邊轉移過來的玩家，正絡繹不絕地出現與消失。

從廣場延伸出去的大路往四方發展，所有道路的兩邊都擠著滿滿的小店舖。結束一天的冒險後，尋求休憩地的玩家們，在販賣小吃的攤販以及酒館前面閒聊著。

如果要簡單用一句話來形容阿爾格特街道，那真的就只有「雜亂」兩個字了。

這裡沒有任何像起始的城鎮那樣的大型設施，廣大面積裡由無數小路重重疊疊穿插在其中，還有許多不知道究竟賣些什麼的可疑工房，以及看起來好像進去之後就出不來的旅館。有玩家實際在阿爾格特的小巷弄裡迷路，結果好幾天都出不來，這種情況可說是多到不勝枚舉的地步。我投宿在這裡的旅館已經將近一年了，到現在也還沒記住多少路，就連ＮＰＣ的居民也都是一些不知道能幹嘛的傢伙。感覺上，最近把這裡當成根據地的玩家，也盡是些怪人的樣子。

但我卻很喜歡這座城鎮的感覺。雖然不想承認，是因為這裡像我以前常去的電器街這種感傷的理由，但躲進位於小巷子裡最深處那間我常去的店，啜口有奇怪味道的茶，可以說是我一天中唯一可以鬆口氣的時刻。

我打算在回旅館前，將剛剛獲得的道具給處理掉，於是往時常交易的道具屋前進。

在有轉移門的中央廣場向西延伸的大路上，穿越人群走上幾分鐘之後，便可以看見那家店。在容納了五個人就會變得相當擁擠的店裡，從陳列架上散發出玩家經營的店面所特有的雜亂感，架上擠著滿滿的武器、道具，甚至連食品都有。

至於店的主人，現在則站在櫃臺跟人家談生意。

遊戲裡的道具販賣方式大略可分為兩種。一種方法是賣給ＮＰＣ，也就是電腦操縱的角

色，雖然沒有被詐騙的危險，但賺取的金額基本上都是固定的。為了防止通貨膨脹，那邊的價格都設定得比實際市場還要低。

另一種則是玩家之間的交易。這種方法則是依交涉手段而有高價賣出商品的可能，但除了得花費不少功夫找買家外，像交易之後覺得買貴了、或是忽然改變心意，這種玩家之間的爭執也可以說是層出不窮。這時候就需要有專門收購貨物的商人玩家出面了。

當然，商人職業的玩家並不是只為了做這件事而存在。

其他職人等級的玩家也跟商人一樣，技能格子大概有一半以上都由非戰鬥系技能填滿。但是，這並不代表他們不會到外面的區域去。商人是為了商品；職人則是為了素材而必須跟怪物戰鬥。當然，他們戰鬥時會比純粹的職業劍士還要來得辛苦多了。可以說根本沒有辦法享受到殲滅敵人的爽快感。

換言之，他們的生存意義是建立在「幫助為了完全攻略遊戲而前往最前線的劍士」這種崇高的動機上面。基於這一點，其實我內心是相當尊敬商人與職人等級的玩家。

——話雖如此，自我犧牲這種話，是絕不可能出現在我眼前的這個商人的字典裡。

「那就這麼決定了！二十張『幽暗蜥蜴皮革』算你五百珂爾！」

我常光顧的道具屋老闆艾基爾，正使勁揮動自己粗壯的右臂拍著買賣對象的肩膀，對方是個看起來相當軟弱的槍使。接著他便打開交易視窗，不給對方討價還價的機會，在自己的交易欄上輸入金額。

對方雖然看起來仍有點猶豫，但被艾基爾用他那會讓人誤認為是身經百戰的凶惡戰士臉孔一瞪——實際上艾基爾除了是商人外，也確實是個一流的巨斧戰士——便急忙把物品從自己道具視窗移動到交易欄裡，接著按下ＯＫ按鈕。

「謝謝啦！要再來光顧啊！老哥！」

最後朝槍使的背用力拍了一下之後，艾基爾便豪爽地笑了起來。幽暗蜥蜴皮革可是高性能防具的素材，我雖然覺得五百珂爾實在太便宜了一點，但還是謹守沉默，看著那名槍使離開。心想你這下應該學會，面對道具屋商人不可以太客氣了吧。

「嘿。依然在做黑心生意嘛。」

從艾基爾背後向他搭話後，禿頭巨漢轉過身來對我咧嘴一笑。

「唷，是桐人啊。便宜買進便宜賣出一向是本商店做生意的原則。」

這傢伙說謊都不會感到不好意思。

「便宜賣出這點頗值得懷疑。算了，我也有東西要賣你。」

「桐人是老主顧了。我不會打什麼壞心眼的，我看看……」

艾基爾一邊說一邊把他粗壯的脖子伸了過來，朝我展示的交易視窗看了一下。

ＳＡＯ玩家的角色是透過NERvGear的掃描機能，與初期的體型測定器調整，才得以把現實世界的外表精密地呈現出來，但每當我見到這個艾基爾時，都不得不感嘆在現實世界裡，竟然會有這麼適合虛擬線上遊戲的外表存在。

一百八十公分高的軀體，由結實的肌肉與脂肪所構成，脖子上方那像在岩石上刻出來的粗豪臉孔，長得簡直就像職業摔角裡頭的壞蛋一樣。加上把唯一可以自訂的髮型設定成大光頭，其外表的恐怖程度可以說不輸給蠻族系怪物。

但別看他外表這樣，那張別有味道的臉在笑起來時還頗討人喜歡的。年紀看起來應該是不到三十歲吧，不過實在讓人無法想像的是，他現實世界裡面究竟從事什麼樣的職業。不詢問「另一邊」的事情，是這個世界的不成文規定。

厚重且向外突出的眉稜骨下那雙眼睛，在看見交易視窗的時候，整個瞪大了起來。

「喂喂，這不是S級稀有道具『雜燴兔肉塊』嗎，我也是第一次見到現貨……桐人，你不缺錢吧？難道就沒想過留下來自己吃嗎？」

「當然有。可能再也沒機會得到了吧……只不過，也沒有多少人有那麼高的料理技能，可以處理這種道具吧……」

這時候，不知道是誰往我背後戳了一下。

「桐人……」

是女生的聲音。會叫我名字的女性玩家並不多。應該說會在這種情況之下叫我的女性玩家，也只有一個而已，所以我在轉頭前就已經知道對方是誰了。我迅速抓住對方仍停留在我左肩上的手後，轉過頭來說道：

「抓到廚師了。」

「什……什麼嘛。」

對方在手被我抓住的情況下，臉上出現狐疑的表情並往後退。

這時候我可以看見在對方中分的栗子色長直髮下，那張小小鵝蛋臉以及散發出炫目光芒的大大淡褐色瞳孔。小巧又直挺的鼻梁下方，櫻花色嘴唇為她的美麗又添加了幾分風采。細長的身體上裹著以白色及紅色為基調的騎士風戰鬥服，白色皮革劍帶上則吊著優雅的白銀細劍。

她的名字是亞絲娜。ＳＡＯ裡面幾乎無人不曉的知名人士。

她會這麼出名當然是有理由的，首先，因為她是遊戲裡面占壓倒性少數的女性玩家，而且又是個外貌無從挑剔的美女。

在這個幾乎能將玩家現實世界的肉體，特別是容貌完全呈現出來的ＳＡＯ世界裡，雖然很不願意這麼說，但漂亮的女性玩家真可以說是超Ｓ級稀有存在。像亞絲娜這樣的美人，更是兩隻手就數得出來。

另一個讓她成為名人的理由，是她那身純白與鮮紅相映的騎士服——那是公會「血盟騎士團」的制服。取公會名稱「Knights of the Blood」的英文縮寫，也被稱做ＫｏＢ。在艾恩葛朗特

眾多公會裡，是被公認為最強的玩家公會。

雖然是只有三十人左右的中等規模組織，但裡面全都是高等級的強力劍士，而且統率他們的領袖，還是一個可以稱之為傳說的ＳＡＯ最強的男人。亞絲娜外表看起來雖然像個弱女子，實際上卻是這個騎士團的副團長。當然她的劍技也不是開玩笑的，一手細劍術讓她博得「閃光」這樣的別名。

總之，她不論是容貌、劍技都是站在六千名玩家頂點的人物，這樣子還不出名就真的太奇怪了。當然玩家當中也有許多人是她的迷，而迷裡面還有偏執狂的崇拜者及跟蹤狂存在。除此之外也有非常仇視她的人，所以聽說她其實也吃了不少苦頭。

只不過，應該也沒有人敢正面找身為最強劍士之一的亞絲娜麻煩就是了。但公會為了確保她的安全，還是會派幾名護衛跟在她旁邊。現在在她後面幾步的位置，也有兩名身穿白色披風與厚重鎧甲的ＫｏＢ男性成員站在那裡，其中右邊那個把長髮綁在後面的瘦長男子，發現我還抓著亞絲娜的手，看著我的視線便充滿了殺氣。

我放開她的手，手指朝著那個男人輕輕甩了甩後，回她說：

「真難得啊，亞絲娜。竟然會出現在這種垃圾場。」

聽到我直呼亞絲娜名字的長髮男，以及聽到自己的店被叫作垃圾場的店主，兩個人的臉同時僵住了。但店主一聽到亞絲娜對他說「好久不見了，艾基爾」，整張臉又放鬆了下來。

亞絲娜轉身面向我，一臉不滿地噘起嘴說道：

「什麼嘛。只是因為接下來馬上又要進行魔王攻略戰了，所以來確認一下你是不是還好好活著而已。」

「不是有登錄好友名單了，這點小事應該能知道吧。說起來妳應該就是用地圖上的追蹤朋友功能，才會找到這裡來的不是嗎。」

被我這麼反駁之後，她鼓著臉頰撇開臉。

她除了是副領導人之外，也擔任公會裡攻略遊戲的負責人。這份工作的確包含把像我這樣任性的獨行玩家整合起來，組成對付魔王怪物的共同編隊，但親自跑來確認這種事情，說起來也太多此一舉了。

亞絲娜接收到我那覺得誇張但又佩服的視線後，兩手往腰一叉，抬起下巴來說道：

「活著的話就好。倒……倒是……你剛剛說的抓到廚師是怎樣？」

「啊，對了。妳現在料理的熟練度到多少了？」

我記得瘋狂喜歡料理的亞絲娜，在修行戰鬥技能的空檔，也不斷提升自己職人系的料理技能。聽到我的問題後，她露出自傲的笑容回答：

「聽到之後你一定會嚇一跳，上禮拜已經『完全習得』了。」

「什麼！」

這傢伙……是笨蛋嗎。

雖然一瞬間冒出這種想法，但是我當然沒把這句話說出口。

熟練度是每當使用技能時，才會以讓人幾乎無法感覺到的速度緩慢成長，最後在熟練度到達一千時才成為完全習得。順帶一提，藉著經驗值來提高的等級與熟練度不同，等級上升之後只會增加HP與筋力、敏捷度數值，以及「技能格子」這種能習得技能的數量而已。

我現在雖然擁有十二個技能格子，但達到完全習得程度的技能只有單手直劍技能、搜敵技能、武器防禦技能這三種而已。也就是說這位女性將無數時間與熱情，投注在與戰鬥毫不相關的技能上。

「……有件事要拜託妳這位高手。」

我對著她招了招手，便把道具視窗轉換成能讓其他人看見的可見模式。帶著疑惑表情往這邊看的亞絲娜，在看到顯示出來的道具名稱之後，瞪大了眼睛說道：

「嗚哇！這……這是，S級食材？」

「跟妳提個交易。如果幫我煮這個東西，就讓妳吃一口。」

我話還沒說完，「閃光」亞絲娜的右手便緊緊抓住我胸口的衣服，接著把我拉到離她臉不到幾公分的地方說道：

「我．要．一．半！」

被她這突如其來的舉動搞得慌張不已的我，反射性地點頭答應她的條件，等回過神來，已經太遲了。而亞絲娜則是興奮地握緊了自己的左手。我只好在心裡想著，可以在如此近的距離細看她那楚楚可憐的臉孔，這點小事也就算了，來強迫自己接受事實。

我一邊把視窗關上，一邊回頭向上看著艾基爾的臉說道：

「不好意思，因為這樣所以交易中止了。」

「那倒是沒關係……不過，我們也算好朋友吧？也讓我嚐一下味道……」

「我會寫個八百字以內的感想給你。」

「不、不用這麼狠吧！」

艾基爾做出彷彿世界末日般的表情，並開始發出哀號聲。正當不理會他的我準備轉身離去時，亞絲娜忽然抓緊我大衣的衣袖問道：

「要我做菜沒問題，但你要我在哪煮呢？」

「嗚……」

要使用料理技能，除了食材之外，最少還需要做菜道具，灶或烤箱之類的東西。我房間雖然有些簡單的用具，但那種又小又髒的地方，怎麼招待得了這個KoB副團長呢。

亞絲娜對著說不出話來的我投以不耐煩的眼神，並且說道：

「我看你的房間也沒什麼好道具。這次看在食材的份上，就破例提供我的房間當成做菜的

KIRITO
ASUNA

地方吧。」

這傢伙竟然一臉輕鬆地說出不得了的提議。

我還沒理解她所說的話，腦袋暫時呈現停滯狀態。亞絲娜不理會我，轉向擔任護衛的兩名公會成員說道：

「我今天要直接從這裡轉移到『塞爾穆布魯克』去，所以你們不用保護我了。辛苦了。」

話才剛說完，似乎已經到達忍耐極限的長髮男就叫了起來。如果ＳＡＯ的表情再現機能再精細一點，他的怒氣應該已經讓額頭上多出兩、三條青筋了吧。

「亞……亞絲娜大人！您移駕到這種貧民窟來也就算了，現在竟然還讓這個來歷不明的傢伙與您一起回家，這、這真是太不應該了！」

他那種誇張的言詞，立刻令我感到退避三舍。竟然稱呼她「大人」，我看這傢伙應該可以算是亞絲娜的瘋狂崇拜者了吧。我心裡這麼想著並朝他看去，發現那個人也是一臉非常厭惡的表情。

「這個人啊，來歷姑且不提，但劍技確實是非常高超。我想應該比你高個十級以上吧，克拉帝爾。」

「您、您別開玩笑了！我怎麼可能會比這種傢伙差呢……！」

男人的破音響徹整條巷子。他原本用那看起來像三白眼（註：眼睛的黑色瞳孔部分靠上，左右

以及下方全是眼白部分的眼睛。面相學裡稱此為兇相。）的凹陷眼睛，惡狠狠瞪著我，但又忽然像想起什麼事情似的，臉部表情為之一變。

「對了……你這傢伙，應該是『封弊者』對吧！」

所謂的封弊者，是將「封閉測試參加者」與「作弊者」結合起來，SAO裡專有的蔑稱。雖然已經聽慣了這個惡毒的名詞，但每次只要聽到，心裡多少還是會感到疼痛。這時我腦袋裡又掠過第一個對我講這句話、曾經是我朋友的臉孔。

「嗯，沒錯。」

我面無表情承認之後，男人更加氣勢凌人地說道：

「亞絲娜大人，這傢伙是那種只顧自己的自私鬼！跟這種人扯上關係絕對沒有好處！」

至今一直保持平靜的亞絲娜，像是感到不快似地皺起眉頭。不知道何時周圍出現了看熱鬧的人牆，可以隱約聽見從人群裡傳來「KoB」、「亞絲娜」這些字。

亞絲娜稍微瞄了一下周圍人群之後，對著那名越來越亢奮的，名叫克拉帝爾的男人說道：

「總之今天你們就先回去吧。這是副團長的命令。」

丟下這句冷淡的話之後，亞絲娜的左手拉住我大衣後面的皮帶，然後就這樣一邊把我向後拉，一邊朝著轉移門廣場前進。

「喂……喂喂，沒關係嗎？」

「沒關係！」

既然她都這麼說了，當然我也沒有什麼理由拒絕她。留下兩名護衛以及到現在還一臉遺憾的艾基爾，我們兩個穿過人群走了出去。我最後回頭瞄了一眼，發現那個名叫克拉帝爾的男人直挺挺站在原地，臉上露出猙獰的表情直瞪著我看。而他那副惡狠狠的模樣，就像殘像般一直留在我的視線裡揮之不去。

6

塞爾穆布魯克是位於第六十一層的美麗城堡都市。

規模雖然不大，但全部由白色花崗岩精緻打造而成，有華麗尖塔古城為中心的市街，與點綴其中的多數綠地形成美麗對比，市場裡商店種類也相當豐富。雖然很多玩家想把這裡當成根據地，但房間價格實在太貴——我想大概有阿爾格特的三倍以上吧——所以如果不是等級相當高的玩家，幾乎不可能在這裡擁有房間。

我與亞絲娜到達塞爾穆布魯克的轉移門時，太陽幾乎已經下山，還留在天空的最後一抹夕陽，把街道染成一片深紫色。

第六十一層的面積幾乎全被湖水占據，而塞爾穆布魯克則是存在於湖中心的小島，從外圍部分斜射進來的夕陽，讓湖面閃爍一片光芒的模樣，就像幅畫般值得欣賞。看見這以廣大湖面為背景，閃爍著深藍與朱紅色光輝的街道，我的內心為這太過美麗的景象而深深地感動著。對NERvGear所配備的新世代鑽石半導體核心處理器來說，這種光線處理只是雕蟲小技而已。

轉移門被設置在古城前面的廣場，而兩旁挾著行道樹的主要街道，從廣場開始穿越市街，一路往南方延伸而去。道路兩邊有高級商店與住宅林立，擦身而過的ＮＰＣ與玩家的打扮也給人一種脫俗感。我甚至開始覺得連空氣的味道也與阿爾格特不同，於是我不由得張開雙手深呼吸了起來。

「啊——這裡又寬廣人又少，真是有開放感。」

「那你也搬到這來啊。」

「我的錢完全不夠。」

聳了聳肩回答完後，我改用認真的表情，謹慎地問：

「……話說回來，真的沒關係嗎？剛剛的事情……」

「…………」

說到這裡，亞絲娜似乎就知道我指的是什麼事，她迅速轉身面向後面，低著頭用靴子鞋跟敲著地面，使地面發出「咚咚」的聲音。

「……雖然我在單獨行動時，的確遇過幾次不愉快的事情，但派護衛守在我的身邊也實在是太誇張了。我也曾經反應過我不需要……不過這是公會的方針，其實應該說是參謀們強迫我接受才對……」

她用有些低沉的聲音繼續說：

「以前我們只是團長親自一個個去邀請，進而建立起來的小團體而已。但人數逐漸增加，

成員也不斷替換……從我們被稱為最強公會那個時候開始，感覺上就變得有點奇怪了。」

說完之後，亞絲娜把一半身體轉向我。這時我似乎從她眼裡看見求助的眼神，不由得倒抽一口氣。

雖然心裡想著應該說點什麼話，但像我這種自私的獨行玩家還能夠說什麼呢。所以我們只是沉默著互相凝視了幾秒鐘的時間。

亞絲娜率先把視線移開。她看向逐漸轉變為深藍色的湖面，接著像要轉換現場氣氛般，用清楚的聲音說道：

「嗯，這不是什麼大不了的事，你不用在意！不走快點的話太陽都要下山了。」

我跟著前面的亞絲娜在街道上開始走了起來。雖然與不少的玩家擦身而過，但沒有人一直盯著亞絲娜看。

我只有半年前，當塞爾穆布魯克還是最前線時在這裡待過幾天，現在回想起來，那時候根本沒有好好參觀過這個城市。現在再度見到這個有著美麗雕刻裝飾的街道，讓我不禁也開始想在這個城市裡生活看看，但隨後覺得還是把這裡當成觀光場所，偶而前來探訪一下就可以了。

亞絲娜住的地方，是從大路上折往東邊後，馬上就可以抵達的精美小巧公寓三樓。當然，這是我第一次到訪。仔細一想，到目前為止，我和這個女生只有在魔王攻略會議上，講過幾次話而已，甚至沒有一起去過ＮＰＣ經營的餐廳。想到這裡，即使現在已經到了她家門口，我還是有點想逃走，於是我便在公寓入口猶豫了起來。

「但是……真的可以嗎？那個……」

「什麼嘛，這件事可是你自己先提起的。而且現在也沒有別的地方可以做菜，所以就只能到我家來了！」

說完，亞絲娜把臉轉向別處，接著直接爬上樓梯。我下定決心後，也跟在後頭走上樓去。

「打……打擾了。」

畏畏縮縮走進門內的我，被眼前的景象嚇到只能呆立著半天說不出話來。

我從沒看過如此完善的玩家專用房間。除了有寬敞的客廳兼飯廳之外，鄰接在旁的廚房裡，擺設著色澤明亮的木製家具，還有極具整體感的暗綠色廚櫃點綴在其中。而且這些應該全都是最高級的訂做商品才對。

雖然全都是高級物品卻又不會過於華麗，反而給人一種相當舒適的感覺。跟我的狗窩比起來，可以說相差了十萬八千里。這也更讓我覺得沒請她到自己家來真是正確選擇。

「那個……這些得花多少錢啊？」

對於我這相當實際的問題，亞絲娜開口說道：

「嗯——房間和裝潢合起來大概是四千k左右。我進去換衣服，你先隨便坐一下。」

她不經意地回答完便消失在客廳深處的門後。k是表示千的縮語，所以四千k就是四百萬

珂爾的意思。像我這樣每天都在最前線戰鬥的人，應該也早就賺到這筆金額了，但我卻把錢浪費在只是有點喜歡的劍，以及奇怪的裝備物品上，所以根本沒存下什麼錢。我很難得地開始自我反省，接著往軟綿綿的沙發上用力坐了下去。

不久，亞絲娜換穿一身簡樸白色緊身上衣，與長度未及膝蓋的裙子從房間裡現身。雖然說是換衣服，但實際上並沒有穿脫的動作，只有操縱狀態視窗裡的裝備人偶而已。但是在更換穿著衣物的數秒鐘之間，外表會變成只穿著內衣，如果是豪氣萬丈的粗曠男性玩家，可能就不會在意，但女性玩家絕對不會在別人面前更換衣服。就算我們的肉體只是3D立體檔案，但以這樣的狀態生活兩年後，也就漸漸不覺得只是如此，現在我的目光也自然地移到亞絲娜那毫不遮掩，暴露在外的手腳上面。

絲毫沒有注意到我內心糾葛的亞絲娜直盯著我看，接著開口說道：

「你要穿那身衣服到什麼時候啊？」

我急忙把選單畫面叫出來，然後把戰鬥用皮革大衣以及劍帶等武裝解除。順便移動到道具視窗把「雜燴兔的肉塊」實體化，接著把放在陶製瓶裡的肉塊靜靜地放在面前的桌子上。

亞絲娜一臉慎重，把瓶子拿起來之後朝裡頭看去。

「這就是傳說中的S級食材嗎……你想做成什麼料理？」

「就、就交給廚師全權處理。」

「這樣啊……那就做成燉肉雜燴好了。畢竟名字也叫雜燴兔。」

我跟在亞絲娜後面一起走到隔壁房間去。

寬廣的廚房裡除了設有柴火烤箱外，旁邊還排列著許多看起來就相當高級的廚具。亞絲娜以雙擊滑鼠的方法迅速點了兩下烤箱，把彈出式選單叫了出來，設定完調理時間之後又從架子上拿出金屬製的鍋子。接著把瓶子裡的肉移到鍋子裡，先摻進了許多香草，再加滿水，然後把蓋子蓋上。

「其實還需要很多道手續的，但ＳＡＯ把做菜程序簡化得太誇張，這樣實在很無趣。」

亞絲娜一邊抱怨一邊把鍋子放進烤箱，從選單上按下開始調理的按鈕。在三百秒的等待時間裡，亞絲娜依然迅速動作著，她不斷把許多原本庫存的食材實體化，接著又用行雲流水般的動作將食材逐一調味完畢。她調理食材與操縱選單時那毫無失誤的動作，讓我不禁看呆了。

僅僅五分鐘的時間，豪華大餐便已經上桌，我和亞絲娜隔著桌子相對而坐，眼前的大盤子上盛著冒出熱氣的燉肉雜燴，升起的蒸氣伴隨著香味刺激著我們的鼻腔。大肉塊覆蓋著富有光澤且濃密的醬汁盛在盤子裡，由奶油的白色線條所畫出來的大理石花紋實在是令人食指大動。

我們連開動了都等不及說，便拿起湯匙、張開大口，開始將這應該是ＳＡＯ裡最高級的食物吃進嘴裡。先是充分感受嘴裡的熱氣與香味，當開始咀嚼，就嚐到由柔軟肉塊所迸發出的滿滿肉汁。

ＳＡＯ的進食，不是把牙齒咬碎物體的感覺逐一演算然後模擬出來，而是使用與ＡＲＧＵＳ合作的系統環境程式設計公司所開發的「味覺再生引擎」。

這是一種利用事先輸入的資料，來將各種「吃東西」的感覺傳送到使用者腦部，讓使用者體驗到與實際吃東西時相同感覺的系統。據說這原本是為了減肥或是需要節制飲食者所開發的系統，原理就是把偽裝訊號傳送到腦部掌管味道、香氣、熱度等部位，讓腦產生正在進食的錯覺。也就是我們在現實世界的肉體在這個瞬間並沒有吃任何東西，只是系統不斷刺激著大腦的頂葉而已。

只是現在這種時候，還要考慮這些事情就實在太殺風景了。我現在所感覺到這自登入以來嚐到最棒的美味，無庸置疑地是真實存在的感覺。我與亞絲娜兩個人不發一語，只是不斷重複著把湯匙伸進大盤子然後將肉送進嘴裡的動作。

不久之後，在完全淨空的盤子與鍋子面前——真的如文字所述一樣，完全沒有燉肉存在過的痕跡——亞絲娜深深地嘆了口氣：

「啊啊……努力活到現在真是太好了……」

我也有相同的感覺。沉浸在久未滿足的原始生理需求被完全滿足的充實感下，我啜了一口散發出不可思議香味的茶。這時候我心裡不經意想著，剛剛吃的肉與現在喝的茶，究竟是記錄現實世界裡原有食材的味道，還是調整各種參數所創造出來的虛構味道呢。

坐在我對面、兩手抱著茶杯的亞絲娜，率先開口打破了因為沉浸在饗宴的餘韻中，而保持了好幾分鐘的沉默。

「真不可思議……有種好像是在這個世界出生，然後一直生活到現在的感覺。」

「……最近，我有時根本想不起來在另外一個世界所發生過的事。其實應該不只是我……現在拚命喊著要攻略、要離開的傢伙也越來越少了。」

「整體來說攻略的速度已經慢下來了。現在還在最前線作戰的玩家，我想大概不到五百個人吧。原因不只是有風險……而且大家已經習慣這個世界的生活了……」

我靜靜地看著亞絲娜那張在橙色燈光照耀之下，陷入沉思的美麗臉龐。

這樣的臉孔或許真的不屬於活著的人類，那平滑的肌膚、光艷的頭髮，以一個生物來說實在太過於美麗了。但是，對於現在的我來說，已經看不出來這張臉是由多邊形所構成的了。我已經可以完全接受眼前所看見的，就是一個活生生的存在。我想，如果現在回到真實世界，見到真正的人，我一定會覺得很不習慣才對。

我真的想回到那個世界去嗎……？

對於自己忽然浮現的想法感到迷惑。每天早起就一頭鑽進迷宮區，一邊記錄前人未到的區域，一邊賺取經驗值的這種生活，真是為了要離開這個遊戲嗎？

以前確實是為了早日離開這個不知何時會喪生的死亡遊戲沒錯。但已經習慣這個世界生活

方式的現在──

「不過，我還是想回去。」

像是看透我內心的疑惑，亞絲娜用那清晰的聲音說道。我回過神抬起頭來。

亞絲娜難得對我微笑了一下，繼續說：

「因為在那邊還有很多想做的事還沒做嘛。」

聽完她的話之後，我也老實點了點頭表示同意。

「說的也是。我們得努力才行，不然就對不起在一旁協助我們的職人玩家們了……」

我像是要把自己的迷惑一口喝下肚般，把茶大口往嘴裡倒。現在離最上層還很遠，這些事到時候再想就可以了。

這時我難得想率直地表達出自己的謝意。正當我一邊想著該說什麼話來道謝，一邊凝視著亞絲娜時，她竟然皺起眉頭，在我眼前搖了搖手，然後說道：

「啊……快別這樣。」

「什、什麼啊？」

「至今，已經有好幾個露出這種表情的男性玩家，對我提出結婚要求了。」

「什……」

真是不甘心。雖然在戰鬥技能方面相當純熟，但對這種場面的經驗實在不足，所以嘴巴淨是一張一合的，找不到可以回嘴的話。我想自己這時候的臉一定相當可笑吧。

亞絲娜看見我的樣子，微微地笑了起來。

「看你這樣子，應該沒有其他比較要好的女孩子對吧。」

「不行嗎……我本來就是獨行玩家。」

「都已經在玩線上角色扮演遊戲了，幹嘛不多交點朋友呢。」

亞絲娜的笑容消失，用很像大姊姊或老師的口氣問我：

「你沒有想過要加入公會嗎？」

「咦……」

「我也知道封測出身的人很不習慣跟團體一起行動。但是……」

她的表情又更加認真了。

「從超過七十層之後，我就覺得怪物的規則系統中，出現不規則性的比例增加了。」

其實我也有這樣的感覺。現在越來越難看出電腦的戰術，但不清楚這究竟是當初就如此設計，還是因為系統本身學習的結果。如果是後者，今後遊戲的攻略將會越來越棘手。

「自己一個人的話，有可能會遇到無法處理的意外事故。不是每次都能緊急脫離戰場。組隊的話會安全許多。」

「我有做好萬全的準備，很感謝妳的忠告……但加入公會實在不合我的個性。而且……」

其實本來話說到這裡就好了，但我還是逞強繼續說了不該說的話：

「對我來說，隊友通常幫不上忙，還會拖累我呢。」

「哎唷……」

我的眼前劃過一道銀色的閃光。

等我回過神來，亞絲娜右手上握著的小刀已經緊緊貼在我的鼻尖上。

這是細劍基本技「線性攻擊」。雖說是基本技，但由她高度的敏捷性數值補正後，速度可說非同小可。老實說，我完全看不清楚她出劍時的軌道。

我僵笑著把雙手輕輕舉了起來，做出投降姿勢。

「……知道了啦。妳是例外。」

「這樣啊。」

亞絲娜一臉無趣地將小刀收回去。接著手上一邊轉著小刀，一邊說出讓人嚇破膽的提議：

「那你就暫時跟我組隊吧。身為魔王攻略的隊伍編組負責人，我得確認一下你是否真如傳言所說的那麼強。至於我的實力，你剛剛已經看過了。何況這週我的幸運色還是黑色。」

「這、這是什麼理由！」

她這種無理要求讓我不禁大吃一驚，努力想要找尋理由反對。

「妳說要跟我組隊，那公會那邊怎麼辦？」

「我們家公會可沒規定每天要獲得多少經驗值才行。」

「那、那兩個護衛呢？」

「丟著不管就好了。」

本來想藉喝茶來爭取點時間，拿到嘴邊後才發現茶杯早已經空了。亞絲娜若無其事地把杯子搶了過去，又從瓶子裡倒了些熱茶進去。

老實說——這是個很吸引人的要求。因為沒有任何男人，會不想和可稱為艾恩葛朗特第一美女的女性組隊。但就算很想接受她的要求，還是會先產生這樣的疑惑——為什麼像亞絲娜這樣的名人，會主動找我組隊。

說不定只是看我這個性格灰暗的獨行玩家可憐而已。心裡一抱持這種消極的想法，嘴裡便不小心說出成為自己致命傷的話：

「最前線可是很危險的。」

亞絲娜再次舉起右手的小刀。一看見比剛才還要強烈的光線效果出現，我只好趕緊用力點了點頭。雖然心裡還是懷疑著，為什麼會找在最前線攻略玩家集團，通稱「攻略組」裡面，不算特別突出的我組隊。不過我還是下定決心對她說：

「好、好啦。那……明天早上九點，第七十四層轉移門口見。」

亞絲娜這才把手放下來，並發出強悍的「呵呵」笑聲來作為回答。

完全不知道在獨居女生家裡能待到幾點的我，在吃完飯後便馬上起身告辭了。亞絲娜送我到公寓樓梯口，稍微點了點頭對我說：

「今天呢……還是要跟你道個謝。感謝你的食材。」

「我、我才得謝謝妳呢。雖然以後還想拜託妳……但應該也沒什麼機會再得到那種食材道具了。」

「就算是普通的食材，靠廚師的手藝也能變成一桌好菜唷。」

亞絲娜這麼回答我後，抬頭仰望天空。完全被黑暗籠罩的天空當然不可能有星星存在。一百公尺上空能見到的，就只有由石頭與鐵塊所製成，覆蓋在我們頭上的陰暗底層而已。我跟著抬頭往上看，嘴裡喃喃自語：

「……現在這種狀況，真的是茅場晶彥想創造的世界嗎……」

這個一半是說給自己聽的問題，我們兩個人都無法回答。

現在大概躲在某處觀察這個世界的茅場，究竟有什麼感覺呢。我完全沒辦法猜測出，茅場對於現在這種在經過動盪的混亂期後，得到和平與秩序的現況，究竟是感到滿足或是失望。

亞絲娜沉默地往我身邊靠近一步，我的手臂可以感受到一點她的體溫。這到底是錯覺，又或是忠實的體溫模擬所造成的結果呢。

我開始進入這個死亡遊戲的時間是二〇二二年十一月六日。而現在是二〇二四年十月下旬。在這已經將近兩年的時間裡，別說是救援了，外部就連一絲消息也沒有傳進來。我們能做的，就只有努力生存下去，然後一步步向上爬而已。

於是，艾恩葛朗特的一天就這麼結束了。我們究竟朝向何方前進？這個遊戲究竟有什麼樣的結局在等待著我們？不知道的事情實在太多了。未來的旅程是如此遙遠，能見到的光明卻是如此稀少。即使如此——我仍然沒有完全放棄希望。

我抬頭望向上空的鐵蓋，思緒朝著仍未能見到出口的未知世界飛去。

7

上午九點。

今天的氣象設定是多雲。籠罩整個街道的晨靄仍未消失，外圍射進來的陽光在細微空氣粒子上產生亂反射，讓周圍全染上一片檸檬黃。

依照艾恩葛朗特的曆法，現在是屬於深秋的「白蠟樹之月」。氣溫是讓人感到有些微涼的程度，本來應該是一年當中最為清爽的季節，但我現在的心情卻頗為低落。

我在七十四層的主街區轉移門廣場等著亞絲娜。昨天晚上很難得失眠了，回到位於阿爾格特的房間，鑽進簡樸的床鋪之後，可說是徹夜輾轉難眠，真正睡著時已經過了午夜三點。SAO裡面雖然有許多輔助玩家的便利機能，但很可惜沒有按下就可以馬上入睡的按鈕。

令人相當納悶的是，遊戲裡面有完全相反的機能存在。主選單的時間相關選項裡頭有一個「強制起床鬧鈴」，能夠在指定時刻用隨機音樂來強迫玩家醒過來。雖說還是可以睡回籠覺，但在八點五十分被系統吵醒的我還是打起精神，成功從被窩裡爬了出來。

遊戲裡面不需要洗澡及換衣服這點，對一些比較不修邊幅的玩家來說，的確是一項福音

——雖然說還是有愛乾淨的人每天沐浴，不過就連NERvGear也有點負荷不了液體效果的模擬，所以沒有辦法完全呈現真正洗澡時的感覺——我在接近約定時間前起床後，利用二十秒時間整理好裝備，搖搖晃晃穿過阿爾格特的轉移門，一邊為睡眠不足的不快感所苦，一邊等待那個女人，但是——

「還不來……」

時間已經是九點十分。比較勤快的攻略組已經不斷出現在轉移門前，朝著迷宮區走過去。我漫無目的叫出選單，靠著確認早已牢記的地圖以及技能提昇狀況來消磨時間。發現自己竟然有「如果有帶什麼攜帶式遊戲機來就好了」這種想法之後，不禁對自己感到相當無力。竟然會在遊戲裡面想玩遊戲，真是沒救了，還是回去睡覺好了……正當我有這種消極想法時，轉移門內部發出了不知已經是第幾次的藍色轉移光線。我不抱多大的期望，往門那邊看去。下一個瞬間——

「呀啊啊啊啊！快、快躲開——！」

「嗚哇啊啊啊啊！」

轉移者通常會出現在轉移門內的地面上，但現在轉移門裡離地面一公尺左右的空中竟然開始有人影實體化——然後直接從空中向我飛了過來。

「什……什……？」

連要躲開或接住這個人的時間都沒有，對方便和我撞個正著。我們兩個人都整個跌坐在地上，我的頭還因此用力地撞上地面。如果不是在街上，應該會被扣除一點點HP值吧。

也就是說這個笨蛋玩家是直接跳進原來樓層的轉移門，然後又直接被轉移到這裡——應該是這麼一回事吧。想不到我在這種時候，腦袋竟還能悠哉地思考事情發展的經過。在頭昏腦脹當中，我為了推開壓在身上的蠢蛋，伸出右手用力一抓。

「……？」

結果手上竟然傳來舒服又不可思議的觸感。為了找出這柔軟又富有彈力的物體究竟是什麼，我又用力抓了兩、三次。

「呀、呀——！」

耳邊忽然響起很大聲的尖叫，接著我的後腦勺再次被激烈地捶到地面上，同時壓在身上的重量也消失了。受到新的衝擊之後才好不容易回過神來的我，猛然撐起上半身來。

有個一屁股坐在地上的女性玩家就在我的眼前。她身穿白底紅刺繡的騎士服和膝上迷你裙。劍帶上繫著銀製細劍。不知為什麼，她除了眼中帶著難以解釋的殺氣直瞪著我看之外，臉上還出現最大的感情效果，連耳根都紅通通一片，兩條手臂則緊緊交叉在胸前……胸……？

我突然理解到右手剛剛抓的究竟是什麼東西。這時候才發現自己所處的危險狀態。雖然從平時就一直鍛鍊逃避危機的思考方法，但在這時候卻完全派不上用場。我只能不斷張開又合起不知往哪擺的右手，然後露出僵硬的笑容開口說道：

「唷……早啊，亞絲娜。」

感覺上——亞絲娜眼中浮現的殺氣似乎變得更加強烈了。那應該是在考慮要不要讓獵物逃走時的眼神吧。

正當我立刻開始研究選擇「逃亡」指令的可行性時，轉移門再度發出藍色的光芒。亞絲娜像嚇了一跳似地轉過身去，然後慌張地站起來躲到我背後。

「怎麼了……？」

搞不清楚怎麼回事的我只能呆站著。這時轉移門光芒更加耀眼，門中央出現了新的人影。這次的轉移者兩隻腳確實站在地面上。

光線消失後，站在那裡的是曾經見過的臉孔。身上誇張的純白斗篷上印有紅色徽章。穿著公會血盟騎士團制服，裝備有裝飾過多的金屬鎧甲與雙手劍的這個男人，就是昨天跟著亞絲娜的長髮護衛。記得名字應該是克拉帝爾吧。

由轉移門裡出來的克拉帝爾見到躲在我身後的亞絲娜後，原本就刻畫在眉頭與鼻梁間的皺紋變得更深了。雖然年紀應該沒有多大，大概只是二十出頭左右吧，但那些皺紋讓他顯得格外蒼老。他用力咬了咬牙根，帶著滿腔怨恨的樣子開口說道：

「亞……亞絲娜大人，您這樣擅作主張會造成我的困擾……！」

聽到他有點歇斯底里的尖銳聲音，我心裡有些畏懼地想著，這下事情可不妙了。閃爍著凹陷的三白眼，克拉帝爾又繼續說：

「來吧，亞絲娜大人，我們回本部去吧。」

「不要，今天又不是活動日！……倒是你，為什麼一大早就在我家門口站崗呢？」

在我背後的亞絲娜同樣相當氣憤地反問：

「哼哼，我早就料到可能會有這種事發生，所以我在一個月前，就開始在塞爾穆布魯克進行晨間監視任務了。」

克拉帝爾充滿自傲的回答實在讓人啞口無言。亞絲娜也跟我同樣僵在現場。過了一陣子才用生硬的聲音回問：

「那……那應該不是團長的指示吧……？」

「我的任務是擔任亞絲娜大人的護衛！所以當然也包含您家外面的監視……」

「怎麼可能會包含這種事呢，笨蛋！」

這時，克拉帝爾臉上憤怒與焦躁的表情更加明顯，他大剌剌地走過來並粗暴地將我推開，然後抓住亞絲娜的手。

「請不要不聽勸告……來，我們回本部吧。」

聽見他那情緒快要爆發出來的聲調，連亞絲娜也瞬間感到膽怯。她對站在旁邊的我投以求救眼神。

老實說在她看我之前，自己那怕麻煩的壞習慣又開始發作，原本甚至想就這麼一走了之。但在看見亞絲娜的眼神後，右手便自己動了起來。我握住克拉帝爾那抓著亞絲娜的右手腕，仔細控制自己力道以免市街圈內的禁止犯罪指令發動。

「不好意思，你們家的副團長今天是屬於我的。」

雖然是連自己聽了都覺得噁心的台詞，但也沒有別的方法了。到目前為止一直故意忽視我存在的克拉帝爾，瞬時整個臉部扭曲，將我的手甩開。

「你這傢伙……！」

用破鑼嗓般的聲音這麼吼道。他臉上表情就算沒有經過系統誇飾，也讓人看得出已經有種脫離常軌的感覺。

「亞絲娜的安全由我來負責。況且今天又沒有要打魔王戰。你就自己回本部去吧。」

「別……別開玩笑了！像你這種雜碎玩家，怎麼可能勝任亞絲娜大人的護衛！我……我可是光榮的血盟騎士團的……」

「我比你要適合多了。」

老實說，這句話算是自己多嘴。

「臭小鬼……你、你這麼有自信的話，那就證明給我看啊……」

克拉帝爾臉色蒼白，用發著抖的右手叫出視窗並且快速地操縱著。我的視線裡馬上就出現了半透明的系統訊息。內容不用想也知道。

「克拉帝爾向您提出1vs1對決的要求。您願意接受嗎？」

默默發出光芒的文字下面有Yes／No以及幾個其他選項。我稍微瞄了一下隔壁的亞絲娜，她雖然看不見訊息，但應該已經理解是什麼狀況才對。原本以為她一定會阻止我，但令人吃驚的，亞絲娜竟然用僵硬的表情微微點了點頭。

「……可以嗎？不會在妳的公會裡造成問題嗎……？」

我小聲問道，她也同樣用細微但堅定的口氣回答：

「沒關係。團長那邊我會向他報告。」

我點點頭，按下Yes按鈕，從選項當中選擇了「初擊勝負模式」。

這模式的規則是先以強力攻擊擊中對方，或是先讓對方HP降到一半以下的一方獲勝。訊息變成「您接受了與克拉帝爾1vs1對決的挑戰」後，下方就開始了六十秒倒數計時。當數字變成零那一瞬間，我與那傢伙兩個人在市街區裡的HP保護便會消失，彼此將用劍對打，直到分出勝負為止。

不知道克拉帝爾是怎麼看待亞絲娜答應讓我們決鬥的事，只見他努力壓抑住自己興奮的情緒吼道：

「請亞絲娜大人看個仔細！我會證明除了我之外，沒有人可以擔任您的護衛！」

接著用像在演戲般的動作，把他巨大的雙手劍從腰間拔了出來，發出「喀啷」聲後擺出戰鬥姿勢。

確認亞絲娜已經往後退了幾步之後，我也從背部把單手劍抽了出來。不愧是名門公會的成員，那傢伙的武器在外觀上比我要華麗多了。除了雙手劍和單手劍在大小上原本的差距之外，我的愛劍是忠於實用性的簡樸樣式，但對方劍上有看來就像由一流工匠所雕刻出的華麗裝飾。

我們兩個人隔了大約五公尺的距離，彼此相對，等待倒數的這段時間裡，周圍聚集了越來越多的圍觀人群。除了因為這裡是位於城市正中央轉移門廣場外，我和這傢伙也都算是小有名氣的玩家，所以有這麼多人圍觀也是理所當然。

「獨行的桐人和KoB成員單挑了！」

群眾裡有個人忽然這麼大喊，接著就引起了非常大的歡呼聲。一般來說，都是朋友之間為了比試劍技才會進行對決，而這些旁觀者也不知道我們雙方交惡的來龍去脈，所以淨在旁邊吹著口哨，大聲嚷嚷地騷動著。

只不過隨著時間倒數，我也逐漸聽不見這些吵雜聲了。就如同跟怪物對決時所感覺到的，彷彿有一條銳利又冰冷的線貫穿全身。我看著因為在意叫囂聲，而對周圍投以焦躁視線的克拉帝爾全身，集中全部精神，準備從他持劍以及張腳姿勢當中預測出他的「意圖」。

人類玩家比怪物更容易有預先將自己準備使出的劍技暴露出來的習慣。自己是要使出突擊系、防禦系、從上段或是下段的攻擊，若是讓對手知道這些情報，就會成為在對人戰鬥時致命的敗因。

克拉帝爾有點像是扛著劍般，將劍擺在中段，身體則採前傾姿勢，重心放低。很明顯的，他是準備進行突進系上段攻擊。當然這也可能只是他的幌子。實際上我現在就是把劍擺在下段輕鬆地站著，讓自己看起來像一開始就準備進行下段小攻擊的樣子。至於如何讀出彼此之間動作的虛虛實實，就得靠感覺與經驗了。

當倒數時間只剩個位數，我便把視窗關掉。這時早已聽不見周圍的雜音了。

直到最後，視線都還在我與視窗之間來來回回的克拉帝爾停下動作，全身因緊張而緊繃起來。接著「DUEL！」的文字跟著紫色閃光，在我們兩人之間彈了出來，同一時間我猛然踹了一下地面往前衝去。從靴子底下飛散出火光，被我撕裂的空氣大聲嘶吼。

克拉帝爾的身體僅僅晚了我些許時間，也開始動作。不過他臉上倒是還帶著些驚愕的表情。我想那是因為做出下段防禦姿勢的我，出乎意料地往前突進的緣故吧。

就如我所預料的，克拉帝爾的第一個動作果然是雙手用大劍上段衝刺技「雪崩」。對上這個招式時，如果只使用一般防禦，就算抵擋下來，也會因為衝擊過大而無法優先展開反擊；如果選擇躲開，使用者也會因為衝刺力所取得的距離，而有足夠時間重組攻勢，可以說是相當優秀的高等劍技。只不過，這僅限於對手是怪物的時候。

已經猜出對方劍技的我，選擇使出同樣的上段單手劍突進技「音速衝擊」。兩邊劍技的軌道將會在空中交錯。

光論劍技威力的話，是對方比較高。通常在雙方武器攻擊互相衝突的情況下，使出重擊的一方將會獲得有利的判決。現在這種狀況，一般來說應該是我的劍會被彈開，而對方劍技的威力雖然會減小，但還是足以在我身上造成輸掉這場勝負的傷害。只不過，我攻擊的目標並不是克拉帝爾本人。

兩人之間的距離因為彼此驚人的速度而快速縮短。但我的知覺也同時跟著加速，逐漸覺得時間流動變得相當緩慢。我不知道這是ＳＡＯ系統所造成的結果，又或是人類本來就有的能力。只不過，我眼裡可以清楚看穿那傢伙全身的動作。

大大往後抬起的大劍發出橘色效果光，向我揮擊過來。真不愧是最強公會的成員，整體來說，素質算是不錯，劍技產生的速度也比我想像中來得快。強勁又耀眼的刀身馬上朝我逼近。雖說是一擊結束的對決，但如果我正面遭受到這帶有必殺威力的一擊，應該也會受到不容忽視的傷害才對。確信自己會獲勝的克拉帝爾，臉上露出藏不住的喜色。但是——

我搶得先機，比對方早一步揮出的劍尖在劃出傾斜軌道後，帶著黃綠色的光芒，直接命中克拉帝爾那還在揮擊途中，仍未產生攻擊判定的大劍側面。一陣激烈的火花瞬間爆發出來。

武器與武器的攻擊互相衝突時，還會有另外一種結果，就是「武器損毀」。
當然這不是時常會發生的事。只有在技巧起始或結束等不存在攻擊判定的情況下，在那把武器構造上脆弱的位置、方向施加強烈打擊時才有可能會發生。
但是我確信它會折斷。因為裝飾華麗的武器，耐久力通常都不怎麼樣。
不出我所料——彷彿要衝破耳膜般的金屬聲四處飛散，克拉帝爾的雙手劍從中間整個折斷。誇張的光線效果就像爆炸一般地迸發出來。
我跟他兩個人在空中交錯而過，落地之後位置互換，站在剛剛彼此等待戰鬥的地方。那傢伙的半截斷劍一邊旋轉一邊高高飛起，在天空中反射耀眼的陽光後，掉下來插在兩人中間的石板地面上。之後，那半截劍尖與克拉帝爾手中的握柄部分，變成無數多邊形碎片飛散開來。
整片廣場陷入短暫的沉默。每個看熱鬧的人都張大了嘴，直挺挺地站著。而我則是從著地姿勢站起身來，按照自己的習慣將劍往左右揮舞了一下。接著，人群中響起一片歡呼聲。
聽著人群裡傳來許多像「太厲害了！剛剛是瞄準劍攻擊的嗎！」，這種對剛剛一瞬間的攻防所做的評論，我只得把嘆息往肚子裡吞。雖說只是一招劍技，但在眾人環視之下，展現自己的實力還是讓我感到很不舒服。
垂著右手上的劍，慢慢走向背對著我，蹲在地上的克拉帝爾。可以看得出來他包裹在白色斗篷之下的身體正在發抖。我把劍收回背上劍鞘時故意發出聲音，然後小聲對他說道：

「如果你要換武器重新打過，我也奉陪……不過我看是沒有必要了。」

克拉帝爾沒有看我，只用雙手抓住石頭地板，身體像得了瘧疾似地不斷發抖，不久便用沙啞聲音說：「I Resign.」。其實用日文說出「投降」或「我認輸了」也可以結束對決就是了。

話語剛落，在跟開始時同樣的位置上，閃起了宣告對決結束以及勝利者姓名的紫色文字，接著周遭再度響起一陣歡呼聲。克拉帝爾搖搖晃晃地站起身，對著看熱鬧的人群吼道：

「這可不是表演啊！滾開！滾開！」

接著更轉向我叫道：

「你這傢伙……殺了你……我一定要殺了你……」

我得承認他這時的眼神確實讓我感到有點發冷。

SAO裡的感情表現的確讓人感到有些誇張，但就算沒有系統強化效果，浮現在克拉帝爾三白眼裡的憎恨，可以說比怪物還要恐怖。這時，有個人影從因厭煩而沉默的我身邊走了出來。

「克拉帝爾，我以血盟騎士團副團長的身分命令你，從今天起，解除你的護衛任務。在沒有別的命令之前，先在本部裡待機。完畢。」

亞絲娜的聲音，有著比表情還要冰冷的感覺。不過我可以聽出隱藏壓抑在她聲音裡的苦惱。在無意識之中，我把手搭上了亞絲娜的肩膀。亞絲娜緊張又僵硬的身體微微搖晃了一下，

就整個靠在我身上。

「……妳說……妳說什麼……妳這……」

到這個部分為止，都還能聽見克拉帝爾的聲音。但接下來他嘴裡唸唸有詞的，應該是數百句詛咒，同時還狠狠盯著我們看。我想他一定是準備重新裝上預備的武器，然後就算知道會被禁止犯罪命令給阻止下來，也要朝我們砍過來吧。

不過，那傢伙在最後好不容易克制住自己，並從斗篷內側抓出轉移水晶，接著用像是要把水晶捏碎般的力道，緊握住它並舉起來，嘴裡呢喃著「轉移……格朗薩姆」。被藍色光芒包圍，即將消失的最後一瞬間，克拉帝爾對我投以極為憎恨的眼神。

轉移光消失後，廣場被一片令人感到不舒服的沉默籠罩。看熱鬧的群眾，每個人都被克拉帝爾粗暴的言行嚇得說不出話來，但不久後也就三三兩兩地散去。最後只剩下我和亞絲娜兩個人還待在現場。

腦袋裡雖然拚了命想說點話，但這兩年來，我只顧著強化自己，所以根本想不出什麼安慰人的話。說起來，我甚至不確定聽她的話接受對決，然後獲得勝利這件事究竟做得對不對。

不久，亞絲娜退了一步，用完全感覺不到平常那種高姿態的語調，輕聲對我說：

「……很抱歉，把你扯進這種麻煩事裡。」

「不會啦……我是沒關係，倒是妳這樣真的不要緊嗎？」

緩緩地搖了搖頭，最強公會騎士團的副團長臉上露出剛強卻又軟弱的笑容。

「嗯。現在公會會變成這個樣子，老是以攻略遊戲為最優先考量，而把規範強加在團員身上的我也有責任……」

「那也是沒辦法的事……反過來說，如果沒有妳這種人，那攻略的進度會比現在遲上許多。這雖然不是像我這種獨行又隨便的傢伙能說的話……嗯，該怎麼說才好呢……」

連我也搞不清楚自己究竟想說些什麼，只能慌慌張張繼續接著說道：

「……所以呢，妳就算想偶爾跟我這種隨便的傢伙組隊，藉此休息一下，也沒什麼好讓人抱怨的……我是這麼認為啦……」

結果亞絲娜以呆滯的表情，眨了好幾次眼睛之後，臉上露出有點算是苦笑的笑容，但她緊繃的臉總算是和緩了下來。

「……不過還是要跟你道個謝。那我就恭敬不如從命，好好來享受一下，今天就拜託你當前鋒啦。」

她說完便快速轉身，朝著通往城鎮外面的街道走過去。

「不是吧，妳等等，前鋒通常是輪流當的吧！」

抱怨完之後，我也只能嘆口氣，往那搖晃著的栗子色頭髮追了過去。

8

往迷宮區延伸的森林小路，被一片暖洋洋的空氣所包圍，昨天晚上那種恐怖氣氛就像騙人似的，完全不復存在。樹梢間照射進來的晨光造成好幾條金色光柱，在光柱的縫隙之間又有蝴蝶翩翩飛舞著。可惜這只是沒有實體的視覺效果，就算追過去也抓不到真的蝴蝶。

我們的腳步在柔軟茂盛的草地上踩著，發出聽起來相當舒服的沙沙聲。這時亞絲娜像在取笑我般說道：

「話說回來，你怎麼老是穿同一套衣服？」

我一下子回不上話，只好朝自己的身體看。可以看見自己身穿又髒又舊的黑色皮革大衣，再加上同色的襯衫與長褲，幾乎沒有穿戴什麼金屬防具。

「有、有什麼關係。有錢買衣服的話，我寧願拿去吃點好東西……」

「你穿得一身黑有什麼合理的理由嗎？還是只為了造型？」

「妳、妳還敢說我，妳自己還不是每次都穿一身紅白造型，像在過節似的……」

我嘴裡這麼回答，並習慣性對四周使用搜敵掃描。目前沒有怪物的反應。只不過——

「那有什麼辦法，這是公會的制服……嗯？怎麼了嗎？」

「沒有……」

我迅速舉起右手，打斷亞絲娜的話。在幾乎快到搜敵範圍外的地方，出現玩家反應。將視線集中在後方，可以看到好幾個表示玩家存在的綠色浮標不斷閃爍著。

這不可能是由玩家組成的犯罪者集團。那些傢伙只會找上比自己等級低的玩家，所以很少會出現在最強等級玩家們聚集的最前線。而且玩家一旦犯下罪行，會有很長一段時間，浮標顏色會由綠色變成橘色。但現在我所在意的，是這個集團的人數以及列隊方式。

從主選單裡把地圖叫出來，然後把它設定為可見模式，讓亞絲娜也能看到。顯示出周邊森林地形的地圖上，因為搜敵技能的作用，而有顯示玩家所在的綠光浮現出來。玩家數量共有十二個人。

「真多……」

我點頭同意亞絲娜所說的話。隊伍人數如果太多，將會很難互相配合，所以一般都是五、六個人一起組隊。

「而且妳看他們的列隊方式。」

從地圖邊緣火速往我們這邊靠過來的光點群，是以排列得相當整齊的兩列縱隊行進著。如果是在危險的迷宮也就算了，但在這種沒什麼厲害怪物的練功區裡，還組成如此整齊的隊形，可說是相當罕見。

如果可以得知這個集團成員的等級，大概就能稍微推論出他們的來歷。但彼此互不認識的玩家，別說是等級了，連名字都不會輕易表示在箭頭上面。這一切都是為了要防止隨便「PK」——也就是防止玩家殺人所設定的預設模式。像這種時候，只能直接用肉眼檢視他們的裝備，然後推測出等級了。

我關掉地圖，瞄了亞絲娜一眼，說道：

「我想確認一下。我們就躲到旁邊，讓他們走過去吧。」

「好吧。」

亞絲娜一臉緊張地點了點頭。我們兩個離開道路，爬上土坡，找到一處大概有身高那麼高的叢生灌木林之後，便躲在那邊的樹蔭底下。這是可以由上方觀察下面道路的絕佳位置。

「啊……」

亞絲娜忽然注意到自己的穿著。紅色與白色的制服在綠色灌木林裡可說非常醒目。

「怎麼辦，我沒有帶替換的衣服……」

地圖上的光點集團已經來到相當近的距離，馬上要進入肉眼可見的範圍了。

「抱歉了……」

我把皮革大衣的前面打開，包住蹲在旁邊的亞絲娜。她雖然瞪了我一眼，但最後還是乖乖

地把自己的身體全部藏在大衣裡面。黑色的破舊大衣雖然不美觀，但隱蔽的附加功能相當強。躲得這麼仔細的話，只要對方不用高等級的搜敵技能來搜尋，應該就沒辦法發現我們。

「妳看，我這身衣服偶爾也會派上用場。」

「真是！噓……他們來了！」

亞絲娜小聲說完後，把手指放在嘴唇前面。我們立刻將身體蹲得更低一些，這時可以聽見些微相當有規律的腳步聲傳了過來。

不久之後，那個集團的身影便出現在前方的蜿蜒小路上。

所有人的職業都是劍士。身穿一致的青銅色金屬鎧甲加上墨綠色戰鬥服。裝備全部都是相當實用的設計，不過前面六個人手上拿著的大型盾牌上，刻有相當明顯的城堡圖案。

前衛六個人的武器是單手劍。後衛六個人則拿著巨大斧槍。因為所有人都把頭盔邊緣壓得相當低，所以沒有辦法看見他們的表情。看著他們這種整齊劃一的行進，感覺上就彷彿這十二個人全都是由系統操縱的同一種ＮＰＣ。

看到這裡已經可以確定，他們就是以底部樓層作為根據地的超巨大公會「軍隊」的成員。身旁的亞絲娜似乎也已經察覺他們的來歷，我可以感覺到她現在正緊張地屏住自己的呼吸。

對於一般玩家來說，他們絕對不是什麼敵對的存在。甚至可以說他們是最熱心推動防止犯罪行為的團體。只不過他們採取的方法太過於偏激，一旦發現有犯罪者標誌的玩家時——因為

浮標的顏色又被通稱為「橘色玩家」——就馬上不分青紅皂白發動攻擊，對於投降者就解除他們武裝，然後送進根據地黑鐵宮的監牢區裡監禁起來。至於不投降又沒能成功逃離的人，將會遭受何種待遇，各種恐怖謠言也早已繪聲繪影地傳遍了大街小巷。

此外，因為他們也時常以多人數的隊伍來行動，並且長時間占據練功區，所以在一般玩家之間便有了「別輕易接近『軍隊』」這樣的共識產生。原本這群人主要是在五十層以下的低層區域裡，進行維持治安與擴大版圖的工作，很少會在最前線看見他們的身影。但現在——

在我們屏住氣息地注視之下，十二個重武裝戰士就這樣發出鎧甲互相摩擦的金屬聲，與沉重靴子的腳步聲，齊步走過我們下面的道路，最後消失在濃密的森林之中。

現在被囚禁在ＳＡＯ裡面的幾千名玩家，應該都是在發售日當天便將遊戲入手的超級遊戲狂。而這些遊戲狂應該是跟「紀律」這個名詞最扯不上關係的族群。雖說已經過了兩年的時間，但現在他們能夠有如此整齊劃一的動作，真可以說是非常了不起。他們應該是「軍隊」裡面最精銳的部隊吧。

在地圖上確認他們已經離開搜敵範圍之後，我和亞絲娜保持著蹲姿，大大地鬆了一口氣。

「……看來那個傳聞是真的……」

被我的大衣包裹著的亞絲娜小聲說道。

「傳聞？」

「嗯。我是在公會的例行會議上聽到的，聽說『軍隊』改變方針，準備到上層區域來進行活動。他們本來也是以完全攻略為目標的公會，只不過在攻略第二十五層時受到很大的損害，才會把方針由攻略遊戲轉變為加強組織，而不再到前線來了。結果聽說最近內部開始有不滿的聲音出現。所以方針才又有所轉變，據說他們目前的想法是，與其跟上次一樣派許多人進入迷宮，結果產生混亂，倒不如派出少數精銳部隊，靠他們獲得的戰果來表現出公會完全攻略遊戲的意志。那時候的報告還說，他們的第一批部隊應該已經快要出現了。」

「靠實際的行動來宣傳自己的公會嗎。不過，馬上就到這種還沒來過的樓層，真的不要緊嗎……？雖然等級看起來是還滿高的沒錯……」

「說不定……就是打算要來攻略魔王……」

各層的迷宮區裡，都一定會有魔王怪物守護著連接上層的樓梯。雖然這種魔王級的怪物只有一隻，但因為擁有非常恐怖的實力，所以打倒牠的確可以造成很大的話題。這想必是很有效的宣傳活動。

「所以才會來這麼多人嗎……但怎麼說還是太亂來了。還沒有人見過第七十四層的頭目呢。通常是要經過不斷地偵查，確認過頭目的戰力和傾向之後，才會招募巨大的隊伍前去攻略才對吧。」

「只有在進行魔王攻略的時候，才需要公會之間彼此互相協助。那些人不知道有沒有這個

意思……？」

「這很難說……不過那些傢伙應該也知道不能隨便挑戰魔王才對。我們也快點走吧。希望在裡面不要遇上他們……」

雖然覺得結束這種與亞絲娜緊靠在一起的狀況，實在非常可惜，但我還是勉強站起身來。從大衣裡鑽出來的亞絲娜，可能覺得有些冷而縮起身子。

「馬上就要冬天了……我也買件外套比較好。你這件是在哪買的？」

「嗯……我記得是在阿爾格特西區，一位玩家開設的商店裡買的……」

「那冒險結束之後帶我去吧。」

說完，亞絲娜用輕巧的動作朝二公尺下方的小路跳了下去。當然我也跟著她一起往下跳，靠參數補正的幫忙，這點高度根本算不了什麼。

時間幾乎來到了正午時刻。我與亞絲娜一邊注意地圖，一邊盡可能用最快的速度前進。幸好在穿越森林的途中沒遇見任何怪物。穿越森林之後，出現在我們眼前的是有許多淺藍色花朵的草原。道路貫穿整個草原往西延伸，底端則可以看到第七十四層的迷宮區，就像在展示自己的威容般屹立在我們眼前。

迷宮區最上面通常會有一間特別大的房間，裡面會有凶惡的魔王守護著通往上一層——目前是往第七十五層的階梯才對。突破頭目的封鎖，到達上一層的主街區，讓轉移門開始運作之後，就算成功達成一個樓層的攻略了。

「開拓城鎮」時，會有相當多的玩家，為了一探新城鎮的風貌與文物，而從下層湧上來，到時候城鎮全體將會籠罩在一片宛如祭典般的歡樂氣氛當中。從開始攻略現在的最前線第七十四層，到今天為止已經第九天，頭目的房間應該快要被發現了才對。

聳立在草原另一端的巨塔，是由紅褐色砂岩所構成的圓形建築物。雖然我和亞絲娜已經多次造訪內部，但隨著距離逐漸拉近，那座幾乎要掩蓋整個天空的巨大建築物，仍給我們相當大的壓迫感，而這還只是占艾恩葛朗特全體的百分之一高度而已。雖然知道不可能，但我心裡還是悄悄懷著有朝一日，要從外部眺望這座巨大浮遊城堡全貌的願望。

看不見軍隊那群人的身影，應該是已經進入迷宮了吧。我們兩個人不禁加快腳步，朝著離我們越來越近的迷宮區入口前進。

大家公認血盟騎士團為最強公會，已經超過一年以上的時間。

從那個時候開始，被稱為「傳說中的男人」的騎士團團長就不用說了，連副團長亞絲娜那頂級劍士的身手也為眾人所知，「閃光」這個別名在艾恩葛朗特當中，可以說是無人不曉。我現在終於有這個機會，能在近距離看見等級更高，而且已經完成細劍使技能構成的亞絲娜，在對上一般怪物時的戰鬥技巧。

我們現在的位置是靠近第七十四層迷宮區最高處，左右兩邊有圓柱並排著的迴廊中間點。目前我們正在戰鬥，敵人是名為「惡魔奴僕」的骷髏劍士。超過兩公尺的身軀纏繞著藍色燐光，右手拿著長直劍，左手則裝備有圓形金屬盾。雖然身上沒有任何肌肉，但筋力值卻非比尋常，可以說是相當棘手的怪物。不過，就算面對這樣的強敵，亞絲娜還是一步也沒有退讓。

「呼嚕嚕咕嚕嚕嚕嚕！」

伴隨怪異的吼叫聲，骷髏手中的劍拉出一道藍色殘光，由上方揮了下來。這是四連續技「垂直四方斬」。我在後面幾步的位置不安地看著狀況，只見亞絲娜踩著忽左忽右的華麗步伐，徹底躲開了對方所有攻擊。

就算現在是二對一的狀況，但只要遇上有裝備武器的敵人，就無法兩人同時進行攻擊。這並非系統不允許，而是在肉眼看不見的高速刀光劍影下，兩個人同時進攻最大的缺點就是會妨礙到彼此的劍技。所以在組隊戰鬥時，就得用上需要高度配合力的「切換」這個技巧了。

惡魔奴僕在四連擊技最後的大斬擊被躲過後，身體稍稍失去了平衡。亞絲娜趁這個機會馬上展開反擊。

閃耀白銀光芒的細劍，由中段不停刺進敵人身體。她所發出的每一道攻擊都命中敵人，而骷髏的ＨＰ也隨之減少。雖說一擊的威力並不是很大，但攻擊次數可說是多到難以計算。

連續三次中段突刺後，轉換成對開始準備防禦的敵人下半身反覆砍擊，接著往上斜挑的劍尖散發出純白效果光，並且對敵人施加兩次強力突刺攻擊。

她竟然使出了八連續攻擊劍技。我記得這是名叫「星屑飛濺」的高等劍技。即使對上細劍最難應付的骷髏系怪物，她的劍尖還是準確地命中敵人，這在在顯示出她的技能數值實在高到難以估計。

除了劍技有削除骷髏三分之一ＨＰ的威力外，使用者本身在進攻時，那華麗的身影也讓我不禁看呆了。我想，所謂的劍舞一定就是我眼前所看到的景象吧。

亞絲娜的背後彷彿長了眼睛，忽然對正在發愣的我喊道：

「桐人，要切換囉！」

「哦，好！」

我急忙拿起劍重新擺好姿勢。同時，亞絲娜使出單發的強烈突擊劍技。

但骷髏用左手的金屬盾擋下了劍尖，還因此飛散出大量的火花。不過這只是預料中的結果，敵人在抵擋重攻擊後，將會因短暫的僵硬時間而沒辦法馬上展開攻擊。

當然，重攻擊被抵擋下來的亞絲娜也會僵硬一段時間，但重要的是要取得這個「時機」。

我在千鈞一髮之際，以突進系技巧衝進敵人正面。故意於戰鬥中創造出短暫的空檔時間，並藉此與同伴互換位置，便是所謂的「切換」。

用眼角確認過亞絲娜已經退出相當距離後，我重新握緊右手的劍，接著便對敵人發動猛攻。基本上，對付像惡魔奴僕這種身體空隙很多的敵人，砍擊技會比突刺技來得有效。當然，如果是像亞絲娜那樣的用劍高手又另當別論了。其實最有效的應該是杖鎚系的敲擊武器，但我與亞絲娜都沒有打擊系的技能。

我使出的「垂直四方斬」連續四次攻擊都漂亮擊中敵人，也大大削減了牠的ＨＰ。骷髏反應變得頗遲鈍，這是因為怪物的ＡＩ有一種特徵，那就是在面對不同模式的攻擊時，得需要一點時間來反應。

昨天我一個人時，為了營造出這種狀況，花了很長時間來誘導蜥蜴人的ＡＩ；但有同伴在的話，就只要進行切換就可以了。這就是組隊戰鬥最大的優點之一。

用武器將敵人的攻擊反彈開之後，我開始使用大技來與牠一決勝負。首先從右斜上角往下砍的攻擊來揭開序幕，接著手腕反轉用與高爾夫揮杆時相同的軌道往回砍上來。敵人那只有骨頭的身體，每當被劍尖砍中時，都會有橘色光芒隨著「鏗鏘」這樣的碰撞聲散開來。

敵人原本舉起盾牌準備防禦由上段砍下來的劍，但我卻出乎牠意料之外地奮力用左肩撞去。接下來更朝著失去平衡的骷髏那空蕩蕩的身體，使出右向水平斬，下一個瞬間再馬上用右肩衝撞。這就是為了彌補連續使用強力攻擊出現的空檔時間，而用身體衝撞怪物的罕見劍技「隕石衝擊」。不是我自誇，除了單手劍之外，還要有體術技能才能夠使用這招式。

經過這些攻擊，敵人的ＨＰ值已經大幅減少到瀕死的狀態了。我用盡全身力氣將七連擊最後的上段左向水平斬使了出來。劍就這麼帶著效果光劃出圓弧形，並且準確地像被吸進去般砍進骷髏的脖子，脖子部分的骨頭一下子就被切斷，當頭蓋骨因此快速朝天空飛去的同時，留在地上的身體就像斷了線的木偶般散落地面，並發出清脆的聲音。

「幹得好！」

收起劍後，亞絲娜用力拍了一下我的背。

我和亞絲娜暫不分配戰利品，繼續往迷宮深處前進。

目前為止總共遇到了四次怪物，但我們幾乎都沒受到損傷便成功打倒牠們。跟戰鬥時喜歡

連續使用大技的我相反——亞絲娜的得意招數是藉著小、中劍技的連續攻擊，來給予敵人ＡＩ負擔——當然負擔指的不是讓ＣＰＵ在運算時產生困難，而是在合理的系統規則內，讓敵人動作有所遲疑——進而在戰鬥中形成對自己有利的狀態，從這方面看來，我們的劍技可以說是彼此互補。而且兩個人的等級應該也差不多才對。

我們謹慎地在並排著圓柱的莊嚴迴廊裡前進。雖然說靠著搜敵技能的幫助，不怕有敵人偷襲，但在堅硬石板地面上產生迴音的腳步聲，總是令人感到心神不寧。迷宮裡面雖然沒有光源存在，但由於周圍都充滿著不可思議的微光，所以還是可以看得見東西。

仔細觀察一下淡藍色光線照耀之下的迴廊。

可以發現迷宮的下半部雖然是由紅褐色砂岩所構成，但逐漸向上爬之後，建材就變成潮濕的藍色石頭。圓柱上面有著華麗但令人感到不舒服的雕刻，柱底部分整個沒入比路面還低的水道當中。整體而言，建築物給人的感覺越來越「沉重」。這時地圖檔案上的空白部分只剩下一點點，如果第六感沒有出錯，這前面應該就是——

迴廊盡頭有一扇雙開式灰藍色大門等待著我們。大門上刻著滿滿與圓柱相同的怪物浮雕。雖然這是個全由數位檔案製造而成的世界，但總是覺得那扇門傳來無可言喻的妖異氣息。

我們兩個在門前止步，彼此面面相覷。

「這個……應該就是……」

「應該沒錯……就是魔王的房間。」

亞絲娜緊緊拉住我大衣的袖子。

「怎麼樣……？要瞧瞧裡面的樣子嗎？」

這句話乍聽之下似乎是毫不畏懼，但聲音裡卻帶著濃濃的不安。即使是最強劍士，在這種情況下果然還是會感到恐懼。不過這也是理所當然，因為我也一樣害怕。

「……魔王怪物絕不會離開看守的房間。只是打開門，應該……不要緊……才對……」

亞絲娜擺出一副相當無奈的表情，用以回應我那講到最後已經沒什麼自信的語氣。

「總之還是先準備好轉移道具吧。」

「嗯。」

亞絲娜點了點頭，從裙子口袋拿出藍色水晶。而我也跟著這麼做。

「準備好了嗎……要開囉……」

右手臂依然被亞絲娜拉著，我只好把握著水晶的左手放到門上。在現實世界的話，現在手心應該流滿了手汗才對。

緩緩地用力打開門，有我身高兩倍高的巨大門扉竟然意外平順地開始動了起來。大門一開始動，就以我們來不及反應的速度同時開啟左右門扇。在我和亞絲娜屏息注視之下，完全敞開的大門與強烈的衝擊同時停止，接著隱藏在門裡的景象便完全呈現出來。

——門雖然開了，但內部仍是一片黑暗。藍色光線雖然照亮我們立身的迴廊，卻照不進房間裡面。就算我們再怎麼睜大雙眼凝視，也無法看透那含著冷氣的濃密黑暗。

「…………」

正當我準備開口的瞬間，離入口不遠的兩側地板上，突然「啵」一聲各燃起一道藍白色火焰。這讓我們兩個同時嚇了一跳，整個身體都縮了起來。

稍微遠一點的地方，兩側立刻又各燃起一道火焰。接著便一道一道延續下去。

隨著啵啵啵啵啵……這樣連續的聲音，從入口開始一直到房間的中央部分，迅速形成一條火焰道路，最後則是兩道相當大的火柱沖天而起。同一時間淡藍光線便照耀出這個相當深邃的長方形房間裡全部的景色。這個房間相當寬敞，剛好可以填滿地圖上空白的空間。

亞絲娜像是沒辦法再忍受緊張心情般，用力抓住我的右手腕。但這時候的我根本也沒有心情去享受那種感觸。因為有一道巨大身影，正從強烈搖晃的火柱後方慢慢出現在我們眼前。

我們得抬頭仰望的高大軀體，全身由像粗繩般隆起的肌肉包裹著。肌膚顏色則是不輸給周圍火焰的深藍，位於渾厚胸膛上方的，不是人類而是山羊的頭。

彎曲的粗大羊角由頭部兩側往後方高高立起。眼睛雖然也像燃著藍白色火焰般散發出光芒，但能夠清楚知道牠的視線正放在我們身上。牠的下半身長滿了深藍色長毛，雖然因為被火焰遮住所以看得不是很清楚，但似乎也不是人類而是動物的下半身。要簡單形容這個外貌的話，就是所謂的惡魔。

雖然從入口到那傢伙所在的房間中央還有一段相當遠的距離，但我們還是因為極度緊張而無法動彈。到目前為止，雖然和許多怪物戰鬥過，但還是第一次遇見這種惡魔造型的傢伙。雖然這種姿態在許多角色扮演遊戲裡都有出現過，但像現在這樣「直接」面對面之後，還是沒有辦法壓抑內心湧出的原始恐懼感。

我們畏畏縮縮地凝視著怪物，讀了一下出現在浮標上方的文字。「The Gleameyes」，沒錯，牠就是這一層的魔王，證據則是在名字前面的定冠詞。Gleameyes——閃耀魔眼嗎。

當我讀到這裡的時候，藍色惡魔忽然抬起高聳鼻尖並發出雷鳴般的吼叫聲。同時整排火焰都產生激烈搖晃，震動的感覺還經由地面傳遞到我們身上。接著牠一邊從口鼻中噴出藍白色蒸氣，一邊將右手的巨劍扛到肩上——下一個瞬間，惡魔以猛烈的速度朝我們這邊筆直衝了過來，而牠的速度甚至讓地面產生劇烈震動。

「嗚哇啊啊啊啊啊！」

「哇呀呀呀呀呀！」

我們兩個同時發出慘叫，馬上轉身全力向前衝刺。就算腦袋裡清楚知道，魔王怪物不會離開房間這個原則，但我們還是沒辦法停下自己的腳步。鍛鍊出來的敏捷度這時候發揮功效，我與亞絲娜兩個人像疾風般穿越長迴廊，全力逃跑了。

10

我和亞絲娜專心朝設於迷宮區中間地帶的安全區域跑了過去。雖然途中數度感覺到被怪物盯上，但我們實在沒有空去理牠們。

衝進被指定為安全區域的寬廣房間後，我們兩個人都靠在牆壁邊慢慢坐下來。用力吐了一口氣後看著彼此的臉。

「噗……」

接著兩個人同時笑了出來。如果冷靜地叫出地圖來確認，馬上就可以知道那個巨大惡魔沒有離開房間，但無論如何就是沒有辦法停下自己的腳步。

「啊哈哈，逃得可真快！」

亞絲娜整個人坐在地上，一臉愉快地笑著。

「已經很久沒有像這樣拚命逃跑了。不過桐人你逃得比我還誇張就是了！」

「…………」

實在沒辦法否認。亞絲娜看著我氣憤的表情，竊笑著挖苦我。後來好不容易才收起笑容，

正色說道：

「……那傢伙看來相當棘手呢……」

「說得也是。匆忙一瞥之下，看到牠的武器似乎只有一把大型劍，但應該有什麼特殊攻擊才對。」

「只能在前衛安排許多防禦值高的人，然後不斷進行切換了。」

「希望能有十個裝備盾的傢伙在……不過，到時候也只能先一點一點地進攻，然後找出牠的習慣再來決定對策了。」

「裝備盾嗎？」

亞絲娜對我投以有所示意的眼神。

「什、什麼啊。」

「你一定有事瞞著我對吧。」

「妳忽然在說些什麼啊……」

「因為真的很奇怪嘛。一般來說單手劍最大的優點不就是另一手可以拿盾牌嗎。但我從沒看過桐人你拿盾牌。我是因為會降低細劍的速度，也有人是為了造型而不拿盾牌，你的話應該不屬於上述原因。這樣真的很可疑……」

被她說中了。我的確擁有隱藏技能。但是到目前為止，我還沒有在別人面前使用過。

因為技能情報可以說攸關一個玩家的生死存亡。而且我認為這個技能如果被人家知道了，將會與周圍的人產生更深的鴻溝。

不過，這個女人的話——就算被她知道，應該也沒關係吧……

當我想到這裡，正準備開口時，她卻笑著說道：

「算了，沒關係。探查別人的技能本來就是不禮貌的事情。」

失去開口時機的我只好又把嘴閉上。亞絲娜瞄了一下時鐘確認時間之後，瞪大眼睛說道：

「哇，已經三點了。雖然已經有點晚了，但還是來吃午餐吧。」

「什麼……」

我突然開始興奮了起來。

「妳、妳親手做的嗎？」

亞絲娜沉默地微笑一下表示肯定後，便開始迅速操縱著選單。她把白色皮革手套裝備解除，然後叫出一個小籃子。跟這個女的組隊至少還有這個好處嘛——當我冒出這種無禮想法的瞬間，她忽然瞪了我一下。

「……你在打什麼壞主意？」

「哪、哪有啊。快點給我吃吧。」

亞絲娜雖然氣得噘起嘴，但還是從籃子裡拿出兩大包用紙包起來的東西，並將其中一包遞

給我。急忙打開之後，發現裡面是由薄切圓麵包夾大量烤肉與蔬菜所製成的三明治。這時類似胡椒的香味開始飄散在空中。忽然感受到強烈空腹感的我，二話不說便張嘴咬了下去。

「真……真好吃……」

咬了兩三口，忘我地將食物吞下後，感想也不由得脫口而出。外表看起來雖然與艾恩葛朗特ＮＰＣ餐廳裡販賣的不知名異國風味料理相似，但味道卻完全不一樣。這種比較濃的甜辣味，就跟兩年前我常光顧的日式速食店裡的味道完全相同。我忍住因為太過令人懷念的味道而快流下的淚水，專心吃著這個大三明治。

把最後一塊吞進去後，我接過亞絲娜遞過來的冰茶，一口氣把它喝乾。這時我才總算回過氣來。

「妳是怎麼做出這種味道……」

「這可是經過一年的修行與鑽研的成果唷。是把艾恩葛朗特裡面，那大約一百種左右的調味料，對味覺再生引擎會產生什麼樣的數值，全～～～部解析過後，才完成這種味道。這是把葛羅克瓦樹的種子，以及修布爾樹的葉子，加上卡利姆水綜合起來的結果。」

亞絲娜邊說邊從籃子裡拿出兩個小瓶子，拔開一邊的瓶蓋之後把食指伸了進去。當她把手指拔出來時，已經沾著不知該如何形容的紫色黏稠狀物體。她接著說道：

「嘴巴張開。」

雖然感到不解，但還是反射性地張開嘴。亞絲娜瞄準我的嘴巴彈了一下手指。彈進嘴裡的黏稠液體，味道著實讓我打從心底嚇了一大跳。

「……是美乃滋！」

「然後這邊是阿皮魯巴豆與薩古葉，再加上烏拉魚骨頭。」

雖然注意到最後一樣是解毒劑的原料，但我還來不及確認，液體就又彈進我的嘴裡了。這次的味道讓我感覺到比剛才還要強烈的衝擊，那毫無疑問是醬油的味道。由於實在太過感動，我想也不想就抓起亞絲娜的手，嘴巴直接往手指吸了下去。

「哇呀！」

大叫的同時，亞絲娜將手指抽回去並狠狠瞪著我。但在看見我呆滯的臉孔後，又忍不住笑了出來。

「剛剛的三明治醬料就是用這個做出來的。」

「…………太厲害了！無可挑剔！妳如果賣這個的話一定會賺大錢！」

老實說，跟昨天的雜燴兔料理比起來，我覺得今天的三明治更加好吃。

「是、是嗎？」

亞絲娜一臉不好意思地笑了起來。

「不對，還是不要賣比較好。到時候我吃不到怎麼辦。」

「你很小心眼耶！等我想做的時候會再做給你吃啦。」

小聲說完最後一句話，與我並肩而坐的亞絲娜肩膀稍微碰到了我的肩膀。一股讓人幾乎忘記我們正在戰場的寧靜沉默籠罩周圍。

如果每天都能夠吃到這樣的料理，那我倒是可以委屈一下搬到塞爾穆布魯克……亞絲娜家旁邊去……當我不自覺如此想著，甚至差點把這想法說出口時——

忽然有一群玩家發出鎧甲的聲響，從下方的入口走了進來。我們兩個立刻分開，並且拉開距離坐好。

一看見這六人小隊的首領，我的肩膀馬上就放鬆了下來。因為那個男人正是我在這座浮遊城堡裡認識最久的刀使。

「哦哦，桐人！好久不見了。」

那個高大的男人注意到是我之後，帶著笑容往這邊走了過來，而我也站起身跟他打招呼。

「你還活著啊，克萊因。」

「你這傢伙嘴巴還是這麼壞。難得你竟然還有同……伴……」

看見快速把東西收拾好的亞絲娜後，額頭上綁著低級圖案頭巾的刀使瞪大了眼睛。

「啊……那個，在魔王戰時應該有見過彼此才對，不過還是介紹一下好了。這傢伙是公會『風林火山』的克萊因。這邊是『血盟騎士團』的亞絲娜。」

我介紹的時候亞絲娜稍微點了一下頭，但這時克萊因除了眼睛之外，連嘴巴也維持在張開的狀態下動也不動。

「喂，說點話啊。你是lag了嗎？」

用手肘戳了一下他的腹部後，克萊因才好不容易閉上嘴，接著用相當誇張的速度低頭行了個最敬禮。

「妳、妳好！我、我、我叫克萊因今年二十四歲單身！」

看到這個慌張到口不擇言的刀使，我這次多用了一些力朝他腹部捶了下去。不過還沒等克萊因把話說完，在後面的其他五個成員便爭先恐後跑上來，全部的人都搶著自我介紹起來了。

「風林火山」的成員全部都是在玩ＳＡＯ以前便認識了。克萊因他一個人守護全部的同伴，並且指導他們成長到足以擔任攻略組的一員。兩年前——在這個死亡遊戲開始的日子，讓我感到膽怯並拒絕承受的重擔，他一個人獨力扛下來了。

我把滲入心底深處的自我厭惡感吞下肚裡，轉過身來對亞絲娜說道：

「嗯……領隊的臉看起來雖然像壞蛋，但他們都是不錯的人啦。」

這次換克萊因用力朝我的腳踩了下去。旁邊的亞絲娜看見我們這個樣子，忍俊不住彎著身子開始笑了起來。克萊因原本臉上還露出害羞般的扭曲笑容，忽然間又像回過神來似的抓住我的手臂，用極力壓抑但還是聽得出充滿殺氣的聲音問：

「怎怎怎怎麼回事啊桐人？」

亞絲娜直接走到窮於回答的我身邊，用相當清晰的聲音說：

「你好。我這陣子都會跟這個人一起組隊，請多指教。」

我聽到她這麼說時內心嚇了一大跳，想著「我們不是只有今天組隊而已嗎？」，而克萊因他們臉上則馬上變成失望與憤怒的表情。

不久後克萊因用充滿殺氣的眼神看著我，咬牙切齒地怒吼：

「桐人，你這傢伙……」

當我心裡想著這下可不是簡單就能脫身，並感到相當無奈的時候……

從這群人剛剛過來的方向又傳來腳步聲與金屬聲，告知我們又有一群人來了。聽到那異常整齊的聲音，亞絲娜帶著緊張的表情碰了碰我的手，悄聲說道：

「桐人，是『軍隊』！」

我馬上往入口那裡看去，出現在那裡的，果然是曾在森林裡見到的重裝部隊。克萊因舉起手要五名同伴退到牆邊。軍隊依然是以兩列縱隊的排列方式行軍走入房間，但已經沒有在森林時那麼整齊劃一了。他們的腳步沉重，從頭盔底下的表情也可以看出他們相當疲累。

部隊到達安全區域的另一端之後便停了下來。站在前面的男人一開口說「休息」，剩下的十一個人便發出巨大聲音倒臥或坐在地上。男人看都不看自己的同伴一眼，便朝我們這裡走了過來。

仔細一看，可以發現男人的裝備與其他十一個人有些許不同。除了金屬鎧甲是高級品之外，胸口的部分也畫有其他人所沒有的，以艾恩葛朗特全景而設計出來的徽章。

男人在我們面前停下腳步，把頭盔摘了下來。他是個相當高大的男人，年紀大概在三十歲出頭，四角形的臉配上一頭極短髮，粗眉毛下的小小眼睛閃爍著銳利光芒，嘴巴則緊緊地閉著。他視線往我們這裡一掃，對站在最前面的我開口說道：

「我是隸屬艾恩葛朗特解放軍的柯巴茲中校。」

真讓人意想不到。原本「軍隊」只是集團外部的人為了揶揄他們所取的外號，但不知何時竟已經成為他們的正式稱呼了。而且還自稱「中校」。我心裡雖然感到有點討厭，但還是簡短地自我介紹，「桐人，獨行玩家」。

男人輕輕點了點頭，用傲慢的口氣接著問道：

「你們已經攻略過前面的區域了嗎？」

「嗯……地圖已經紀錄到頭目房間前面了。」

「唔。那希望你能提供地圖檔案給我。」

看到男人這種一副理所當然的態度，就連我也有點嚇了一跳。但站在後面的克萊因跟我不一樣，只見他粗聲粗氣地喊道：

「說什麼……要我們提供？你這傢伙知道紀錄地圖要花多少心血嗎？竟然敢講這種話！」

未攻略區域的地圖檔案可說是相當重要的情報。在以寶箱為目標的寶物獵人之間可以賣得很高的價錢。

一聽到克萊因的聲音，男人馬上揚起單邊的眉毛，抬起下巴大聲回話道：

「我們正為了解放你們這些一般玩家而戰！」

接著又說道：

「協助我們也是你們應盡的義務！」

——所謂的桀傲不遜，指的應該就是這種態度吧。明明這一整年來，軍隊幾乎都沒有積極參與過樓層攻略。

「等一下，你這人怎麼……」

「你這傢伙……」

站在左右兩邊的亞絲娜與克萊因，發出怒氣即將爆發的聲音，但我用手制止了他們。

「反正本來就準備要回到城鎮就公開，給他也沒關係。」

「喂喂，你人也太好了吧桐人。」

「我沒打算把地圖檔案拿來賣錢。」

我一邊說一邊叫出交易視窗，把迷宮區的檔案傳給自稱柯巴茲中校的男人。男人面無表情地接收完檔案，用完全聽不出有感謝之意的聲音說了句「謝謝合作」之後就轉過身去。我對著他的背後說道：

「我勸你還是不要隨便去攻打魔王比較好。」

柯巴茲稍微轉了過來。

「這要由我來判斷……」

「我們剛剛去看過魔王的房間，那不是隨便一些人就可以對付的敵人。而且你的同伴們看起來也已經相當疲勞了。」

「……我的部下不是這種程度就會唉唉叫的軟腳蝦！」

雖然柯巴茲在提到「部下」時，用有點憤慨的口氣強調了一下，但那些正坐在地上的「部下」們，卻似乎不怎麼同意他所說的話。

「你們這些傢伙馬上給我站起來！」

聽到柯巴茲這麼說，他們才慢慢站起身，排成兩列縱隊。柯巴茲看也不看這裡便直接站到隊伍前面，先舉起一隻手又迅速向下揮。十二個人整齊舉起武器，沉重的裝備發出聲響，重新開始進軍。

雖然他們的ＨＰ值看起來是全滿沒錯，但ＳＡＯ內部緊湊的戰鬥將會帶來看不見的疲勞感。留在另一個世界裡的真正肉體雖然沒有任何動作，但這些疲勞感是得在這邊經過睡眠、休

息才能夠消除的。在我看來，軍隊的玩家們因為不習慣最前線的戰鬥，體力已經消耗殆盡了。

「……那些傢伙沒問題嗎……」

等軍隊的部隊消失在通往上層的出口，而且聽不到他們規則的腳步聲後，克萊因用擔心的聲音如此說道。這傢伙真是個好人。

「就算再怎麼笨也不會馬上就跑去攻打魔王才對……」

看來亞絲娜也有點擔心。那個叫柯巴茲中校的傢伙講話的口氣，確實讓人有種他會魯莽行事的感覺。

「……還是跟去看一下比較好吧……？」

我說完之後，不只克萊因跟亞絲娜，連另外五個人也跟著同意了。我雖然邊苦笑邊想著「大家怎麼人都那麼好」，但還是下定決心跟上去看看。如果現在就離開迷宮，之後又知道剛剛那群人沒回來的話，會害我晚上睡不好覺。

迅速確認完裝備，準備往前走時，忽然有聲音傳進我耳裡——

可以聽見背後的克萊因正小聲對亞絲娜說話。當我正覺得這傢伙實在是學不乖而露出苦笑時，他們說話的內容卻大出我意料之外。

「啊——那個，亞絲娜小姐。怎麼說才好呢……那傢伙、桐人就請妳多照顧了。雖然是個不太會說話、又不會做人的笨蛋戰鬥狂……」

我馬上向後衝，用力拉扯克萊因的頭巾尾端。

「你、你在胡說些什麼啊！」

「因、因為……」

刀使歪著頭，搓搓自己下巴的鬍子，接著說道：

「你難得會跟人家組隊。就算是中了美人計，也算有非常大的進步了。所以我才會……」

「我、我才沒有中什麼美人計呢！」

雖然我如此反駁，但克萊因和他五個同伴，甚至不知道為什麼，連亞絲娜都帶著微笑盯著我看，我只好歪著嘴轉過身去。

接著又聽見亞絲娜對克萊因說「交給我吧」的聲音。

我一邊用靴子踩出清脆的聲音，一邊朝通往上層的通路逃了出去。

11

運氣不好的我們在中途遇上了一群蜥蜴人，當我們八個人到達最上面的迴廊時，已經是離開安全區域半小時之後的事了。而我們在途中也沒有碰到軍隊的隊伍。

「會不會已經用道具回去了呢？」

雖然克萊因開玩笑似地如此說道，但我們每個人都不覺得他們會這麼做。因此我們自然而然地加快了在長廊前進的速度。

大約走到一半的距離時，讓我們確定心中的不安已經成為事實的證據，在迴廊裡發出迴音，傳進我們的耳朵裡。一行人馬上豎起耳朵仔細聽著。

「啊啊啊啊啊啊……………」

雖然只能聽到細微的聲音，但那無庸置疑是慘叫聲。

而且慘叫還不是由怪物所發出的。我們幾個互相對看之後，一起開始跑了起來。由於我和亞絲娜敏捷度的數質較高，所以我們兩個離克萊因他們越來越遠，但這時候已經沒空去理這些事情了。踩過閃爍藍光的潮濕石板，我們像一陣風似的，朝跟剛剛相反的方向飛奔而去。

不久後，那扇已經往左右兩邊敞開的大門出現在遠處。同時可以看見劇烈燃燒著的藍色火焰在黑暗中搖晃。當然還有那在深處蠢動的巨大身影，以及斷斷續續響起的金屬音和慘叫聲。

「笨蛋……」

亞絲娜發出悲痛的叫聲，並加快了速度，而我也緊跟在她後面。我們的腳尖幾乎沒有著地，簡直像用飛的一樣，我想這已經是接近系統輔助速度的極限了。矗立在迴廊兩邊的圓柱，以非常快的速度往後退。

快到門口時，我和亞絲娜緊急減速，靴子的鞋釘因此飛濺出火花，好不容易才在將近入口的地方停了下來。

「喂！沒事吧！」

我一邊叫一邊把半個身子探了進去。

大門的內部——是一幅恍如地獄般的景象。

整片地板上噴著格子狀的藍白色火焰。而屹立在中央背對著我們的那個巨大金屬軀體，就是藍色惡魔The Gleameyes。

牠正從可憎的山羊頭部噴出火焰般的氣體，並將右手那可以稱之為斬馬刀的巨劍左右縱橫揮舞著。而牠的ＨＰ根本減少不到三分之一。在牠對面的，是與惡魔相較之下顯得非常渺小的身影——軍隊的部隊，他們正努力四處逃竄。

現在的他們已經毫無紀律可言了。我馬上確認一下人數，發現已經少了兩個人。如果是已經用轉移道具脫離戰場的話就好了——

正當我這麼想的時候，有一個人被斬馬刀的刀身掃中而整個人跌倒在地上，這時他的ＨＰ已經進入紅色危險範圍了。不知道為什麼會變成這種狀況，但惡魔就盤據在軍隊和我們所在的入口中間，如此一來就根本沒辦法從入口處脫離。我對著倒地的玩家大聲叫道：

「你在幹什麼！快點用轉移道具啊！」

但是男人馬上將臉轉過來，他被火焰照成藍色的臉上帶著明顯絕望的表情，大聲回話：

「不行啊……！水……水晶沒有用！」

「什……」

我整個人說不出話來。這個房間是「水晶無效化空間」嗎。雖然這是在迷宮區裡偶而會見到的陷阱，但至今還沒有在頭目房間遇過這種情形。

「怎麼會這樣……！」

亞絲娜屏住了呼吸。因為這麼一來就沒辦法安心進去裡面救人了。這時候，在惡魔另一側的一名玩家高高舉起劍，發出怒吼：

「你們到底在說些什麼……！我們解放軍的字典裡面沒有撤退兩個字！起來戰鬥！快起來作戰！」

無庸置疑是柯巴茲的聲音。

「這個混蛋……！」

我忍不住破口大罵。在水晶無效化空間裡有兩個人不見——也就代表著他們已經死亡、消失了。最應該避免的事態都發生了，這個男人竟然還在說這種話。感覺上我的憤怒已經快讓血液沸騰起來了。

克萊因他們六個人這時候才追了上來。

「喂，現在是怎麼一回事！」

我簡短地把事情經過告訴他。聽完之後，克萊因扭曲著臉說道：

「難……難道就沒辦法了嗎……」

或許我們可以殺進去，為他們開出一條血路來撤退，但在這種無法緊急脫離的空間裡，連我們這邊都有可能出現犧牲者，現場的人數實在太少了。正當我感到猶豫時，在惡魔另一側的柯巴茲好不容易重整起部隊，接著又開口發出命令。

「全員……突擊……！」

由於十個人裡面，已經有兩個人的ＨＰ減到了極限而倒在地板上。所以剩下的八個人便排成一列各四個人的橫列，接著，站在隊伍中央的柯巴茲舉起劍來開始向前突進。

「快住手……！」

但我的喊叫聲顯然已經傳不到他們耳裡了。

這樣的攻擊實在是太過有勇無謀了。像這樣八個人同時進攻根本不能順利使出劍技，只是徒增混亂而已。跟同時進攻比起來，每個人輪流給怪物一點傷害之後，馬上進行切換才是有效的戰術。

惡魔像仁王般站立著，牠邊發出引起震動的吼叫聲，邊從嘴裡噴出炫目的氣體。看來似乎被牠的氣息噴中也會受到傷害。他們八個人被藍白色光輝包圍之後，突擊的速度便減緩了下來。而惡魔馬上趁這時候將手中巨劍揮了過去。他們其中一個人像被撈起來似地砍飛，直接越過惡魔的頭上，整個人用力摔在我們面前。

這個人正是柯巴茲。

他的ＨＰ完全消失了。帶著還不能理解自己身上究竟發生了什麼事的表情，嘴巴慢慢動了起來。

——怎麼可能。

無聲地說完這句話後，柯巴茲的身體伴隨著刺激我們神經的效果音，變成無數碎片飛散開來。看見一個人如此簡單就在我們眼前死去，旁邊的亞絲娜發出了很短的尖叫聲。

失去領袖的軍隊，隊伍馬上就瓦解了。他們一邊哀號一邊到處逃竄。而且所有人的ＨＰ都已經降到一半以下。

「不行……這樣下去……不行……」

聽到亞絲娜彷彿好不容易才擠出來的聲音後，我嚇了一跳，趕緊往旁邊看。雖然我馬上伸出手準備抓住她…

但還是晚了一步。

「不行啊——！」

亞絲娜喊叫著並且像疾風般衝了出去。她與在空中抽出的細劍一同化為閃光，往惡魔刺了過去。

「亞絲娜！」

我大叫並且在沒有辦法的情況下，也拔劍跟在她後面衝了進去。

「管不了那麼多了！」

克萊因他們也一起發出聲音，追隨我們進到房間裡。

亞絲娜奮不顧身的一擊，在惡魔沒有注意到的情況下擊中了牠的背部。但是ＨＰ卻幾乎沒有減少。

閃耀魔眼隨著怒吼聲轉過身來，以猛烈的速度斬下斬馬刀。亞絲娜雖然馬上踏開步伐閃躲，卻因為無法完全閃開而受到餘波衝擊倒在地上。大劍的連擊馬上又無情地朝她而來。

「亞絲娜——！」

幾乎讓整個身體凍僵的恐懼感襲上心頭，我奮力朝亞絲娜與斬馬刀中間跳去。千鈞一髮之際，我的劍成功將惡魔的攻擊軌道稍微錯開來。緊接著便是一陣難以想像的衝擊傳遍全身。

互相交錯的刀身先是迸出火花，接著由上方揮下的巨劍撞擊在距離亞絲娜身邊一點點的地面上，伴隨著爆炸聲，地上出現了一個深邃大洞。

「快退下！」

我大叫並準備抵擋惡魔的追擊。接著不斷向我招呼過來的每一劍，都帶有足以致死的壓倒性威力，令我根本沒有反擊的機會。

閃耀魔眼所使用的基本上是雙手大劍技。但卻又跟一般大劍技有些微妙的差異，讓人無法先讀出攻擊模式。我將全部精神放在使用武器、步伐來反彈與閃躲等防禦上，但牠每一擊的威力實在太過強大，以致於刀刃時常會掠過身體而讓ＨＰ一點一點慢慢地減少。

從眼角可以看見克萊因與他的同伴們，正將倒在地上的軍隊玩家拉到房間外面。只不過因為我和惡魔在正中央戰鬥，所以搬運動作進行得相當緩慢。

「嗚！」

敵人的攻擊終於準確地擊中了我的身體。身體受到足以令人麻痺的衝擊，ＨＰ值也一下子減少許多。

我身上的裝備與技能構成原來就不利於防禦。再這樣下去只有死路一條。死亡的恐懼帶著令人僵硬的冰冷感覺貫穿我全身。如今也已經沒有脫離的機會了。

剩下來唯一的選擇就只有改變成強化攻擊模式，用上全部力量來對付敵人而已。

「亞絲娜！克萊因！幫我撐十秒！」

我這樣喊著，右手的劍用力一揮擋開惡魔的攻擊，勉強製造出空檔時間後便往地上滾開。克萊因馬上代替我衝進來用大刀應戰。

只不過克萊因的大刀與亞絲娜的細劍都因為是重視速度的武器而缺乏重量。我想他們應該沒辦法抵擋惡魔的巨劍才對。我滾落在地上的時候，左手向下一揮把主選單叫了出來。

現在開始不容許有任何操作錯誤。我壓抑住自己激烈的心跳，右手手指開始動了起來。首先拉下所持道具選單，點選一樣道具並將它實體化。接著將剛才點選的道具設定到裝備人偶的空白部分上，然後打開技能視窗，變更目前選擇的武器技能。

全部操作結束，按下ＯＫ按鈕關掉視窗後，我確認了背上新增加的重量，抬起頭來喊道：

「可以了！」

我看見克萊因吃了一計攻擊，ＨＰ一邊減少一邊向後退。這時候原本應該馬上使用水晶恢復體力才對，但水晶在這個房間裡面沒有辦法發揮效用。現在與惡魔對峙的亞絲娜也在數秒鐘之內，ＨＰ就因為低於五成而變成黃色了。

聽到我的聲音之後，亞絲娜背對著我點了點頭，然後伴隨尖銳的喊叫聲使出突刺技。

「呀啊啊啊啊！」

劃出純白殘光的一擊，在空中與閃耀魔眼的劍互相衝突而飛散出火花。兩者隨著劇烈的聲音往後退開，接著出現了空檔時間。

「切換！」

看準這個時機喊完之後，我便朝敵人正面衝了過去。剛剛從僵硬狀態恢復過來的惡魔將劍高高舉了起來。

我右手的愛劍將對方劃著火炎般軌跡斬落的劍反彈回去後，左手馬上就繞到背上握住新劍的劍柄。拔劍之後的第一擊，立刻往惡魔身體上招呼。這第一次的完全攻擊，好不容易可以看見那傢伙的ＨＰ有所減少。

「唔哦哦哦哦哦！」

發出憤怒的吼叫聲，惡魔再度施放由上段向下砍的斬擊。這次我交叉手裡的劍來穩穩接住牠的攻擊，然後將劍推了回去。到目前為止一直採取守勢的我，決定趁那傢伙失去平衡時，來個一筆勾銷，於是我便展開一連串的攻擊。

右手劍從中段砍進去，左手劍馬上跟著刺進惡魔的身體。右、左、再接右。腦部思考迴路以快要燃燒起來的速度，控制我不斷揮著劍。尖銳的效果音不斷響著，流星般飛散的白光照耀整個空間。

這就是我的隱藏技，特別技能「二刀流」。現在使出的就是它的上級劍技，連續十六次攻擊的「星光連流擊」。

「唔哦哦哦哦哦啊啊啊！」

毫不理會惡魔的劍彈開了幾次攻擊，我只是吼叫著然後不斷把自己的劍往惡魔身上砍。我的眼眶發熱，眼裡只看得見敵人的身影。雖然惡魔的劍也不時碰到我的身體，但感覺上那股衝擊就像是從另一個遙遠世界傳過來一般。腎上腺素在全身發揮作用，每當劍擊中敵人時，腦神經都像遭到電擊一般。

快點，再更快一點。這時我已用比平時快兩倍的速度來揮動雙劍了，但已經緊繃到極限的神經還是感到不夠迅速。只見我用甚至超乎系統輔助以上的速度不斷進行攻擊。

「…………啊啊啊啊啊啊啊！！」

與吼叫聲同時綻放出來的第十六擊，貫穿閃耀魔眼的胸口中央。

「唔啊啊啊啊啊啊啊啊啊！」

回過神來，才發現吼叫的不只是我自己而已。仰望天空的巨大惡魔一邊從口鼻噴出大量氣息，一邊咆哮著。

當我發現敵人全身僵硬住的瞬間——

閃耀魔眼就變成巨大藍色碎片炸開來。房間裡降下了許多閃爍著光芒的粒子。

結束……了嗎……？

我因為戰鬥的餘熱而感到暈眩，但還是在無意識中將雙劍甩了一下，同時收進背上交叉吊著的劍鞘裡。我立刻確認了一下自己的ＨＰ。可以看見紅色的線上僅剩下一點點殘值。當我事不關己似地注視著ＨＰ時，忽然感到全身癱軟，接著沒有發出任何聲音地倒在地板上。

我瞬間失去了意識。

12

「……醒！桐人醒醒啊！」

亞絲娜近似哀號的叫聲將我的意識勉強拉了回來。貫穿頭部的疼痛感讓我不由得板著臉撐起上半身來。

「痛痛痛……」

看了一下周圍，發現這裡是剛剛的魔王房間。而空中還飛舞著藍色光線殘渣。看來我失去意識的時間只有幾秒鐘而已。

亞絲娜蹲在地上，將整張臉靠近我的眼前。可以見到她眉頭深蹙、緊咬嘴唇，好像快哭出來的模樣。

「笨蛋……！這麼亂來……！」

她這麼叫著的同時，也以很快的速度摟住我的脖子，我則是因為這突如其來的狀況而嚇到忘了頭痛，只能不斷眨著眼睛。

「……妳再抱得這麼緊，我的ＨＰ就會完全消失啦。」

帶著開玩笑的語氣如此說道，但亞絲娜聽完後臉上卻出現了真正生氣的表情。接著我的嘴裡被塞進了小小的瓶口。流進嘴裡那類似綠茶混合檸檬汁味道的液體，是高級回復藥水。如此一來，五分鐘過後ＨＰ值便能完全恢復了，但全身的倦怠感應該沒有那麼容易消除才對。

亞絲娜確認我將瓶裡的藥水喝完之後，面容便開始扭曲了起來。為了藏起自己這樣的表情，她將額頭靠在我的肩膀上。

我聽到腳步聲響抬起頭來後，就看見克萊因有些顧忌地對我說道：

「殘活的軍隊那群人已經回復完畢，不過柯巴茲和另外兩個傢伙不幸死了……」

「……這樣啊。上一次魔王攻略戰出現犧牲者，已經是第六十七層時的事了……」

「這根本不是什麼攻略。柯巴茲那個混帳……人死了還有什麼用呢……」

克萊因嘴裡吐出這句話後，搖著頭深深嘆了一口氣。接著像要轉換心情般開口對我問道：

「話說回來，你剛剛那是什麼技巧？」

「……不說行嗎？」

「當然不行！我可從沒見過那種劍技！」

我這時才發現，房間裡除了亞絲娜之外，每個人都沉默著等我開口說話。

「……是特別技能啦。叫做『二刀流』。」

哦哦……這種驚嘆聲從軍隊的殘存者以及克萊因的同伴之間傳了出來。

各式各樣的武器技能通常是依據一定順序的修行來循序漸進習得。以劍來當例子的話，基本的單手直劍技能成長到某種程度，並滿足某種條件之後，選單上就會出現可以選擇的「細劍」或「雙手劍」等技能。

克萊因臉上出現非常有興趣的表情，馬上急著問道：

「出、出現條件是？」

「知道的話我早公開了。」

面對搖著頭的我，刀使也低聲答了句「說的也是」。

有人說，出現條件仍未知的武器技能可能是由亂數條件決定，因此才會稱為特別技能。現在在我身邊的克萊因，他的「大刀」也是特別技能之一。只不過大刀技能並不是那麼罕見，只要不斷修行彎刀就有很高的機率會出現。

像這個樣子，目前所知道的十幾種特別技能，大概最少都有十個人以上成功習得，只有我的「二刀流」和另一個男人的技能不是如此。

這兩種技能應該都各自只有一名習得者，可以稱之為「獨特技能」。至今為止我一直隱藏自己的二刀流技能，但從今天開始，我是第二名獨特技能擁有者這件事，應該就會傳遍大街小巷吧。畢竟已經在這麼多人面前用出來，就不可能再隱瞞下去了。

「真是，太見外了吧桐人。有那麼厲害的技能還瞞著我。」

「如果知道怎麼才能讓技能出現的話，我就不會隱瞞了。但說真的，連我自己也搞不懂是怎麼回事。」

面對克萊因的抱怨，我也只能聳聳肩如此回答。

我所說的沒有半點虛假。一年前的某一天，當我隨性看著視窗時，裡面就已經出現「二刀流」這個名稱了。根本不知道出現條件是什麼。

之後我在進行二刀流技能修行時都會選擇沒有人煙的地方。在幾乎完全習得之後，當獨自進行攻略面對怪物時，也只有在非常緊急的狀況下才會使用二刀流。除了是把這種技能當成危急時救命的法寶外，自己也實在不喜歡因為這種技能而引人注目。

我甚至還希望趕快出現除了我之外的二刀流使用者，但卻事與願違——

我用指尖搔著耳朵周圍，繼續小聲地說道：

「……如果讓人知道了我有這種罕見的技能，不但會一直被人追問……還會招來不少麻煩，所以……」

克萊因深深點了點頭。

「線上遊戲玩家很容易嫉妒別人。像我這種心胸寬大的人是不會啦，不過的確是有很多小鼻子小眼睛的傢伙。再加上……」

說到這裡他便閉上嘴，但用似乎意味著什麼的眼神，看著緊緊抱住我身體的亞絲娜，接著對我微笑了一下。
「嗯……你就把接下來的辛勞也當成修行的一部分，好好努力吧，年輕人。」
「少胡說八道了……」
克萊因彎下腰拍了一下我的肩膀之後，轉身朝「軍隊」的生存者們走了過去。
「你們幾個可以自己回本部嗎？」
其中一個看起來大概只有十幾歲的人點了點頭，回答道：
「可以。那……那個……謝謝你們。」
「你們要道謝的人應該是他。」
克萊因用大拇指朝這邊指了一下。軍隊的玩家們搖搖晃晃地站起身來，對著坐在地上的我和亞絲娜深深一鞠躬，便離開了房間。一到迴廊便一個個拿出水晶轉移離開了。
藍色光芒消失之後，克萊因雙手叉腰，一副準備進行下一個步驟的模樣。
「我們打算直接到第七十五層的轉移門那邊讓它開始運作，你要來嗎？你可是今天的大功臣，要不要由你來啟動？」
「不了，交給你們吧。我太累了。」
「這樣啊。那回去的時候，路上小心……」
克萊因點了點頭之後對同伴打了個招呼。之後六個人便一起走向房間深處的一扇大門。門

的另一邊應該有通往上層的階梯才對。刀使在門前停了下來，稍微轉過身子來對我說道：

「那個……桐人啊。你衝進去幫助軍隊那群人的時候……」

「……怎麼樣？」

「我啊……該怎麼說呢，我真的覺得很高興。我要說的只有這些，再見了。」

真不知道他在說些什麼。克萊因對感到疑惑的我伸出右手大拇指比了一下之後，打開門與同伴們一起消失在門的那頭了。

只剩下我和亞絲娜兩個人留在寬廣的房間裡。從地板噴出的藍色火焰不知何時已經沉靜下來，席捲整個房間的妖氣也像騙人般消失無蹤。四周圍充滿與迴廊相同的柔和光線，地板上甚至連剛才死鬥的痕跡都沒有留下。

我對著頭還靠在我肩膀上的亞絲娜說道：

「喂……亞絲娜……」

「……我好害怕……心裡想著……要是你死掉了我該怎麼辦……」

她顫抖的聲音裡帶著至今從未聽過的軟弱。

「……妳還敢說，是妳先衝進去的吧。」

我一邊說著一邊把手放在亞絲娜肩膀上。雖然像這樣毫不顧忌地碰她，會有被誤認為是性騷擾的危險性，但現在不是考慮那麼多的時候。

把她輕輕拉了過來，我的右耳傳來幾乎聽不見的微弱聲音。

「我暫時不去公會了。」

「不、不去了……為什麼？」

「……不是說過要暫時跟你組隊……你忘了嗎？」

聽到這句話的瞬間……

內心深處竟然會有一股強烈的渴望油然而生，這讓我自己也嚇了一跳。

我——獨行玩家桐人，是為了在這個世界存活下去而捨棄其他所有玩家的人。是在兩年前，一切事情開始的那一天，背棄自己唯一的朋友，無情轉身離開的膽小鬼。

這樣的我，連同伴都沒資格擁有了——何況是比同伴更親密的存在呢。

我應該已經從無可挽回的慘痛經驗裡學習到這件事才對。我已經發下重誓不再犯同樣的過錯，不再奢望得到別人的心了。

但是……

我僵硬的左手就是怎麼樣也沒辦法離開亞絲娜的肩膀。就是沒辦法離開因互相碰觸而傳來的假想體溫。

我抱著巨大的矛盾、猶豫以及另一種莫名的情感，簡短地答道：

「……那好吧。」

聽到我的回答，靠在我肩膀上的亞絲娜點了點頭。

隔天。

我從早上就躲進艾基爾的雜貨店二樓。整個人陷在搖椅裡面，翹著腳帶著不愉快的心情，啜著味道很奇怪的茶。我想這茶應該是店裡的不良庫存吧。

整個阿爾格特——不對，大概全艾恩葛朗特都在討論昨天的「事件」。

原本光是完成樓層攻略、通往新城鎮的轉移門開通這些事情，就已經充滿話題性了，現在還多了好幾個話題。例如「讓軍隊的龐大部隊全滅的惡魔」、「二刀流使單獨擊敗惡魔時的五十連擊」等等……整件事情被渲染得太過誇張了。

不知道他們從哪裡得來的消息，一大清早就有些劍士和情報販子跑到我住的地方，害我不得不使用水晶才得以脫身。

「我一定要搬家……搬到某個超鄉下樓層，讓人絕對找不到的村莊裡……」

艾基爾微笑著，向不斷碎碎唸的我走了過來。

「哎呀，別這麼說嘛。偶爾當個名人也不錯啊。對了，要不要乾脆辦個演講啊。會場和門票方面就交給我來……」

「誰要辦啊！」

我大叫著把右手上的杯子瞄準艾基爾右邊五十公分的地方扔了過去。但習慣成自然的動作引發了飛劍技能，發出亮光的杯子以超快的速度飛出去，撞上牆壁後發出巨大聲響。

所幸建築物本身是無法破壞的物體，所以只見到「Immortal Object」的系統標籤浮現在眼前。如果擊中家具的話，必定早就粉碎了吧。

「嗚哇，想殺了我嗎！」

店主誇張地大叫。我只好舉起右手做了個抱歉的手勢，然後再度陷進椅子裡去。

艾基爾目前正在鑑定我在昨天的戰鬥中入手的寶物。看他不時發出怪聲的樣子，就知道裡面應該有不少貴重物品才對。

原本準備將賣出的所得與亞絲娜平分，但她卻在過了約定時間之後仍然沒有出現。我已經傳了朋友訊息給她，所以應該已經知道我在這裡才對……

我們昨天是在第七十四層主街區的轉移門前互相告別。亞絲娜表示要到公會去提出休假申請，接著便往第五十五層的格朗薩姆出發了。因為之前曾發生過克拉帝爾的事情，所以我原本提出要與她同行的提議，但她笑著說沒問題，我也只好打消這個念頭。

現在已經超過原本約定好的時間兩個小時了。這麼晚了人還沒出現，難道是發生什麼事了嗎？還是應該堅持與她同行才對。為了壓抑自己內心的不安，我把茶一口氣喝完。

當我將面前大茶壺裡的茶喝光，艾基爾也差不多鑑定完畢的時候，樓梯下終於傳來了咚咚

向上爬的腳步聲。接著門迅速地被打開來。

「嗨，亞絲娜……」

我把幾乎脫口而出的「怎麼這麼晚才到」這句話吞了回去。身穿一貫制服的亞絲娜一臉蒼白，大大的眼睛帶著不安。她將雙手緊握在胸前，緊咬兩、三下嘴唇之後，才像快哭出來似地說道：

「怎麼辦……桐人……事情鬧大了……」

將新沏好的茶一口氣喝完後，臉上才好不容易恢復一點血色的亞絲娜，開口一點一點地將事情娓娓道來。這時懂得察言觀色的艾基爾已經先離開，到一樓的店面去了。

「昨天……我回到格朗薩姆的公會本部後，將發生的事全部向團長報告。等報告完想暫停在公會的活動後，我就先回家了……原本以為今天早上的例行會議會通過我的申請……」

與我相對而坐的亞絲娜低下頭，用雙手握緊茶杯說道：

「結果團長他……說他可以允許我一時脫團，但有條件……條件就是……想要跟桐人你交一次手……」

「什……」

我一時間沒辦法理解亞絲娜說的話。交手……也就是說想跟我對決嗎。亞絲娜想暫時離開公會，為什麼會變成要跟我對決呢？

提出這個疑問之後……

「我也不知道……」

亞絲娜看著地上搖了搖頭。

「我已經很努力想說服他，這麼做根本沒有意義……但他無論如何就是不肯聽……」

「不過……這可真是難得。那個男人竟然會提出這種條件……」

我腦海中浮現他的身影，然後說道。

「就是說啊。團長他平常別說是公會活動了，就連樓層攻略事宜也全權交由我們處理，他根本完全不曾發過命令。但不知道為什麼這次會……」

雖然ＫｏＢ的團長靠著他壓倒性的魅力，掌握了自己公會甚至是全攻略組的心，但令人意外的是，他從沒發過指示或者命令。我在頭目戰時也曾和他並肩作戰過幾次，他那一語不發，只是默默支持著戰線的身影，實在讓人感到相當敬佩。

這樣的男人這次竟然會對亞絲娜的申請發出異議，而且內容還是要求與我對決，這究竟是怎麼回事呢？

雖然感到百思不解，但為了讓亞絲娜安心，我還是開口如此說道：

「……總之我就走一趟格朗薩姆吧。我去跟他直接交涉看看。」

「嗯……真抱歉。老是給你添麻煩……」

「我什麼都願意做。因為妳可是我……」

亞絲娜一直凝視著為了尋找適當名詞而沉默下來的我。

「重要的攻略夥伴……」

雖然似乎有點不滿地噘起嘴巴，但亞絲娜終於還是露出了一點微笑。

最強的男人、活生生的傳說、聖騎士等等被賦予血盟騎士團公會長的稱號，可以說一隻手數不完。

他的名字是希茲克利夫。在我的「二刀流」技能傳遍街頭巷尾之前，他就以在大約六千名玩家之中，唯一的獨特技能擁有者這個身分而聞名於艾恩葛朗特。

使用模擬十字架形狀的一對劍與盾，能夠使出攻守自如劍技的技能名稱是「神聖劍」。我曾在他的身邊見過幾次這種技能，特別值得一提的就是其擁有的防禦力。據說到目前為止還沒人見過他的HP陷入黃色區域。在死傷者眾多的第五十層魔王攻略戰時，他一個人便撐下幾乎快要崩壞的戰線長達十分鐘，而這件逸事至今仍為人所津津樂道。

沒有任何武器可以貫穿希茲克利夫的盾。

這已經是艾恩葛朗特裡最被大家深信的定律之一了。

與亞絲娜一起來到第五十五層的我，心裡有著說不出的緊張。當然我沒有與希茲克利夫交手的打算。目的只是要拜託他讓亞絲娜暫時離開公會而已。

第五十五層的主街區，格朗薩姆市又稱「鐵之都」。之所以會有這種名稱，是因為與其他城鎮大多是由石頭建造而成不同，這個城鎮的主要建築物——巨大尖塔，全用閃爍著黑色光芒的鋼鐵建造而成。雖然因為冶鍊與雕金工藝相當興盛而有許多玩家定居於此，但完全沒有行道樹的街道，在這個秋意漸濃的時節裡，讓人有種風一吹就特別寒冷的印象。

我們橫越轉移門廣場，走在由洗鍊的鋼板連結起來後，用鉚釘固定的寬廣道路上。亞絲娜的腳步看起來非常沉重，可能是在擔心接下來不知道會發生什麼事情吧。

在並排的尖塔群之間走了差不多十分鐘，眼前出現了一座更高的尖塔。巨大門扉上有許多銀槍突出來，上面掛著的白底紅色十字旗被寒風吹得到處飄揚。這裡就是血盟騎士團的本部。

亞絲娜在我前面一點的地方停了下來，抬頭看向尖塔。

「以前本部是設在第三十九層鄉下城鎮的一棟很小的房子裡，大家都一直抱怨實在太窄了。我也不是說公會發展起來不是件好事……但這個城鎮實在太冷，我不喜歡……」

「那就趕快把事情解決，去吃點熱的東西吧。」

「真是。你就只想到吃。」

亞絲娜笑著舉起左手輕輕握著我右手的指尖。她看也不看心跳不已的我，維持這樣的姿勢

過了幾秒鐘，說了句「好，充電完畢」之後才將手放開，然後就這樣邁開步伐朝著尖塔走去。我急忙跟在她後面。

爬上寬廣階梯後，有扇左右敞開著的大門，但兩側站有裝備長槍的重裝甲衛兵。亞絲娜一邊讓靴子上的鞋釘發出聲音，一邊往門口走去，衛兵們一看見她便舉起長槍敬了個禮。

「辛苦你們了。」

無論是俐落地舉起單手回禮，還是充滿朝氣的走路方式，都讓人無法相信現在的她，跟一個小時前在艾基爾店裡那個沮喪的女孩是同一個人。我畏畏縮縮地跟在亞絲娜後面，經過衛兵身邊進到塔裡面去。

這座高塔與街道同樣是以黑色鋼鐵建造，它的一樓是相當通透的大廳，現在裡面一個人都沒有。

心裡一邊覺得這棟建築物給人比街道還冰冷的感覺，一邊走過由各式各樣金屬組成的精緻馬賽克模樣地板後，一座巨大螺旋狀樓梯出現在面前。

大廳裡響起我們爬上樓梯時發出的金屬聲響。這種高度，筋力值較低的人絕對在半途就累得受不了了。經過好幾扇門，當我開始想著不知道要爬多高時，亞絲娜的腳步終於在一扇冰冷的鋼鐵門前停了下來。

「就是這裡嗎……？」

「嗯……」

亞絲娜無精打采地點了點頭。接著她像終於下定決心似的，伸出右手用力敲了敲門，然後不等裡面的人回答便直接將門推開。由門內溢出的大量光線讓我的眼睛瞇了起來。

裡面是用上塔內一整層空間的圓形房間，四周牆壁全是透明玻璃。從玻璃外透進來的灰色光線讓整個房間染上同一種色調。

房間中央放著一張半圓形的巨大桌子，排在桌子對面的五腳椅子上各自坐著幾個男人。左右的四個人我沒有見過，只有坐在中央的那個人我絕不會認錯。那是聖騎士希茲克利夫。

他的外表看起來完全沒有壓迫感。年紀應該在二十五歲左右吧。他有一張看起來像學者的尖瘦臉孔。鐵灰色的頭髮垂在秀逸的額頭上。他那高大但略顯削瘦的身體包裹在一件寬鬆的鮮紅色長袍裡，這樣的身影看起來與其說像個劍士，倒不如說像是不存在於這個世界的魔法師。

但最有特色的，應該是他的眼睛。那不可思議的黃銅色瞳孔裡散發出強烈的磁性，讓與他對峙的人感到膽怯。雖然已經不是第一次見到他了，但現在我在氣勢上就已經輸了一大截。

亞絲娜邊讓靴子發出聲音邊走到桌子前，對著他輕輕行了個禮。

「我是來向你們道別的。」

聽到她的話之後，希茲克利夫稍微苦笑了一下說道：

「別那麼快下結論。讓我和他說點話吧。」

說完便盯著我看。於是我把兜帽脫下走到亞絲娜身邊。

「這是我第一次在魔王攻略戰的場所外與你見面吧。桐人。」

「不……以前在第六十七層攻略會議時，曾和您說過幾句話。」

很自然地就以尊敬的語氣回答他的問題。

希茲克利夫輕輕點了點頭，在桌上將他削瘦的雙掌合了起來。

「那真是場辛苦的戰役。我們公會裡也差點有犧牲者出現。雖然我們被稱做是最強的公會，但仍時常感到戰力不足。而現在你竟然又準備將我們公會裡重要的主力玩家帶走——」

「如果真的很看重她，就應該更慎選護衛的人才對。」

聽見我這種尖銳的回答，坐在桌子右端繃著臉的男人馬上臉色一變，準備站起身來。希茲克利夫輕輕用手制止他後說道：

「我已經命令克拉帝爾在家反省自己的過錯了。對於讓你感到困擾這件事，我向你道歉。不過，我們也不能這麼輕易就讓你把副團長帶走。桐人——」

希茲克利夫緊緊盯著這邊看。從他那有金屬色澤的雙眼裡，散發出強烈的意志力。

「想帶走亞絲娜，就靠你的劍——用你的『二刀流』來將她奪走。跟我交手，如果你獲勝的話就可以帶走亞絲娜。不過，若是你敗給了我，就得加入血盟騎士團。」

「…………」

感覺上我有點理解這個神秘男人的想法了。

原來，這個男人也是個深深為劍鬥著迷的人。而且還對自己的技巧擁有絕對自信。即使被困在這個死亡遊戲裡面，仍然沒有辦法捨棄身為遊戲人的自尊，真是個無可救藥的傢伙。也就是說，他跟我是同一類的人。

聽完希茲克利夫所說的話，到目前為止一直保持沉默的亞絲娜也沉不住氣開口說道：

「團長，我也不是說要退出公會。只不過想離開一陣子，好好思考一些事情而已。」

我把手放到還想繼續說下去的亞絲娜肩上，往前走了一步，直接從正面接收希茲克利夫的視線。然後像半自動般開口說道：

「好吧。如果你那麼希望劍下見真章，那我們就以對決來分出高下吧。」

「真是——！你這笨蛋笨蛋笨蛋！」

場景再度回到阿爾格特，艾基爾的店二樓。把探出頭來想要確認狀況的店主踢下樓去後，我努力安撫著亞絲娜。

「我費盡心力想要說服他，你卻答應要決鬥！」

亞絲娜稍微把腰靠在我坐的搖椅的扶手上，用她小小的拳頭不斷捶著我。

「是我不好，都是我不好可以了吧！一時受不了挑釁就脫口而出了……」

抓住她的拳頭，輕輕捏緊了一下，她才好不容易安靜下來，但卻氣嘟嘟地鼓起腮幫子。這種樣子和在公會裡的她實在相差太大了，害我得非常努力才能將湧起的笑意吞回肚子。

「沒問題啦，選的是一擊結束的規則，所以不會有危險。而且我又不一定會輸……」

「唔～～」

坐在扶手上翹起長長的腳，亞絲娜低聲說道：

「……之前看見桐人你的『二刀流』時，真的覺得像是另一個次元的強度。不過團長的『神聖劍』也是一樣……那個人的實力可以說已經超越了遊戲的平衡度了。老實說，我真不知道哪邊會獲勝……不過，你怎麼辦？如果輸了，我不能休假也就算了，連桐人你都得加入KoB才行吶。」

「其實換個想法，這樣也算達成目的。」

「咦？為什麼？」

我努力張開僵硬的嘴巴來回答她：

「那個，我呢，只……只要有亞絲娜在，就算加入公會也沒關係。」

如果是以前，就算打死我也不可能講出這樣的話。亞絲娜瞬時瞪大了眼睛，不久臉馬上就紅得像熟透的蘋果一樣。接著不知道為什麼又鼓著臉從椅子上下來，走到窗戶邊。

越過背對著我的亞絲娜，可以聽見一點點在夕陽下的阿爾格特那充滿了活力的吵雜聲傳了進來。

剛剛說的是實話，雖然心裡對加入公會這件事多少還是有點反抗。一想起曾經加入過，但目前已不存在的公會，便讓我感到錐心之痛。

哎呀，反正我也不會那麼簡單就輸的……我在心中如此嘀咕著，然後離開椅子來到了亞絲娜身邊。不久，亞絲娜的頭便輕輕靠在我的肩膀上。

13

日前新開通的第七十五層主街區裡，都是古羅馬風格的建築物。地圖上所表示的名稱是「科力尼亞」。目前已經有許多劍士與商人玩家進駐此地，另外也有許多不參加攻略，只為了看街道模樣的群眾湧入，整個城鎮可說充滿了活力。再加上今天有相當罕見的特殊活動，造成轉移門從早上開始便絡繹不絕地吐出許多訪客。

街道是由切成四角型的白色石灰岩堆積起來建造而成。與神殿風格建築物、寬廣水道並稱為城鎮象徵的，是一座矗立在轉移門前的巨大競技場。我與希茲克利夫的對決正好就決定在這裡舉行。但是……

「噴火爆米花一杯十珂爾！十珂爾！」

「冰涼的黑啤酒唷～！」

競技場入口處有許多商人玩家的店鋪排列著，他們每個人都扯開喉嚨放聲叫賣，對著大排長龍的觀眾推銷看起來相當可疑的食物。

「……這、這到底是怎麼回事……」

我被面前的景象嚇了一大跳，只好對身旁的亞絲娜如此問道。

「我、我也不清楚……」

「喂，那邊在賣票的是你們KoB的人吧！為什麼會變成這麼盛大的活動啊？」

「這、這個……」

「難、難道說這才是希茲克利夫真正的目的嗎？」

「不，我想這應該是會計大善先生幹的好事。那個人最會精打細算了。」

在「啊哈哈」笑著的亞絲娜面前，我整個人感到非常無力。

「……我們逃吧，亞絲娜。躲到第二十層左右的寬廣田野去種田。」

「我是無所謂……」

亞絲娜用一臉事不關己的表情說道。

「但現在逃走的話——你一定會被人罵到臭頭的。」

「可惡……」

「哎呀，這可是你自己造的孽。啊……大善先生。」

抬起頭，馬上就見到一個，沒有人比他更不適合穿著KoB紅白色制服的胖男人，一邊晃著肥滿的肚子一邊往這裡走了過來。

「唉唷——感謝感謝！」

他在圓滾滾的臉上堆滿笑容對我說道。

「多虧了桐人你的幫忙，讓我們賺了一大票！說起來，這種活動如果每個月來個一次可就太好了！」

「誰有那種閒功夫啊！」

「來來，休息室在這邊。這邊請這邊請。」

我全身無力地跟在這個開始慢吞吞走了起來的男人身後。這時我心裡已經決定不管那麼多，豁出去就對了。

休息室是一間面對著競技場的小小房間。大善帶我們到入口後，說了句還有賭盤賠率要調整就消失了，而我也已經提不起勁來罵他。觀眾席似乎早已經客滿，隱約有許多歡呼聲傳進休息室裡面來。

當只剩下我們兩個人時，亞絲娜才一臉認真地用雙手抓緊我的手腕。

「……就算是一擊定勝負，但只要正面吃上一記重攻擊還是會有危險。尤其是團長的劍技還有許多未知數，一覺得不妙就馬上投降，知道嗎？又像上次那樣亂來的話，我絕不饒你！」

「妳還是擔心希茲克利夫吧。」

我臉上露出了微笑，用力拍了一下亞絲娜的肩膀。

競技場宣布對決開始的廣播，參雜在宛如遠方雷鳴般的歡呼聲中傳了進來。我同時將交叉在背上的雙劍稍微抽出一點，故意發出「鏘」一聲後，又將它們收回劍鞘裡去。接著便朝那被切下來似的正方形光線圈中走去。

環繞圓形競技場的階梯狀觀眾席擠滿了人。依我看，至少超過一千人以上吧。在最前排可以看見艾基爾與克萊因的身影，嘴裡還嚷著「砍死他」、「殺了他」這種危險的話。

我走到競技場中央之後停了下來。緊接著，從對面休息室裡出現了一道鮮紅的人影。現場的歡呼聲變得更加大聲了。

平常希茲克利夫所穿著的血盟騎士團制服是白底加上紅色的圖案，但現在他卻身穿完全相反的紅底短大衣。雖然他跟我一樣身上幾乎沒有裝戴什麼護具，但握在左手上的巨大純白十字盾卻格外引人注目。看來劍應該是收在盾的內側才對，因為可以在盾的頂端部分，看見同樣有著十字架形狀的劍柄突了出來。

他一派輕鬆地走到我面前，看了一下周圍的觀眾，忍不住苦笑了一下說道：

「真是抱歉啊，桐人。我不知道會變成這個樣子。」

「我可要收取演出費唷。」

「不……比賽之後你就是我們公會的團員了。我會把這次的對決當作是隊務之一。」

希茲克利夫說完後便收起笑容，同時黃銅色的瞳孔迸發出壓倒性氣勢。我不由得心生膽怯

而往後退了半步。我們在現實世界裡應該躺在距離彼此很遙遠的地方，兩個人之間也只有數位檔案的對話而已，但即使如此，我現在還是能確實感受到對方那種只能稱為殺氣的氣勢。

我把自己的意識切換到戰鬥模式，由正面接收希茲克利夫的視線。震耳的歡呼聲慢慢離我遠去，不知道是不是感覺器官已經開始加速運作，我甚至覺得周圍的色彩產生了微妙變化。

希茲克利夫把視線從我身上移開後，往後退了大概十公尺左右，接著他舉起右手，眼睛完全不看視窗便操縱起選單來。瞬間眼前就出現了對決訊息，而我當然是選擇允許。設定則是選了初擊勝負模式。

倒數已經開始。周圍歡呼聲已經減弱到像是小小的海浪聲一般。

全身血流逐漸加快。用上全部心力壓抑住自己渴望戰鬥的衝動，屏除最後一點猶豫後，我把背上兩口愛劍同時拔了出來。我面對的是一開始就得拚盡全力才有機會獲勝的敵手。

希茲克利夫從盾裡將細長的劍拔了出來，擺出戰鬥架式。

他那種把盾面向這邊，只露出上半身的姿勢顯得相當輕鬆自然，看來一點也沒有用上多餘的力道。我心裡知道想要預測敵人第一個動作只會徒增疑惑，便下定決心一開始就全力攻擊。

雖然兩人視線都沒有看向視窗，但在文字「ＤＵＥＬ」出現時，兩人還是同時衝了出去。

我壓低身子一口氣向前衝，幾乎貼在地面上滑行似地突進。

在快到希茲克利夫面前時轉過身子，右手的劍往左斜下方砍去。十字盾迎上我的攻擊，接著爆出激烈火花。但我使出的是兩段式攻擊，左手劍比右邊攻勢慢了零點一秒，往盾內側滑了進去。這是二刀流突進技「雙重扇形斬」。

左邊一擊在快要到達敵人側腹部時被長劍擋了下來，只有圓環狀光線效果空虛地劃了一圈。雖然很可惜，但這一擊只是用來為這場戰鬥的開端打個招呼而已。我利用劍技的餘勢取得距離後重新擺好姿勢。

結果這次換成希茲克利夫像是要回禮般用盾對我發動突擊。他的右手臂隱藏在巨大十字盾的陰影裡，讓人根本看不清楚。

「嘖！」

我一邊咋舌一邊向右邊衝刺，試著躲過攻擊。這是因為我認為只要往盾的方向繞過去，就算看不見一開始的軌道，也可以有較充裕時間來反應對方攻擊。

但是希茲克利夫卻將盾整個平舉起來——

「唔！」

隨著厚重的喊叫聲，盾前端朝我刺了過來。巨大十字盾拖曳著白色效果光線向我逼近。

「嗚哦！」

我馬上將兩手上的劍交叉起來抵住攻擊。這使得強烈衝擊傳遍我全身，我整個人被彈出好幾公尺外。先將右手劍往地上一插防止自己跌倒，接著在空中一個迴轉之後落地。

想不到那面盾竟然也有攻擊判定，簡直就像二刀流一樣。原本以為兩柄武器的攻擊次數較多，可以在一擊勝負裡面占優勢，但現在的情況真是出乎我意料。

希茲克利夫毫不給我重整態勢的時間，再度利用衝刺縮短彼此間距離。右手上十字架劍柄的長劍，以連「閃光」亞絲娜也不及的速度刺了過來。

敵人連續開始展開攻擊，我只能用雙手上的劍全力防禦。亞絲娜在事前已經盡可能將「神聖劍」劍技對我說明過了，但這種臨時抱佛腳得到的知識實在靠不住。只能藉自己的瞬間反應來抵擋由上下殺過來的攻擊。

用左手劍將八連擊最後的上段斬彈開之後，右手馬上使出單發重攻擊「奪命擊」。

「嗚……呀啊！」

突刺發出紅色光芒，伴隨著噴射引擎般的金屬質聲響刺中十字盾中心。我無視於像擊中岩壁般的沉重手感，硬是將招式使盡。

「喀鏘！」爆炸聲響起，這次換希茲克利夫被彈了開來。雖然沒辦法貫穿盾牌，但稍微的損傷有「穿透」過去的感覺。對方ＨＰ條稍微減少了一點。不過這點傷害還不足以決定勝負。

希茲克利夫輕巧地著地後，拉開我們之間的距離。

「真是了不起的反應速度……」

「你的防禦才真是完美呢……！」

我說著便再度衝了出去。希茲克利夫也重新擺好架勢往這邊靠了過來。

接著就是超高速的連續技表演。我的劍技被他的盾所抵擋，他的劍被我的劍給彈開。兩個人周圍不斷有各式各樣的色彩光線飛散，衝擊聲貫穿整個競技場的石板地面。彼此間的小攻擊偶而會擊中對方，兩個人的ＨＰ開始一點一點減少。即使沒被重攻擊命中，只要有一邊的ＨＰ條低於一半的話，另一個人便算獲勝了。

但這時我腦裡壓根沒想過要以那種方式取勝。被囚禁在ＳＡＯ以來，首次遇到可以稱為強敵的對手，讓我嚐到前所未有的加速感。每當感到知覺向上提升一個檔次，攻擊速度也會跟著加快。

還沒到達極限。還可以再快一點。快點跟上來啊，希茲克利夫！

這時，解放所有力量來揮劍的愉悅感包圍著我的全身。我想我臉上應該帶著笑容吧。隨著刀光劍影的鬥爭越來越白熱化，兩邊的ＨＰ條也不斷減少，終於來到剩下五成左右的程度了。

接下來的瞬間，一直以來都沒有任何表情的希茲克利夫，臉上突然閃過了一絲顯露出感情的模樣。他是怎麼了。開始急躁了嗎？我可以感覺到敵人攻擊節奏逐漸開始變慢了。

「哇啊啊啊啊啊！」

剎那間我捨棄全部防禦，雙手的劍開始展開攻擊。是「星光連流擊」。劍就如同由恆星噴出的火炎奔流般往希茲克利夫殺去。

「嗚哦……！」

希茲克利夫舉起十字盾抵擋攻擊。我完全不管他的防禦，持續由上下左右向他砍去。對方反應變得越來越慢了。

——他擋不住了！

我確定最後一擊已經突破他的防禦。趁著十字盾揮得太過於右邊的時機，我左手的攻擊拖曳著光芒，往希茲克利夫身上招呼過去。只要這攻擊奏效，他的ＨＰ一定會降到五成以下，決鬥也將告一段落——

——這個時候，世界開始扭曲。

「……！」

我不知道該怎麼形容才好。還是應該說時間彷彿被人偷走了一樣。

感覺上，除了希茲克利夫一個人之外，包含我身體在內的所有東西都暫停了幾十分之一秒的時間。而他原本應該在右邊的盾，就像錄放影機快轉般，瞬間移到了左邊，將我必殺的一擊給彈開。

「什——」

大技被抵擋下來的我陷入致命性的僵硬時間。而希茲克利夫當然不會放過這個機會。

從他右手上所發出的單發突刺，給予我準確到令人憎恨且剛好足以結束戰鬥的傷害，我當

場難堪地倒了下去。從眼角可以看見宣告對決終了的紫色系統訊息閃爍著。

戰鬥模式結束，席捲全場的歡呼聲開始傳進耳裡，但我還是沒辦法回過神來。

「桐人！」

亞絲娜跑過來把我扶了起來。

「啊……啊啊……我不要緊——」

亞絲娜擔心地看著我呆滯的臉。

輸了嗎——

我還沒辦法相信這件事。希茲克利夫在攻防最後一刻所展現的那種恐怖反應能力，可以說已經超越了玩家——超越了人類的極限。那種不可能存在的速度，甚至讓構成他角色的多邊形一瞬間產生了扭曲。

我就這麼坐在地上，抬頭看著站在稍遠處的希茲克利夫。

不知為何，這時勝利者的臉上卻出現相當險惡的表情。鮮紅的聖騎士瞇著金屬質感雙眼瞥了我們一下之後，便一語不發轉過身子，在如雷貫耳的歡呼聲中慢慢消失在休息室裡。

14

「這……這是什麼啊？」

「哪有什麼，就如你所見啊。來，快站起來！」

亞絲娜正在強迫我換上一套新衣服。雖然造型與我穿慣的那件破舊大衣一樣，但顏色卻是幾乎可以稱為刺眼的白色。除了領口兩側各有一個小小的紅十字架外，背上還染有一個巨大的鮮紅十字架。不用說也知道這是血盟騎士團的制服。

「……我、我不是拜託他們盡量拿件樸素一點的給我了嗎……」

「這件已經算樸素了。嗯，真適合你！」

我全身無力地整個人倒在椅子上。按照慣例，我們依然在艾基爾的雜貨店二樓。我已經完全占據這裡拿來當作緊急避難用的住所。因此，可憐的店主只好自己在一樓設置了一張簡易的床。之所以沒有把我趕出去，是因為亞絲娜幾乎每天都會來這裡找我，然後順便幫忙店裡的工作。對他來說，沒有比這更好的宣傳效果了。

我在搖椅上發出呻吟之後，亞絲娜也在彷彿已經成為她指定席的扶手上坐了下來。可能是

我這身像在過節的模樣讓她感到相當愉快吧，只見她面帶微笑不斷搖著椅子，不久後又像是想起什麼似地輕輕合起雙手說道：

「啊，還沒好好跟你打聲招呼呢。身為同一個公會的成員，接下來也請你多多指教了。」

由於她突然低下頭對我行了個禮，我只好趕緊挺直了腰桿回答：

「彼、彼此彼此。但話說回來，我是一般團員，而妳可是副團長大人吶……」

我伸出右手，用食指從她背上摸了下來。

「以後也不能做這種事了吧——」

「哇呀！」

我的上司在大叫的同時跳了起來，往部下頭上敲了一下後走到對面的椅子坐下，接著鼓起臉頰。

在這晚秋下午的慵懶光線中，出現了短暫的寂靜。

在與希茲克利夫的戰鬥中敗北後已經過了兩天。依照我的個性也不可能事到如今才又反悔。於是我依希茲克利夫所提出的條件，加入了血盟騎士團。公會給了我兩天準備時間，從明天開始便得依照本部的指示，開始進行第七十五層迷宮區的攻略。

加入公會嗎——

發現我輕嘆了一口氣的亞絲娜從對面瞄了我一下。

「……應該算是我連累你的……」

「不，對我來說這也是個好機會。單獨攻略也差不多到極限了……」

「聽你這麼說我就放心了……那個，桐人……」

亞絲娜淡褐色瞳孔筆直地看向我。

「希望你可以告訴我。你為什麼不願意加入公會……為什麼要避開人群……我想一定不只是你身為封閉測試玩家和獨特技能使用者這些原因而已。因為桐人的個性明明就很好。」

我低下頭，慢慢搖著椅子。

「…………很久之前……應該有一年以上了吧，我曾經加入過公會……」

連我自己都很意外，竟然會這麼老實就把事情說出來。我想那是因為，亞絲娜的眼神把我每當觸及這些記憶時，就會湧起的傷痛感給溶化了吧。

「因為偶然在迷宮裡幫了那群人，他們便邀請我加入……那是連我在內總共只有六個人的小公會，名字也很有意思，叫做『月夜的黑貓團』。」

亞絲娜呵呵笑了一下。

「會長是個很不錯的傢伙。那個名為啟太的雙手棍使，是個無論發生什麼事，都會優先考慮公會成員的人，因此很受到大家的信賴。他對我說，成員裡面大多是雙手用遠距離武器的使用者，現在正在找尋前鋒……」

老實說，他的等級比我低太多了。不對，應該說是我太過於努力衝等級了。

如果我把自己的等級說出來，啟太就會放棄邀請我加入了吧。只不過，當時的我不知道是不是已經厭倦每天自己一個人潛入迷宮的日子了，所以「黑貓團」那種像回到自己家裡的氣氛讓我非常羨慕。他們幾個似乎在現實世界裡也是朋友，因此他們彼此間的對話沒有線上遊戲特有的那種距離感，就是這點深深吸引了我。

其實我根本沒有向人群求取溫暖的資格。當決定以一個獨行玩家的身分自私地提升等級時，我就已經喪失這個資格了。但還是勉強壓抑了內心的聲音，隱藏住等級與自己是封測參加者的事實，加入了他們的公會。

啟太對我說，想把公會裡兩名槍使的其中一名轉職為盾劍士，希望我能當那名劍士的教練。這麼一來，前衛包含我在內就有三個人，可以組成攻守相當平衡的隊伍。

我負責訓練的槍使，是個留著及肩黑色長髮，名叫幸的文靜女孩。第一次見面時，她就很不好意思地笑著說，雖然玩了很久的網路遊戲，但因為自己性格的關係，所以交不太到朋友。我在公會沒有活動時，幾乎都跟她在一起並指導她單手劍技能。

說起來，其實我跟幸有很多相似的地方。像是習慣性封閉自己、寡言，甚至連害怕寂寞這點都很相像。

有一次，她忽然對我吐露內心的想法。說她不想死，很害怕這個死亡遊戲，而且根本不想到外面的練功區去。

對於她的告白，我能對她說的只有一句，我不會讓妳死。拚了命隱藏真正等級的我，沒有辦法再多說任何一句話了。聽到我這麼說的幸，在哭了一會兒後便破涕為笑。

之後又過了一段日子，某一天，公會除了啟太之外的五個人一起潛入迷宮。而啟太是帶著好不容易存夠的資金，去與賣家交涉購買公會本部用房子的事宜，所以沒和我們一起行動。

雖然我們去的迷宮是已經攻略完畢的樓層，但裡面還殘留有未開拓的區域。當我們準備離開時，有一個成員發現了寶箱。當時我主張不打開它，因為在靠近最前線的迷宮裡，怪物等級都很高，成員的解除陷阱技能也很令人擔心。但反對的人就只有我和幸，投票之後就以三比二這樣的票數決定打開寶箱。

結果裡面是眾多陷阱裡可說是最糟糕的警報陷阱。才剛打開，尖銳的警報聲便響起，房屋的所有入口全湧進了無數怪物。我們只能馬上準備用緊急轉移來逃走。

但沒想到這是個雙重陷阱。房間裡面是水晶無效化空間——水晶根本發揮不了作用。

怪物的數量實在多到我們沒辦法支撐下去，成員們也因此陷入了恐慌當中。我使出了為了配合他們的等級而至今一直隱藏著的高級劍技，希望能開出一條血路，但陷入恐慌狀態的成員根本沒能來得及從通道脫出，ＨＰ就一個一個變成零，然後帶著慘叫化成碎片消失了。當時，我內心想著至少要救出那個女孩，而不斷揮舞著手中的劍。

但終究還是來不及。只見幸為了向我求援而拚命伸出手，但怪物的劍還是無情地將她砍倒在地。在她像玻璃雕像般悲慘地粉碎消失前，她的眼神還是深信著我會解救她。她是如此相信、冀望我的幫助。只因為我的那句沒有根據又薄弱，最後也真的變成謊言的承諾。

啟太準備好新總部的鑰匙，在我們一直拿來當作本部的旅館裡等著我們回去。當僅剩下我一個人存活著回到旅館，對啟太說明究竟發生什麼事時，他一語不發地聽著，只在我說完後問了我一句「為什麼只有你活著回來」。我便將自己真正的等級和參加過封測的事說了出來。

啟太用彷彿看著什麼怪物似的眼神瞥了我一眼，嘴裡僅說了一句話。

——像你這樣的封弊者，根本沒有資格加入我們。

這句話就像鋼鐵的劍一般將我劈裂開來。

「……那個人……後來怎麼了……？」

「自殺了。」

坐在椅子上的亞絲娜，身體抖了一下。

「從外圍跳了下去。我想他到最後一定都在詛咒我……吧……」

感覺自己已經快發不出聲音了。原本封印在內心深處的記憶因為這首次告白，而讓當時的痛楚又鮮明地甦醒過來。於是我緊咬著牙關。雖然想對亞絲娜伸手尋求她的救贖，但心底那句

——「你沒有資格這麼做」的叫聲讓我只能緊握住自己拳頭。

「是我殺了大家。如果沒有隱瞞我是封弊者的事，他們就會相信那時的陷阱真的非常危險。是我……是我殺了啟太……還有幸……」

我睜大眼睛，把話從咬緊的牙關裡擠了出來。

亞絲娜忽然站起身，向前走了兩步後用兩手捧著我的臉。她綻放出安詳笑容的美麗臉龐靠到我的眼前。

「我不會死的。」

那聲音聽起來像是呢喃，但又異常清晰。全身僵硬的我忽然得以放鬆。

「因為，我呢……是我要守護你啊。」

說完，亞絲娜把我的頭緊緊抱在自己胸前。我感到溫柔又溫暖的黑暗正覆蓋著自己。

閉上眼可以看見記憶深處，坐在洋溢著橘色光芒的旅館櫃檯上往這邊看的黑貓團員們。

我絕不可能被饒恕。也不可能有贖罪的機會。

即便如此，此時在記憶裡的他們，臉上似乎都帶著些許笑容。

隔天早上，我穿上亮眼的純白色大衣，和亞絲娜一起往第五十五層格朗薩姆出發。

從今天起，我就要以血盟騎士團員的身分活動。話雖如此，原本是由五個人一組進行攻略

的規定，也因為副團長亞絲娜發動特權而變成可以兩個人組隊就好，所以實際上的狀況跟之前也沒有什麼不同。

只不過，在公會本部等待著我們的是出乎意料的命令。

「訓練……？」

「沒錯。包含我在內共四名團員組成一隊，從第五十五層迷宮區開始突破，直到抵達五十六層主街區為止。」

之前與希茲克利夫面談時，同席四個人當中的其中一位對我如此說道。他是個留著一頭雜亂捲髮的高大男子，看起來似乎是斧戰士。

「等一下！哥德夫利！桐人就由我……」

面對緊追不捨的亞絲娜，哥德夫利挑起一邊眉毛後，以大剌剌，或者該說是毫不客氣的態度回話：

「就算妳身為副團長也不能無視紀律。關於實際攻略時的組隊也就算了。但至少也得讓我這個負責指揮前鋒的人鑑定一下他的實力。即使是獨特技能使用者，也還不知道能不能派上用場呢。」

「憑、憑桐人的實力，才不會給你這種傢伙添麻煩呢……」

我制止已經有點抓狂的亞絲娜後開口說了：

「如果想看的話那就讓你看吧。只不過我不想在這種低層迷宮裡浪費時間。一口氣突破的話應該不要緊吧？」

這個名叫哥德夫利的男子一臉不愉快地緊閉著嘴，最後只丟下「三十分鐘後城鎮西門集合」這句話，便踩著沉重腳步離開了。

「什麼態度嘛！」

亞絲娜氣憤地用靴子往旁邊的鐵柱踢了下去。

「抱歉哦，桐人。早知道應該聽你的，我們兩個人逃亡就好了……」

「這麼做的話，我會被公會成員詛咒到死。」

我笑著把手輕輕放在亞絲娜頭上。

「嗚嗚，本來以為今天可以一直在一起……那我也跟你們一起去好了……」

「馬上就回來了。妳在這裡等一下。」

「嗯……小心點……」

亞絲娜一臉寂寞地點了點頭。對她揮揮手之後，我便離開了本部。

只不過，在指定場所——格朗薩姆西門集合時，我發現了一件更讓人訝異的事。

克拉帝爾——我最不想見到的人就站在哥德夫利身邊。

15

「這是怎麼回事……？」

我對著哥德夫利小聲問道。

「唔。我已經知道你們之間的事了。不過今後就是同一個公會的同伴，我想就藉這次訓練來將你們過去的恩怨一筆勾銷！」

當我呆呆望著哈哈大笑的哥德夫利時，克拉帝爾竟慢慢地走了出來。

「…………」

我全身戒備，讓自己處於不論遇到什麼事情都能馬上反應過來的狀態。雖說是在街區圈內，但根本沒辦法預料這男人會做出什麼事。

但完全出乎我意料之外，克拉帝爾突然低下了頭。從他垂著的瀏海下傳出細微到幾乎聽不見的聲音。

「前幾天……給你添麻煩了……」

這次我真是打從心裡嚇了一大跳，只能張大嘴巴，說不出任何話來。

「我不會再做那種無禮的事了……請原諒我……」

陰沉的長髮蓋住了臉，所以看不見他的表情。

「啊……嗯嗯……」

我勉強點了一下頭。這到底是怎麼回事？難道是接受人格改造手術了嗎？

「好啦好啦，那這件事就這麼告一段落了！」

哥德夫利再度發出洪亮的笑聲。雖然心裡還是沒有辦法接受，並覺得這當中一定有什麼隱情在，但從低著頭的克拉帝爾臉上，沒辦法判斷出他這時的心境。由於SAO的感情表現過於誇張，反而很難看出一些細微的差別。我只好先在這裡接受他的道歉，但也告訴自己絕對不能放鬆警戒。

不久後另一名團員也來到現場，人一到齊我們便準備朝迷宮區出發。當我正要邁開腳步時，哥德夫利用他粗大的聲音叫住我：

「等等……今天的訓練要以最接近實戰的形式進行。為了觀察你們的危機處理能力，請把所有水晶道具都交給我保管。」

「轉移水晶也是嗎？」

對於我的問題，哥德夫利理所當然般點了點頭。這時我心裡其實有很強烈的反感。因為水晶、特別是轉移水晶，可以說是這個死亡遊戲裡最後的保命道具。我的裝備裡從來沒有缺少

過這項道具。原本想要拒絕這種要求，但想到一旦在這裡引發爭執，亞絲娜的立場也會跟著變糟，只好把話給吞了回去。

看見克拉帝爾與另一名團員乖乖交出道具，我只好也心不甘情不願地交了出去。哥德夫利甚至還仔細檢查了我的小袋子。

「嗯，好。那就出發吧！」

哥德夫利一聲令下，我們四個人便離開了格朗薩姆市，往可以看到位在遙遠西方的迷宮區出發了。

第五十五層練功區是植物非常稀少的乾燥荒野。我因為想趕緊把訓練結束然後回家，所以便提出一路跑到迷宮區的提議，但哥德夫利手臂一揮便拒絕了。我想一定是因為他只鍛鍊筋力而忽視敏捷度的緣故，所以我也只好打消念頭，乖乖在荒野裡走著。

途中遭遇了好幾次怪物，但只有這點，我實在沒辦法慢慢等待哥德利夫指揮，全都一刀將牠們迅速了結。

不久，當我們不知越過第幾個有點高度的岩山時，迷宮區那灰色岩石構造的威容便出現在我們眼前。

「好，在這裡暫時休息！」

哥德夫利以粗厚聲音說完後，隊伍便停了下來。

「…………」

雖然非常想一口氣突破迷宮，但想到就算提出意見也一定不會被接受，我只好嘆口氣在附近石頭上坐下。這時，時間已經將近正午時分了。

「那現在開始發送食物。」

哥德夫利說完後便將四個皮革包裹實體化，然後將其中一個朝我這丟了過來。我用單手接住後，不抱任何期待地將它打開，裡面果然只是一瓶水與ＮＰＣ商店裡賣的烤麵包。

原本應該吃著亞絲娜親手做的三明治才對，我內心一邊詛咒自己的霉運，一邊將瓶蓋拔開，喝了一口水。

這時候，克拉帝爾一個人遠遠坐在岩石上的身影忽然映入我的眼簾。只有他一個人沒碰那包裹。在垂下的瀏海下面的眼睛以黯淡的視線看著我們。

到底在看什麼……？

突然有一股冰冷的顫慄感包裹住我全身。那傢伙在等待些什麼。我想……那大概是——

我馬上將水瓶扔開，試著將嘴裡的液體給吐掉。

但已經太遲了。我忽然全身無力，當場倒了下來。在我視線右邊角落可以看見ＨＰ條。而那條狀物現在正被平常不會存在的綠色閃爍框線給包圍著。

沒有錯。我們是中了麻痺毒了。

往旁邊一看就可以發現哥德夫利與另一名團員也同樣倒在地上掙扎著。我馬上用手肘以下還稍微可以動的左手往腰間袋子一探，但這只是更加深自己的恐懼感而已。解毒水晶與轉移水晶全都交給哥德夫利了。雖然還有回復用的藥水，但那對中毒沒有效果。

「哼……哼哼哼……」

我的耳邊傳來了尖銳的笑聲。坐在岩石上的克拉帝爾用雙手抱住自己的身體，全身扭曲著笑了起來。他深陷的三白眼裡浮現出以前曾經見過的瘋狂喜悅。

「嗚哈！咿呀！咿哈哈哈哈！」

克拉帝爾像是再也忍受不住似地望著天空放聲大笑。哥德夫利先是一臉茫然地注視著他，接著開口說道：

「怎……怎麼回事……這些水不是……克拉帝爾你……準備的嗎……」

「哥德夫利！快點使用解毒水晶。」

聽見我的聲音後，哥德夫利才用慢吞吞的動作開始摸索腰間的袋子。

「呀——！」

克拉帝爾邊發出怪聲邊從岩石上跳了下來，抬起靴子將哥德夫利的左手踢開。綠色水晶也因此從他手上掉落下來。克拉帝爾將水晶撿起，接著又把手伸進哥德夫利的袋子裡，將剩下的水晶抓出來扔進自己的腰袋。

萬事休矣。

「克拉帝爾……你、你究竟想怎麼樣……？這也是……什麼訓練嗎……？」

「蠢——貨！」

克拉帝爾的靴子朝哥德夫利那搞不清楚狀況、仍在隨便發問的嘴狠狠踢了下去。

「嗚哇！」

哥德夫利的HP稍微減少，同時顯示克拉帝爾的浮標也由黃色變成表示犯罪者的橘色。不過這點變化對目前的事態並沒有任何影響。因為像這種已經攻略完畢的樓層，是不可能那麼巧會有人經過的。

「哥德夫利啊，我本來就知道你是個大笨蛋，但是想不到你還真是一個笨到極點的沒腦傢伙啊！」

克拉帝爾尖銳的聲音在荒野裡迴響著。

「雖然還有很多話想對你說……但在你這個開胃菜上浪費太多時間可就不好了……」

克拉帝爾一邊說著一邊拔出雙手劍。只見他將削瘦的身體往後拉到極限，接著用力揮了一下劍。太陽光在他厚厚刀身上一閃而逝。

「等、等等，克拉帝爾！你……到、到底在說什麼啊……？這……這不是訓練嗎……？」

「真囉唆。給我去死吧。」

嘴裡吐出這句話的同時，手上的劍也毫不客氣砍了下來。隨著厚重聲音響起，哥德夫利的HP大大減少。

哥德夫利到這時才好不容易理解到事情嚴重性，而開始發出大聲的慘叫。只不過一切都已經太遲了。

雙手劍伴隨著無情閃光繼續砍了第二下、第三下，而每一劍也確實讓哥德夫利的HP逐漸減少，當終於進入紅色危險區域時，克拉帝爾停下了手。

當我以為他就算再怎麼瘋狂也不至於殺人時，克拉帝爾卻馬上將反手握著的劍，慢慢地刺進了哥德夫利身體裡。只見他的HP一點一滴慢慢減少。接著克拉帝爾更直接將全身重量加在劍上。

「嗚啊啊啊啊啊啊啊！」

「哇哈哈哈哈哈哈哈！」

克拉帝爾彷彿要掩蓋住哥德夫利的慘叫般發出了怪聲。隨著劍尖一點一點往哥德夫利身體裡送，HP條也以一定速度慢慢變短——

在我與另一名團員的無聲注視下，克拉帝爾的劍貫穿了哥德夫利的身體到達地面，同時HP也就這麼歸零了。我想直到變成無數碎片飛散開來之前，哥德夫利都還沒能理解究竟發生了什麼事吧。

克拉帝爾將插在地面的劍慢慢拔出之後，用像個機械玩偶般的動作，只將頭部轉向另一名團員。

「咿！咿！」

團員發出短短的悲鳴並掙扎著想要逃走。然而，克拉帝爾則用搖搖晃晃的奇怪腳步往他靠了過去。

「……雖然跟你無冤無仇……但在我的劇本裡面，生還者只有我一個人……」

他嘴裡一邊喃喃自語一邊再度揮起劍。

「咿啊啊啊啊！」

「你知道嗎？我們的隊伍呢——」

完全不理會團員的哀號，劍繼續由上往下砍落。

「在荒野裡被一大群犯罪者玩家襲擊——」

又一劍。

「雖然英勇作戰，但還是有三個人死亡——」

再補上一劍。

「最後只剩下我一個人，因成功擊退犯罪者而活了下來——」

在第四擊時，團員的ＨＰ條消失，接著響起讓人全身起雞皮疙瘩的效果音。但克拉帝爾卻像聽到女神的歌聲一樣。只見他站在物體爆炸的碎片當中，臉上帶著恍惚的表情全身痙攣著。

我可以肯定這不是他第一次殺人了……

的確，這傢伙的浮標是剛剛才變成表示犯罪者的橘色，但實在有太多卑鄙方法可以在不引起判定下殺人了。只是，如今了解到這件事，也沒有任何用處了。

克拉帝爾終於將視線轉向我這邊。從他臉上可以看出難以壓抑的喜色。他將右手上的大劍在地上拖行發出刺耳聲音，慢慢向我走了過來。

「唷……」

我狼狽地整個人趴在地上，克拉帝爾在我身邊蹲下後，細聲細語說道：

「為了你這個小鬼，我可是殺了兩個毫不相關的人吶。」

「但我看你在殺人時倒是滿開心的嘛。」

我一邊回答一邊拚命想著，有什麼方法可以改變目前狀況。我只有嘴巴和左手還能動。在麻痺狀態之下沒辦法打開選單視窗，所以也沒辦法傳送訊息給任何人。雖然心裡知道這不會有什麼作用，但我還是在克拉帝爾看不見的死角悄悄動著左手，同時嘴裡繼續說道：

「像你這樣的傢伙怎麼會加入ＫｏＢ？我看犯罪者公會還比較適合你吧。」

「哼，那還用說嘛。當然是為了那個女人。」

克拉帝爾咬牙切齒說完，用他尖細的舌頭舔了一下嘴唇。當我注意到他說的是亞絲娜時，全身忽然感到燥熱起來。

「你這傢伙……！」

「別那麼兇嘛。說到底也只不過是遊戲而已……我會好好照顧你最重要的副團長大人。反正我現在可有許多方便的道具了呢。」

克拉帝爾說著就把旁邊裝著毒水的瓶子撿起來，搖晃著瓶身發出啪嚓啪嚓聲。笨拙地眨了一下眼睛之後繼續說道：

「話說回來，你剛才倒是說了滿有趣的話。說我很適合犯罪者公會對吧。」

「這是事實……」

「我可是在稱讚你唷。還滿有眼光的嘛。」

呵呵呵呵。

一邊由喉嚨裡流出尖銳笑聲，克拉帝爾一邊像在考慮什麼，忽然把左邊臂鎧解除裝備。接著捲起內衣袖子，把露出來的前臂內側轉向我。

「…………！」

看見他前臂上的東西——我不禁激烈地喘起氣來。

那是一幅刺青。圖案是用漫畫手法所表現的漆黑棺木。蓋子上畫有帶著微笑的雙眼以及嘴

巴，蓋子的縫隙還有化成白骨的手臂伸出來。

「那個……圖樣是……『微笑棺木』……！」

我以沙啞聲音脫口說道，克拉帝爾聽見之後微笑著對我點了點頭。

「微笑棺木」。那是過去曾存在於艾恩葛朗特最大最凶惡殺人公會的名字。他們由一名冷酷又狡猾的頭目所領導，不斷構思新的殺人手段，最後有三位數以上的玩家死在他們手裡。

雖然一度希望以談判方式來解決這個問題，但接到他們訊息而前去談判的男人也馬上被他們殺掉。由於沒有人可以理解，他們究竟是基於何種動機而進行這種，等同於削弱完全攻略遊戲可能性的PK行為，所以無法跟他們進行談判。不久之前，才由攻略組組成與對魔王戰相同的聯合討伐部隊，經過幾番血鬥後才好不容易將他們組織消滅。

我和亞絲娜雖然也參加了討伐隊伍，但不知是從哪裡洩漏了情報，殺人者們早已做好迎擊準備。我當時為了守護同伴而陷入半錯亂狀態，結果不小心奪取了兩名微笑棺木成員的性命。

「這是……為了復仇嗎？你是微笑棺木殘存者嗎？」

聽見我用沙啞聲音如此問道，克拉帝爾從嘴裡吐出了這樣的答案：

「哈，才不是呢。這麼遜的事我才不幹呢。我是最近才得以加入微笑棺木。當然只是精神上加入而已。這個麻痺技也是他們在那時教我的……唉唷，糟糕糟糕……」

克拉帝爾用機械般僵硬的動作站起身來。

「話就說到這裡為止，不然毒效都快過了。開始進行最後工作吧。從對決那天開始，我每天晚上作夢……都會夢到那個瞬間……」

克拉帝爾那雙幾乎睜成圓形的雙眼裡燃燒著偏執火焰。他那笑開到臉頰兩端的嘴裡吐出長長舌頭，墊起腳尖準備用力將劍向下揮落。

在他展開行動之前，我只用手腕力量將捏在右手裡的投擲用短錐發射出去。雖然瞄準能讓他受到很大傷害的臉部，但由於麻痺導致的命中率低下判定讓軌道偏離，鋼錐刺進了克拉帝爾左手臂。克拉帝爾的ＨＰ僅減少了一丁點，這讓我幾乎陷入了絕望深淵中。

「……很痛耶……」

克拉帝爾皺起鼻梁、噘起嘴唇，用劍尖刺進我右手臂。然後像要刨開它似的，在裡頭轉了兩三圈。

「……！」

雖然沒有疼痛感。但遭受強力麻醉之外，又直接被刺激神經那種不快感卻傳遍了全身。當劍刨著我手臂時，ＨＰ也些微但確實地下降。

還沒嗎……毒效還沒過嗎……

我咬緊牙關忍耐著，等待身體恢復自由的瞬間。雖然依據毒性強度而有所不同，但一般來說，麻痺毒大概只需五分鐘就能恢復到正常狀態。

克拉帝爾把劍拔了出來，接著往我左腳刺了進去。麻痺神經的電流再度跑遍全身，傷害值無情地加算到我身上。

「怎麼樣……怎麼樣啊……馬上就要死了的感覺如何……告訴我嘛……快啊……」

克拉帝爾一邊囁嚅著一邊直盯著我臉看。

「你倒是說點話啊小鬼……哭著說我不想死啊……」

我的ＨＰ條終於因為低於五成而變成黃色。但這時我還沒從麻痺狀態中恢復過來。全身開始慢慢變冷，死神帶著冰冷的空氣從我腳底向上爬。

我在ＳＡＯ裡已經目擊過許多次玩家死亡。他們每個人在變成無數閃亮碎片消散的瞬間，臉上都帶著相同的表情。那表情像是問著「我真的會就這樣死去嗎？」這個簡單的問題。

或許我們每個人心裡，都還不願意相信在遊戲裡死亡就等於在現實世界裡死去，這個已經成為遊戲大前提的規則吧。

心裡都還存著「說不定ＨＰ歸零消滅之後，馬上就會平安回到現實世界當中」，這種近似希望的猜測。當然要證實這個猜測是否為真，就只有自己親身經歷遊戲裡的死亡才行了。這麼一想，就覺得或許在遊戲裡死亡也算是一種脫離遊戲的方法也說不定。

「喂喂，說點話嘛。馬上要死囉？」

克拉帝爾把劍從我腳上拔了出去，接著刺進我腹部。ＨＰ大量減少，已經到達紅色危險區域，但我覺得這完全不關自己的事。我一邊被劍折磨著，思緒一邊闖進一條毫不透光的小路裡，意識彷彿蒙上一層又厚又重的紗。

不過——忽然有一股強烈的恐懼感襲上我心頭。

亞絲娜。我要丟下她從這世界裡消失了。亞絲娜將會落入克拉帝爾手中，受到與我相同的折磨。這種可能性化為無可忍耐的痛楚而讓我意識恢復清醒。

「嗚哦！」

我睜開雙眼，用左手抓住克拉帝爾刺在我腹部的劍身，使盡全力慢慢將劍從腹部抽了出來。這時ＨＰ只剩下一成左右。克拉帝爾則發出驚訝聲音說道：

「哦……哦？什麼嘛，結果還是怕死嗎？」

「沒錯……我……還不能死……」

「哈！哇哈哈！沒錯，就是要這個樣子！」

克拉帝爾一邊發出像怪鳥般的叫聲，一邊將全身重量加到劍上。我用單手死命支撐著。系統現在正計算著我與克拉帝爾的筋力數值，以及一堆複雜的補正效果。

最後結果——劍尖再度緩慢而確實地向下落，我則陷入一片恐怖與絕望之中。

到此為止了嗎？

我真得命喪於此嗎？就這樣把亞絲娜一個人留在這個瘋狂世界嗎？

我拚命抵抗著逐漸靠近的劍尖與心中產生的絕望感。

「死吧————！去死吧————！」

克拉帝爾用尖銳聲音大叫著。

披著暗灰色金屬外衣的殺意一公分一公分往下降。終於，劍尖接觸到身體——接著微微刺了進來……

這時，忽然吹起一陣疾風。

那是一陣帶著紅白兩色的風。

「什……麼……！」

殺人者帶著驚訝的叫聲抬起頭，立刻連人帶劍一起飛了出去。我無聲地注視著飛降到眼前的人。

「趕上了……好險趕上了……神啊……謝謝祢讓我趕上了……」

她那顫抖著的聲音，聽起來足以媲美天使拍動羽翼的美聲。亞絲娜像崩落般跪了下來，嘴唇不斷顫抖，睜大了眼睛看著我。

「還活著……你還活著吧，桐人……」

「……嗯……還活得好好的……」

我用自己聽了也感到驚訝的，沙啞又虛弱的聲音回答。亞絲娜用力點了點頭，右手從口袋裡拿出粉紅色水晶，左手放在我胸口喊著「回復！」。水晶馬上粉碎，我的ＨＰ也一口氣回復到最右端。亞絲娜確認我已經恢復之後，小聲對我說：

「你等我一下……馬上就結束了……」

接著便站起身來，以優美動作拔出細劍往前走去。

成為她目標的克拉帝爾在這時候好不容易才準備站起來。他確認走過來的人是誰後，瞪大了雙眼。

「亞、亞絲娜大人……您、您怎麼會在這裡……不、不是，這只是訓練，沒錯，訓練時發生了一些意外……」

克拉帝爾像裝了彈簧似地彈起身子，用走調的聲音替自己辯解，但他的話卻沒能說完。因為亞絲娜右手一閃，劍尖便已經撕裂了克拉帝爾嘴巴。因為對方的浮漂早已變成犯罪者顏色，所以亞絲娜並沒有遭受犯罪判定。

「嗚哇！」

克拉帝爾用單手遮住嘴，頭整個往後仰，就這麼停頓了一會兒。當他把頭抬回來時，臉上已經帶著熟悉的憎惡表情。

「這臭女人……別太過分了……哼，也算來得正好。反正遲早也要把妳幹掉……」

只不過這句話也同樣沒辦法說完。因為亞絲娜已經展開怒濤般的攻擊。

「哦……嗚啊啊……！」

克拉帝爾雖然用雙手劍死命應戰，但根本不是亞絲娜的對手。只見亞絲娜的劍尖在空中拖曳著無數光芒，以恐怖的速度不斷切裂並貫穿他的身體。就連等級比亞絲娜高出幾級的我，也完全沒辦法看出攻擊軌道。只能呆呆地望著那如同跳舞般揮舞著劍的白衣天使。

實在太美麗了。亞絲娜甩動栗子色頭髮，全身纏繞著憤怒火焰，面無表情地追擊敵人的身影實在美麗到了極點。

「咕啊！嗚啊啊啊！」

克拉帝爾這時已經開始陷入恐慌，手中亂揮一氣的劍根本碰不到亞絲娜。只見他ＨＰ明顯越來越少，正由黃色進入紅色危險地帶時，克拉帝爾終於把劍丟出去，兩手一舉喊著：

「好、好了！我知道了！是我錯了！」

接著便直接趴在地面上。

「我、我會離開公會！再也不出現在你們兩個面前！所以——」

亞絲娜只是靜靜聽著他的尖銳叫聲。

接著她慢慢舉起手中細劍，在手掌上俐落地換成反手握劍。

原本放鬆的右手開始用力，將劍抬高了幾公分，準備一口氣朝跪在地上的克拉帝爾背上刺去。瞬間，殺人者又發出更為尖銳的哀號。

「咿咿咿咿！我、我不想死啊——！」

劍尖像碰上透明牆壁般停了下來。瘦小的身軀劇烈地顫抖起來。

我完全能感受到亞絲娜心中的矛盾、憤怒與恐怖。

就我所知，她在這個世界裡尚未奪取過任何玩家的性命。何況在這個世界將人殺死，死亡者在真實世界裡也就跟著喪生。雖然這裡是用ＰＫ這種網路遊戲用語來稱呼這種行為，但這可以說是真真正正的殺人。

——沒錯，快住手亞絲娜。妳不能這麼做。

雖然在內心如此喊叫，但我同時也在想著完全相反的事情。

——不行啊，不要猶豫。那傢伙就是在等這一刻。

預測在零點一秒之後馬上實現了。

「嘿呀啊啊啊啊！」

原本跪著的克拉帝爾不知何時已經重新拿起大劍，伴隨突如其來的怪叫往上揮去。

亞絲娜右手上的細劍發出「喀鏘」的金屬聲彈了開來。

「啊……！」

發出短暫悲鳴，身體失去平衡的亞絲娜頭上閃爍著金屬光輝。

「太天真啦——副團長大人！」

克拉帝爾發出瘋狂的吼叫聲，手中的劍毫不猶豫地一邊散發出暗紅色效果光線，一邊揮了下來。

「嗚……哦哦哦哦啊啊啊！」

這次換我發出怒吼。好不容易解除麻痺的右腳往地面一踢，瞬時往前飛了數公尺後，用右手將亞絲娜推開，以左手臂擋住克拉帝爾的劍。

喀滋。

令人討厭的聲音響起，左手臂從手肘以下被切飛出去。部位缺損符號馬上閃爍了起來。不顧左手的切斷面灑出許多代表血液的鮮紅色光線，我的右手五根手指伸得筆直——手刀就這麼刺進護甲接縫當中。手臂伴隨黃色光輝與潮濕觸感，深深貫穿克拉帝爾腹部。我反擊時所用的體術技能零距離技「腕甲刺擊」，成功將克拉帝爾剩下兩成左右的ＨＰ徹底消耗殆盡。與我緊貼著的削瘦身體激烈抖動著，接著立刻全身無力。

隨著大劍掉落地面的聲音，他在我耳邊以沙啞聲音囁嚅道：

「你這……殺人者……」

接著又哼哼笑了一聲。

克拉帝爾全身變成無數玻璃碎片。發出「框啷！」一聲後，飛散的多邊形群產生了冰冷風壓將我向後推，於是我整個人便往後倒去。

疲憊不堪的意識暫時只聽得見響徹練功區裡的風聲。

不久，以不規則腳步踩著砂石的腳步聲響起。把視線移過去，可以見到臉上帶著空虛表情往這裡走來的瘦弱身影。

亞絲娜低著頭搖搖晃晃地走了幾步路之後，像個斷線木偶般跪在我身邊。雖然朝我伸出了右手，但在我碰到她之前又忽然將手縮了回去。

「……對不起……都是我……都是我害的……」

她帶著悲痛表情，以顫抖聲音擠出這句話。淚水從她的大眼睛裡湧出，閃爍著寶石般美麗的光輝不斷滴落到地面。由於我的喉嚨也是異常乾渴，所以好不容易才擠出一句簡短句子——

「亞絲娜……」

「對不起……我……再也……沒有臉見……桐人……了……」

我努力撐起好不容易才恢復知覺的身體。全身因為受到嚴重傷害的緣故，直到現在仍殘留著令人不舒服的麻痺感，但我還是努力伸出右手及被切斷的左手，將她身體抱了過來。接著用自己嘴唇封住她櫻桃色的小嘴。

「……！」

亞絲娜全身僵硬，用兩手推著我抵抗，但我使盡全身力氣抱緊她瘦小的身體。這樣的行為很明顯已經觸犯了性騷擾防範規則，亞絲娜視線裡應該會有發動保護令的系統訊息出現，只要

她按下ＯＫ鈕，我就會在一瞬間被轉移到黑鐵宮的監獄區裡。

但是我的雙臂絲毫沒有放鬆的意思，離開亞絲娜的嘴唇，順著她的臉頰移動頭部，直到靠在她肩上後，才低聲對她呢喃道：

「我的性命是屬於妳的，亞絲娜。我將為妳而活。到最後一刻我都會跟妳在一起。」

用被課以三分鐘部位缺損狀態的左臂，更加用力地抱住她的背部將她拉了過來。亞絲娜用顫抖的聲音呼了一口氣後，也小聲地回答我說：

「……我也是。我也一定會守護你。今後我將永遠守護你。所以…………」

最後亞絲娜已經說不出話來。於是我們就這麼緊緊相擁，持續聽著亞絲娜的嗚咽。

由彼此身體傳過來的熱氣，讓我們凍結的內心一點一點開始溶化。

16

亞絲娜說她在格朗薩姆等待時，一直在地圖螢幕上確認我的位置。

當她看見哥德夫利的反應消失時，就從城鎮裡衝了出來。也就是說我們走了一個小時，大約五公里的路程，她只花了五分鐘左右就趕到。這種難以置信的速度，可說已經超越敏捷度參數補正的極限。當我指出這一點時，她只微笑著說「這都是愛的力量」。

我們回到公會本部後，向希茲克利夫報告整件事的始末，接著便直接申請暫時退團。當亞絲娜說明退團的理由是因為對公會不信任，希茲克利夫先是沉默考慮了一下，後來還是答應了亞絲娜的要求。但他最後卻露出充滿神秘的微笑，對我們說了一句「但你們不久之後便會回到戰場了吧」。

離開本部來到街上時已是傍晚時分。我們手牽著手朝著轉移門廣場走去。

兩個人一路上都沒有說話。

我們以從浮遊城外圍射進來的橘色光線為背景，漫步在鐵塔群所描繪出的墨黑色剪影當中。這時我腦袋裡開始漫無目的想著，那個死去男人的惡意究竟從何而來。

在這個世界裡的確有不少喜歡犯罪的人。從偷竊、強盜到像克拉帝爾以及之前「微笑棺木」那樣冷血殺人的犯罪者玩家，據說已經超過一千人。在大家的觀念裡，他們的存在已經像是會自然出現的怪物那樣。

但是仔細一想，便會覺得他們實在是非常奇怪的一群人。因為應該所有人都很清楚，以犯罪者這種身分來傷害其他玩家，是對完全攻略遊戲這個最終目標有害而無利的事。而這麼做也就等於他們並不想離開這個世界。

不過當我看到克拉帝爾這個男人後，又覺得他並非如此。他不想去支援或阻止其他人從遊戲裡逃脫，可以說是處於完全停止思考的狀態。也就是他不願回顧過去，也不想預測未來，只是讓自己的慾望無止盡增大，最後就開出那充滿惡意的花朵——

但話說回來我又怎麼樣呢？我也沒辦法充滿自信地說，自己是認真以完全攻略遊戲為目標。倒不如說，自己根本只是習慣性為了賺取經驗值而潛入迷宮罷了。如果戰鬥只是為了強化自己，來獲得優於他人力量的那種快感，那其實我也不是真心想讓這個世界結束吧——？

忽然感到腳下的鐵板變得不牢靠甚至開始下沉，我只好停下腳步，接著像在冀求亞絲娜的手拉我一把似的，用力握緊牽著的右手。

「…………？」

亞絲娜歪著頭看看我，在瞥了她一眼後，我迅速低下頭並自言自語般說：

「……無論發生什麼事……我都會讓妳……回到那個世界……」

「…………」

這次換亞絲娜用力握緊我的手。

「回去時要兩個人一起回去。」

說完露出微微一笑。

不知不覺之間我們已經來到轉移門前面。在讓人感到冬天即將到來的寒風中，只有少數幾個玩家縮著身體在路上走著。

我筆直地轉向亞絲娜。

我想，從她那強韌靈魂所散發出來的溫暖光芒，是唯一能正確指引我方向的明燈。

「亞絲娜……今天晚上……我想跟妳在一起……」

我無意識地說出這句話。

我不想離開她。過去從沒有如此接近的死亡恐懼緊貼在我背上，直到現在仍然無法輕易將它揮去。

如果今天晚上一個人睡，絕對會作惡夢。我確定自己一定會夢見那個瘋狂的男人、往下刺過來的劍，以及右手刺進肉體時的觸感。

雖然亞絲娜瞬間瞪大了眼睛凝視著我，但她應該可以聽懂我話中的涵義——

不久，她才雙頰微紅輕輕點了一下頭。

第二次造訪亞絲娜位於塞爾穆布魯克的房間，發現在這裡迎接我的依然是奢華擺飾，以及令人感到相當舒適的暖和度。從房間四處那些帶著點綴效果的小東西，就可以看出主人的品味。雖是這麼想，但亞絲娜本人卻如此說道：

「哇、哇啊——房間裡面很亂，因為最近沒什麼回來的緣故……」

然後嘿嘿笑著，迅速將那些東西收拾乾淨。

「馬上就開飯了。桐人你先看報紙等我一下。」

「嗯，好。」

看著解除武裝改穿著圍裙的亞絲娜消失在廚房裡，我便在柔軟沙發上坐下。接著拿起桌上的大紙張。

說是報紙，其實也不過是以販賣情報糊口的玩家們，隨便把八卦消息收集起來後，冠上報紙名稱拿來販賣的可疑物品而已。不過這在沒什麼娛樂的艾恩葛朗特中，已經是相當重要的媒體，甚至有不少玩家長期訂閱。我隨意看著只有四頁的報紙其中一面，但馬上又無力地把它丟回桌上。報紙頭條記載的，是我和希茲克利夫的對決。

在「新技能・二刀流使用者慘敗於神聖劍下」的標題之下，非常貼心地放著我趴在希茲克利夫面前的照片——在遊戲裡，使用紀錄水晶就可以拍下照片。也就是說本人又替希茲克利夫的無敵傳說增添了新的一頁。

不過這麼一來，人家對我的評價會下跌，騷動也就會跟著平息吧……我幫自己找了個比較容易接受的理由。當我開始看起稀有道具價目表時，一股濃郁香味從廚房裡飄出來。

晚餐是牛型怪物的肉加上亞絲娜特製醬油淋醬的牛排。雖然食材的道具等級不是很高，但調味實在是太完美了。亞絲娜滿臉笑意地看著大口咬著肉塊的我。

飯後當我們面對面坐在沙發上悠閒喝著茶時，亞絲娜不知道為什麼變得有點多話。不斷講著喜歡的武器品牌，或是哪個樓層裡有什麼觀光景點這樣的話題。

我原本有些驚訝地聽著她所說的話，但亞絲娜卻又突然停下來沉默不語，這讓我開始感到有些擔心了。只見她像在找什麼東西般一動也不動地盯著茶杯裡面看。表情簡直就像戰鬥前那樣非常認真。

「……喂、喂，妳是怎麼了……」

但我話還沒說完，亞絲娜便將右手的茶杯用力放在桌子上，然後一邊鼓舞自己一邊迅速站起身來說道：

「………好吧！」

接著便直接走到窗邊，碰了一下牆壁把房間操作選單叫出來，忽然就把四個角落燈光全部

關上。黑暗立刻將房間包圍住，我的搜敵技能補正自動發揮作用，將視線切換成夜視模式。

染上一片淡藍色的房間裡，由窗外射進來街燈的些微光線灑落在亞絲娜身上，讓她發出潔白光芒。雖然不清楚現在狀況，但我還是因為她的美麗而屏住了呼吸。

她那看起來像深藍色的長髮，以及由短袍裡伸出的細長又雪白的手腳，都將光線淡淡地反射回去，看起來簡直像本身會發光一樣。

亞絲娜就這麼無言站在窗邊。她低著頭讓我看不清表情，只能見到她將左手放在胸前，似乎在猶豫些什麼的樣子。

正當還搞不清楚狀況的我準備向她搭話時，亞絲娜左手開始動了起來。她伸到空中的左手無名指輕輕地揮了一下。選單視窗跟砰一聲的效果音同時出現。

藍色黑暗當中，亞絲娜的手指在發出紫色系統顏色的視窗上慢慢移動。看起來是在操作左側，也就是裝備人偶的樣子。

當我這麼想的時候，亞絲娜身上的及膝長襪無聲地消失了。擁有完美曲線的腳出現在我眼前。接著她又動了一下手指。這次則換成解除連身束腰上衣這個裝備。我不由得張大了嘴、瞪大了眼睛，思考也陷入停止狀態。

亞絲娜現在身上只穿著內衣。小小的白色布片僅僅遮住了胸部與腰部而已。

「不、不要……看這邊……」

她用顫抖的聲音小聲說道。但就算她這麼說，我的視線還是根本沒辦法移動。

亞絲娜的雙手原本忸忸怩怩地交叉在胸前，但不久便把頭抬起來直直看著我，接著把手以優美的動作放了下去。

我承受著靈魂幾乎快出竅的衝擊，呆呆看著她。

眼前的她已經不是用一個「美」字就可以形容的了。她有著藍色光線纏繞的光滑肌膚，以及媲美最高級絲絹的長髮。至於比想像中還要有分量的那兩處隆起，這麼說雖然有點矛盾，但感覺上無論什麼繪圖引擎都沒有辦法呈現出如此完美的曲線。從纖細腰部直到雙腳，都由那帶有彈性、讓人聯想起野生動物的肌肉包裹著。

實在無法相信這樣的她只是3D物件而已。真要打個比喻，應該說是用上巧奪天工的技術，灌注了靈魂的雕像才對。

SAO玩家在首次登錄時，就會按照調整NERvGear測定器時所取得的大略檔案，半自動地產生玩家的肉體。這麼一想，就會覺得眼前這個完美的肉體真可以說是一種奇蹟。

我只能痴痴盯著半裸的亞絲娜。如果不是因為她羞到忍受不住，而用雙手遮住身體開口講話，就算過了一個小時，我也還是會維持同樣的狀態。

亞絲娜的臉紅到就算在淡藍色的陰暗房間裡，也可以分辨得出來。她低著頭開口說道：

「桐、桐人你也快點脫啊……只有我這樣，羞、羞死人了……」

聽完這句話之後，我才終於了解亞絲娜為什麼會有這樣的行動了。

也就是說，她對於我所說的——今晚想跟妳在一起這句話，做出了比我更深一層的解釋。

我在理解這件事的同時，也陷入更深的驚慌狀態之中。結果，這讓我犯下了到目前為止的人生中最大的錯誤。

「啊……不是，那個……我會那麼說……只是今晚想要……和妳住在同一個房間裡……」

「咦……？」

我這個笨蛋把自己當時的想法老實說出來後，這次換成亞絲娜臉上出現呆滯表情僵在當場。但不久之後，她臉上就浮現出混合了非常羞恥與憤怒的表情。

「笨……笨……」

她緊握的右拳湧出了眼睛也能看見的殺氣。

「笨蛋————！」

亞絲娜將敏捷度發揮到淋漓盡致的正拳快速向我揮了過來，在即將擊中我臉頰時，被禁止犯罪指令阻止，隨著超大聲響迸出紫色火花。

「哇、哇啊——等等！不好意思，是我不對！剛剛的話當我沒說過！」

我激烈揮著手，對不顧一切準備揮出第二拳的亞絲娜努力解釋著。

「是我不對，我不好！但……但是，話又說回來……那個……能夠做到嗎……？在SAO

裡面……？」

終於稍微解除攻擊姿勢的亞絲娜，在憤怒尚未平息之中帶著傻眼的表情說：

「你、你不知道嗎……？」

「不知道……」

聽到這裡，亞絲娜臉上表情忽然又從激怒轉變為害羞，然後小聲說道：

「……那個……在選項選單裡最下面的地方……有一個『限制級規範解除設定』……」

這可是我第一次聽說。封測時絕對沒有這種東西，而且說明書上面也沒有記載。想不到貫徹獨行玩家身分，對戰鬥情報以外沒有任何興趣的報應，會在這種情況下出現。

但是亞絲娜剛才的話又讓我心中產生一個無法忽視的新問題。在思考能力還未恢復的同時，我不小心又把問題直接脫口而出：

「……那個……妳已經有使用經驗了嗎……？」

亞絲娜的鐵拳再度在我面前炸裂。

「當、當然沒有啦，笨蛋————！我是聽公會的女孩子說的！」

我急忙整個人趴在地上不斷地道歉，花了好幾分鐘的時間才讓亞絲娜逐漸平息怒氣。

桌子上唯一一盞亮著的小蠟燭發出細微光芒，隱約照著在我臂彎裡熟睡的亞絲娜。手指輕輕地從她雪白的背上劃過。光是從指尖上傳來的這種溫暖且無比光滑的觸感，就足夠讓人陶醉不已了。

亞絲娜微微睜開眼睛往上看著我，眨了兩、三次眼睛之後笑了一下。

「不好意思，吵醒妳了？」

「不會……我剛剛作了個怪夢。是關於原來那個世界……」

她保持著笑容，將臉埋在我胸前。

「我在夢裡面想到，如果進入艾恩葛朗特和遇見桐人都是一場夢該怎麼辦，然後我就感到很害怕。幸好……不是作夢。」

「妳這傢伙真是奇怪。難道不想回去嗎？」

「當然想啊。雖然想回去，但也不想失去在這裡生活的記憶。雖然……拖得有點久才了解到……但這兩年對我來說真的很重要。現在更是這麼認為。」

她忽然變得一臉認真，握住我放在她肩膀上的右手，緊緊地抱在自己胸前。

「……真的很抱歉，桐人。原本……原本應該是我自己得做個了斷才對……」

我輕輕吸了口氣，馬上又深深呼出來。

「不……克拉帝爾的目標是我，把他逼到這種地步的人也是我。那是屬於我的戰鬥。」

我凝視著亞絲娜眼睛，慢慢點了點頭。

淡褐色眼睛裡泛著些許淚光，亞絲娜靜靜地將嘴唇印在我那被她緊握著的手。她嘴唇的輕柔觸感直接傳達到我身上。

「我也會……跟你一起背負這件事。你身上的重擔，我會跟你一起承擔。我答應你。接下來的日子裡我一定會守護你……」

這正是——

我從過去到現在一直都沒能說出口的話。但是這個瞬間，我的嘴唇發抖，可以聽見從自己喉嚨——或者可以說從自己靈魂裡流露出這樣的聲音。

「我也是……」

非常細微的聲音，悄悄迴蕩在空氣中。

「我也會守護妳。」

這麼一句簡單的話，我卻說得如此小聲，如此靠不住。我不由得苦笑了起來，回握亞絲娜手呢喃道：

「亞絲娜……妳真的很堅強。比我要堅強太多了……」

亞絲娜聽完之後，眨了幾下眼睛，然後便微笑了起來。

「沒這回事。我在真實世界裡也是習慣躲在人家背後。這個遊戲也不是我自己買的。」

她像是想起什麼般呵呵笑著。

「本來是哥哥買的，但他忽然要出差，所以就在遊戲開始營運當天借我玩一下而已。他當時看起來真的很不情願，結果就這麼被我獨占了兩年，我想他一定很生氣吧。」

雖然心裡想著，變成替死鬼的亞絲娜還比較倒楣，但我還是點了點頭說：

「……那得快點回去跟他道歉才行。」

「嗯……得更努力一點才行……」

亞絲娜嘴裡雖然這麼說，但低下頭的模樣卻顯得相當不安，接著整個身體往我這邊靠了過來說道：

「那個……桐人。雖然跟剛剛說的話有些矛盾……但我想先離開前線一陣子好嗎……」

「咦……？」

「總覺得有點害怕……現在我們兩個人好不容易在一起了，我好害怕如果立刻就上戰場，會發生什麼不幸的事情……我可能真是有點累了吧。」

靜靜地順了一下亞絲娜頭髮後，我竟然出乎自己意料之外地乖乖點了點頭。

「說的也是……我也累了……」

就算各項數值沒有什麼變化，但連日的戰鬥的確讓我囤積了不少無形疲勞。而像今天這種十分緊急的狀況就更不用說了。其實無論是再強韌的弓，若每天不斷緊繃著，總有一天會折斷。所以的確需要適當休息才行。

我感到一直強迫自己不斷戰鬥的那種，近乎危機感的衝動正在離我遠去，目前我只想加深與這名少女之間的羈絆。

我把雙臂繞過亞絲娜身體，邊把頭埋在她那如絲絹般的頭髮裡邊說道：

「第二十二層西南區域裡，在那充滿森林與湖的地方……有個小村莊。那邊是個沒有怪物會出現的好地點。現在剛好有幾棟圓木房屋在出售。我們兩個人搬到那邊去吧……然後……」

「然後……？」

後續的話語哽在喉嚨，亞絲娜那水汪汪的大眼睛凝視著我。

我努力鼓動自己僵硬的舌頭，把接下來的話說完。

「……我、我們結婚吧。」

我想我一輩子都忘不了這時亞絲娜臉上所露出的最美麗的笑容。

「好……」

她靜靜點了一下頭，在臉頰上滑落一顆豆大的淚珠。

按照系統上的規定，ＳＡＯ的玩家之間總共有四種關係存在。

首先，第一種是毫無關係的他人。第二種則是朋友。彼此有將對方登錄到朋友名單裡面的玩家，不論在什麼地方都可以傳送簡短文字訊息給對方，也可以在地圖上搜尋朋友現在位置。第三種則是公會的同伴。除了上述的機能之外，戰鬥時與公會成員組隊的話，可以得到戰鬥力稍微提升的特典。但相對的，入手的珂爾裡也得有固定比例要上繳給公會當作資金。

到目前為止，我和亞絲娜已經共有過朋友以及公會成員這兩種關係，雖然目前我們暫時脫離公會，卻決定加入最後一種關係。

雖然說是結婚——但手續其實非常簡單。只要一方傳送求婚訊息然後對方接受後，就算是結婚了。不過，兩個人結婚之後所產生的變化，可不是朋友和公會成員這兩種關係所能相比。

結婚在ＳＡＯ裡所代表的意思，簡單來說就是全部情報與道具都與對方共有。彼此之間可以自由觀看對方的狀態畫面，就連道具畫面也會統合成一個。其實這也就是將自己最重要的生命線交到對方手裡的行為，在充斥著背叛與詐欺的艾恩葛朗特裡面，就算感情再好的情侶也很

少發展至結婚關係。當然，男女比例非常不平均也是重要理由之一就是了。

第二十二層樓可以說是艾恩葛朗特人口最稀少的樓層之一。因為樓層低所以面積相當寬廣，但常綠樹森林與散佈在各處的無數湖泊占據了大部分土地，主街區規模可說只有一個非常小的村落而已。練功區裡面不會出現怪物，迷宮區難度也相當低，所以僅僅三天便攻略下來，在玩家記憶裡可以說幾乎沒有留下什麼印象。

我與亞絲娜在第二十二層的森林裡買了一棟小木屋，然後搬到那裡去生活。房子雖然小，但在ＳＡＯ要買下一整棟房子還是得花上一筆相當可觀的金額。原本亞絲娜打算要將位於塞爾穆布魯克的房間賣掉，但我強烈反對她這麼做——因為要放棄一間佈置得如此完美的房間，不是說句太可惜了就能算了的——最後是透過艾基爾的協助，我們兩個人將手邊的稀有道具全部賣完之後，才好不容易湊足了錢。

雖然艾基爾一臉遺憾地表示，我們可以隨意使用他商店的二樓，但借住在雜貨店裡的新婚生活實在讓人感到太過悲慘。再加上超有名玩家亞絲娜結婚了這種事情一旦公佈出來，不敢想像將會引起什麼樣的騷動。我想，在人煙稀少的第二十二層裡，我們應該可以過一段平靜的生活才對。

「嗚哇──風景真美！」

這裡雖然稱為寢室，但其實房子裡也只有兩個房間而已。亞絲娜將房間南側窗戶整個打開後，身體探出窗外。

外面的風景的確很漂亮。因為這裡相當接近外圍部分，所以放眼望去可以見到閃耀著光芒的湖、濃綠的森林，以及遠處那一整片開闊天空。平常我們都是處於蓋在我們頭上一百公尺左右的石蓋下生活，所以如此接近天空所帶來的開放感可說是筆墨難以形容。

「不要光看漂亮風景，太接近外圍可是會掉下去唷。」

我放下手邊整理家具類道具的工作，從背後抱住亞絲娜身體。這位女性現在已經是我的妻子──一想到這裡，類似冬日陽光的溫暖、不可思議的感慨，最後還有驚訝我們竟然可以發展成夫婦關係，這樣複雜的感覺便湧了上來。

被囚禁在這個世界之前，我只是個漫無目的往來學校與家庭之間的小孩子。但現在現實世界對我來說已經變成遙遠的過去了。

如果──如果這個遊戲攻略完成，我們就能回到原來世界裡……雖然這應該是包含我和亞絲娜在內所有玩家的希望，但是一想到那時的事情，老實說就令人感到不安。我抱著亞絲娜的雙臂在不知不覺中越來越用力。

「好痛哦桐人……你怎麼了……？」

「抱……抱歉……那個，亞絲娜……」

雖然我一時之間說不出話來，但無論如何還是想問個清楚。

「……我們兩個人之間的關係，是僅限在遊戲裡面嗎……？回到那個世界之後是不是就消失了呢……」

「我要生氣囉，桐人。」

轉過頭來的亞絲娜，用燃燒著純粹感情的眼神看著我。

「就算這是一個沒有處在異常狀態下的普通遊戲，我也不是隨便就會喜歡上人的女生。」

她用兩手夾緊我臉頰後說道：

「我在這裡只學會一件事。那就是不到最後關頭絕不輕言放棄。如果回到了現實世界，我一定會再度和桐人你相遇，然後重新喜歡上你。」

已經不知道是第幾次為亞絲娜的率直與堅強而感動了。或者說這只是我太軟弱了呢。

不過，就算是我軟弱也無所謂。長時間以來，我都忘了有人可以依靠、有人支持自己是如此令人高興的事。雖然不清楚可以在這裡待到什麼時候，但是至少在離開戰場的這段時間——

我放任自己的思緒隨處飄蕩，只將精神集中在手臂裡那甘甜芳香以及柔軟的觸感。

18

垂在湖面上的釣線前端綁著魚漂，但這魚漂根本連動也沒動一下。光是盯著在水面亂舞的柔和光線看，不久睡魔便開始侵襲著我。

我大大地打了個呵欠，把釣竿拉了回來。釣線前端的銀色釣鉤只是空蕩蕩發著光。掛上去的魚餌早已不見蹤影。

搬到第二十二層來已經過了十幾天。我為了取得每天的食材，特別將技能格子裡很久之前曾修行過的雙手劍技能移除，然後換上釣魚技能。接著便模仿起姜太公在溪邊釣魚的模樣，但不知為什麼魚就是完全不上鉤。技能熟練度也差不多超過六百，這時候就算釣不到大魚也應該可以釣到些什麼了才對，但每天都還只是平白浪費在村子裡買的整箱釣餌而已。

「釣不下去了……」

小聲咒罵了一下，接著把釣竿丟到一旁，然後整個人躺了下去。掠過湖面吹過來的風雖然寒冷，但亞絲娜用裁縫技能幫我做的超厚防寒外套讓身體相當溫暖。她的裁縫技能也正在修行當中，所以當然不像跟商店訂做的那樣完美，但只要能保暖就沒問題了。

艾恩葛朗特現在進入了「柏樹之月」的季節。以日本來說的話就是十一月。雖然已經將近冬天，但在遊戲裡，釣魚與季節沒有關係。搞不好是幸運值因為娶到漂亮老婆而全部用光了。

想到這裡，整個人高興起來的我，臉上大剌剌露出笑容，然後繼續躺在地上睡覺。忽然有個聲音從頭上傳了過來：

「成果怎麼樣？」

整個人因為驚嚇而跳了起來，轉過去一看，只見一個男人站在那邊。

他身上穿的厚重衣服有外加可以覆蓋住耳朵的帽子，還跟我一樣拿著釣竿。不過令人驚訝的是這名男子的年紀。他怎麼看都應該超過五十歲了。戴著鐵框眼鏡的臉上已經刻有表示剛進入老年的皺紋。在充滿重度遊戲狂的ＳＡＯ裡面，如此高齡的玩家倒是相當少見。應該說從來沒有見過才對。難道說——？

「我可不是ＮＰＣ唷。」

男人像是看透我想法般苦笑了一下，接著慢慢從土坡上走了下來。

「真、真是抱歉。我也是覺得不太可能，但……」

「不會不會，也難怪你那麼想。我想我應該是這個遊戲裡面最高齡的玩家吧。」

只見他晃動著健壯的身體，哇、哈、哈的笑了起來。

男人說了句「抱歉」就在我身邊坐下，從腰間小袋子裡拿出餌箱後，用不習慣的手勢把彈出式選單叫了出來，選取釣竿之後把餌掛了上去。

「我叫做西田。在這裡的職業是釣師，在日本則是在一間名叫東都快速線的公司擔任保安部長。沒有名片真是不好意思。」

說完又笑了起來。

「啊啊……」

我大概能知道這個男人為什麼會在遊戲裡了。東都快速線是與ＡＲＧＵＳ合作的網路營運公司。應該也有負責管理連往ＳＡＯ伺服器群的網路才對。

「我叫做桐人。最近才從上層搬過來。西田先生的公司……應該就是……負責維護ＳＡＯ網路線的……？」

「基本上我就是這部分的負責人。」

我帶著複雜心情看著點頭的西田先生。這麼說來，這個男人應該是因為工作上的緣故，才會跟這次的事件扯上關係。

「哎呀，本來上面的人也說不用登入遊戲沒關係，但我的個性就是一定要親眼確認一下自己的工作成果才行，不肯服老的結果就是遇上這種事情。」

看他笑著用流暢的動作將釣竿甩了出去，就能感覺到他是個很專業的釣師。他似乎很喜歡說話，不等我開口就繼續說道：

「除了我之外，也有二、三十個年紀比較大的老爹，因為各種原因而來到這個世界。他們大概都乖乖待在起始的城鎮裡，但我實在沒辦法放棄這個興趣。」說著還拉了一下釣竿給我看。

「不斷找尋好的河川與湖泊，最後就爬到這種地方來了。」

「原、原來如此……畢竟這層不會出現怪物嘛。」

西田聽到我說的話，只是微微一笑沒有回答。反而問我：

「怎麼樣，上面還有不錯的釣魚地點嗎？」

「嗯……第六十一層的全面湖，應該說是海才對，聽說可以釣到相當大的魚。」

「這樣啊！那我可得去試試看才行。」

這時候，男人投出的釣線末端上的魚漂開始劇烈地浮浮沉沉。西田準確地配合著釣竿的節奏動起手臂。他本身的釣魚技巧應該就很不錯了，而且釣魚技能的數值也相當高才對。

「嗚哦，好、好大！」

我急忙探出身子，西田在我身邊悠然操縱著釣竿，一口氣將一尾發出藍色光輝的大魚拉出水面。魚在男人手邊跳了幾下之後，就自動收進道具欄裡消失了。

「了不起……！」

西田不好意思地搔著頭說道：

「沒有啦，這裡釣魚都只是靠技能數值而已。」

接著又笑說：

「不過，能釣到魚是不錯，但之後還真不知道該怎麼料理……雖然很想吃燉魚和生魚片，但沒有醬油根本沒辦法……」

「啊……那個……」

我稍微猶豫了一下。我們是為了躲避眾人才搬到這裡來，但我判斷這個男人應該對八卦消息沒什麼興趣才對。

「……我知道有跟醬油非常類似的調味料……」

「你說什麼！」

西田眼鏡底下的眼睛發出光芒，往我這裡靠了過來。

亞絲娜在迎接我回家時看見西田先生，她有些驚訝地瞪大雙眼，不過馬上就露出微笑說：

「你回來啦，有客人？」

「嗯，這位是釣師西田先生。而——」

轉向西田的我，正準備向他介紹亞絲娜時，卻因猶豫而說不出話來。這時亞絲娜對著上了年紀的釣師笑了一下之後說：

「我是桐人的妻子亞絲娜。歡迎到我們家來。」

說完後很有精神地點了點頭。

西田張大了嘴，呆呆望著亞絲娜。身穿樸素長裙與亞麻襯衫、掛著圍裙披著頭巾的亞絲娜，雖然與KoB時代那種英姿煥發的劍士姿態完全不同，但美麗絲毫沒有改變。

眨了好幾次眼睛之後，好不容易才回過神來的西田開口說道：

「哎、哎呀，真是失禮，我完全看呆了。我叫做西田，今天來你們家裡打擾……」

他一邊搔頭一邊哇哈哈的笑著。

亞絲娜發揮料理技能，將從西田那裡拿到的魚調理成生魚片與燉魚後擺在飯桌上。她自製醬油的香味飄散在房間裡，西田露出一臉感動的樣子不斷動著鼻子。

雖然說是淡水魚，但嚐起來的味道卻像是盛產季時充滿油脂的鰤魚。根據西田所說，這是釣魚技能不到九百五十以上就釣不到的種類。我們三個人聊了一會兒，就專心地動起自己手上的筷子。

桌上的盤子馬上就被清空了，飯後西田手上拿著裝了熱茶的杯子，一臉陶醉地長長嘆了一口氣。

「……哎呀，實在是太好吃了。謝謝你們的招待。不過，還真沒想到在這個世界竟然會有醬油……」

「啊，這是我們自己做的。不嫌棄的話請帶回去吧。」

亞絲娜從廚房裡拿出了一個小瓶子交給西田。不過我想還是不要跟他說明，素材裡含有解毒劑原料比較好。她笑著對不好意思的西田說了句「沒關係，你也跟我們分享了那麼美味的魚啊」之後，接著又說道：

「而且桐人他根本沒釣到過什麼魚回來。」

忽然被人把矛頭指向自己，我只好不太高興地啜了口茶後回答：

「這附近的湖難易度太高了。」

「其實不是這樣。難度高的只有桐人你在釣的那片大湖而已。」

「什……」

西田說的話讓我不禁啞口無言。亞絲娜則是捧著肚子不斷竊笑著。

「為什麼會設定成這個樣子呢……」

「其實那個湖泊呢……」

西田放低了聲音說道。我跟亞絲娜把身體靠了過去。

「彷佛是有主人的。」

「主人？」

對著異口同聲的亞絲娜和我微微一笑，西田一邊把眼鏡往上推一邊繼續這麼說道：

「村子裡的道具屋裡，有一個特別貴的釣餌。我想東西要買來試才知道效果，所以就買來用了。」

不由得吞了一下口水。

「但用這個釣餌卻完全釣不到魚。在許多地方試過之後，我才想到會不會是要用在那個難度最高的湖泊。」

「結、結果釣到了嗎……？」

「確實是上鉤了。」

他深深點了點頭。但馬上又露出很可惜的表情說道：

「只不過，我力量不足以把魚拉起來，釣竿也被整個拖走。我在最後稍微看見一點影子，那可不只是大而已啊，可以說是怪物了。當然我指的不是像在練功區裡出現的那些怪物。」

他將自己雙臂大大張了開來。在湖邊時，我對他說這裡沒有怪物會出現的當下，西田臉上出現別有涵義的笑容，指的就是這個意思吧。

「哇啊，真想看一下！」

亞絲娜眼睛散發著光輝說道。西田則說了句「這就是我想跟你們商量的事」，便將視線朝我看了過來。

「桐人，你對自己的筋力值有自信嗎……？」

「嗯，應該算還可以吧……」

「那要不要跟我一起釣呢！上餌之前都由我來負責。上鉤之後就交給你。」

「啊啊，釣魚的『切換』嗎。那種事能辦得到嗎……」

亞絲娜一臉興奮對感到懷疑的我說道：

「就試試看嘛桐人！聽起來很有趣！」

她依然是想到什麼就急著去做。不過事實上，我自己對這件事也感到很好奇就是了。

「那就試試看吧……」

我說完後，西田露出滿臉笑容，說了句「這樣才對嘛」，便哇、哈、哈的大笑了起來。

當天晚上。

亞絲娜嘴裡喊著好冷好冷，然後鑽進我被窩裡把身體緊緊貼著我之後，喉嚨裡發出了滿足的聲音。她一邊眨著睡意濃厚的眼睛，一邊像是想起什麼般浮現出笑容。

「……這裡真是有各式各樣的人耶……」

「他真是個討喜的大叔。」

「嗯。」

原本笑著說話的亞絲娜忽然收起笑容小聲說道：

「至今一直待在上層戰鬥，根本忘了也有人在這裡過著普通的生活……」

「不是說我們比較特別，但既然有可以在最前線戰鬥的等級，也就代表了我們對這些人有責任。」

「……我從來沒想過這種事……只覺得變強是讓自己在這裡存活下來的首要條件……」

「我想現在一定有很多人對桐人有所期待。當然也包含我在內。」

「可惜我的個性是，聽到人家這麼對我說就會想要逃走……」

「真是的……」

亞絲娜一臉不滿地噘起了嘴，我撫摸著她的瀏海，在內心祈禱著可以再多過一陣子像這樣的生活。為了西田和其他玩家，我們總有一天要回到戰場上去。但至少現在——

從艾基爾與克萊因傳過來的訊息裡可以知道，第七十五層攻略陷入了困境。但我真心認為，對我來說，目前在這裡跟亞絲娜的生活才是最重要的事。

19

西田是在三天後的早晨才通知我們釣魚的日期。看來他是到處去跟釣魚夥伴宣傳這件事，當天據說會有三十個左右的觀眾來參加。

「這可真是糟糕。亞絲娜……怎麼辦……？」

「嗯～～」

老實說，這樣的通知造成了我們的困擾。這裡是我們為了躲避情報販子等人所選擇的藏身地點，所以不想在多數人面前露面。

「你看這樣如何！」

亞絲娜將栗色長髮盤在頭上之後，用大頭巾將臉深深埋住。然後又操作視窗換上一件超大厚外套。

「哦、哦哦。不錯唷，就像個為生活忙碌的農家主婦。」

「……你這是在誇獎我嗎？」

「當然。我的話，不帶武器應該就不會被認出來了。」

中午前，我和拿著便當籃子的亞絲娜一起離開家門。雖然跟她說到現場再將籃子實體化就好，但她堅持這是變裝的一部分。

今天的氣溫在這個季節算是溫暖。我們在巨大針葉樹森林裡走了一陣子之後，就從樹幹間看見了閃爍的水面。湖畔已經有許多人聚集在那裡了。帶著有點緊張的心情走過去後，那名相識的矮壯男子便伴隨著熟悉笑聲舉起手來。

「哇、哈、哈，天氣是晴天真是太棒了。」

「你好，西田先生。」

我和亞絲娜對他點了一下頭。這是個網羅各種年齡層的集團，據說每個人都是西田主辦的釣魚公會成員。懷著緊張心情與他們打過招呼後，發現似乎沒有人認出亞絲娜來。

話說回來，這大叔比我想像中還要有行動力，在公司裡面應該是個很好的上司吧。在我們到達之前就已經為了營造氣勢先舉辦了釣魚比賽，整個場面相當熱絡。

「嗯～那馬上就要展開我們今天的主要活動了！」

單手握著長大釣竿的西田大聲宣布之後，參加群眾們便熱鬧歡呼了起來。我的視線隨意往粗大的釣線看去，在看見吊在最前面的東西之後嚇了一跳。

那是隻蜥蜴。而且是隻非常龐大的蜥蜴。大概有一個大人的上臂那麼大。身上那看起來充滿毒性的紅黑突起表面，像是要展示新鮮度般發出了濕潤的光澤。

「嗚咿……」

比我晚了一點注意到那物體的亞絲娜繃著臉，往後退了兩、三步。如果這是餌，那準備釣的究竟是什麼東西啊？

但我根本還來不及開口，西田便轉向湖面，把釣竿高舉過頭頂。接著奮力一揮，用漂亮的姿勢將釣竿揮出去，巨大蜥蜴在空氣中發出呼一聲後劃出一道弧形，沒多久便在稍遠的水面上濺起大量水花並落入湖裡。

ＳＡＯ裡的釣魚幾乎沒有等待時間。只要將魚餌丟進水裡，數十秒之內就可以知道究竟是獵物成功上鉤，或者是餌被吃走了這樣失敗的結果。我們吞了口口水盯著沉沒在水裡的釣線。

果然不久之後，釣竿前端便震動了兩、三下。不過拿著釣竿的西田卻一動也不動。

「來、來了啊！西田先生！」

「現在還太早了！」

西田那雙在眼鏡後方、原本慈祥的雙眼這時發出了絢爛光輝，他仔細看著不斷細微震動的釣竿前端。

結果釣竿尖端被向下拉的角度變得更大。

「就是現在！」

西田短小的身軀向後挺，用全身的力量抬起釣竿。釣線的緊繃狀態就連旁觀者也一目了

然，「乒」一聲的效果音在空氣中響起。

「上鉤了！接下來就交給你了！」

我謹慎地試著拉拉看從西田那拿到的釣竿，卻是連一動也不動，感覺就像魚鉤不小心鉤到地面似的。正當我不確定這究竟是不是真的上鉤而感到不安，用眼睛瞄了西田一眼的瞬間——

突然有一股猛烈的拉力將釣線往水裡拖去。

「嗚哇！」

我急忙兩腳用力，重新拉起釣竿。使用筋力的出力，瞬間就超過日常生活模式了。

「這、這個用力拉沒問題嗎？」

我擔心釣竿與釣線的耐久度，因此對西田如此問道。

「這是最高級品！你盡量用力拉沒關係！」

對因為興奮而滿臉通紅的西田點了點頭，重新擺好握竿姿勢，開始用上全部的力量。釣竿從中間部分呈現的倒U字形越來越大。

在升級之後，每個玩家都可以自由選擇要提升筋力或者是敏捷力。理論上來說，像艾基爾那樣的斧頭使當然是優先提升筋力，而亞絲娜這樣的細劍使則是提升敏捷力。雖然屬於正統派劍士的我，兩種數值都有選擇，但我因為個人喜好而比較傾向提升敏捷力。

不過，或許是等級實在提升得太高，這場拔河看來是我比較占優勢。我站穩了雙腳慢慢地向後退，雖然速度緩慢，但謎樣的獵物確實正在逐漸浮上水面。

「啊！可以看見了！」

亞絲娜探出身子，手往水中一指。我因為離開岸邊且整個身體向後仰，所以無法確認獵物目前的狀況。觀眾們先是產生了一陣騷動，接著每個人爭先恐後衝向水邊，從岸上以斜角往湖水深處看去。我禁不住自己的好奇心，鼓起全部筋力用力把釣竿向上一拉。

「……？」

突然之間，在我眼前那些探出身子看著湖面的群眾們身體一震。然後每個人都往後退了兩、三步。

「怎麼……」

我話還沒說完，那些傢伙就一起轉身並以猛烈速度跑了起來。而在我左邊的亞絲娜與右邊的西田也臉色發白地跑了過去。感到驚訝的我，轉頭準備往他們的方向看去時——兩手上的抗力突然消失，我整個人便向後倒去，屁股重重坐到地上。

「糟糕，線斷了嗎」，一想到這點，我便迅速拋下釣竿並起身往湖面跑去。但這時候，我眼前閃耀銀色光輝的湖水向上隆了起來。

「什——」

我瞪大眼睛張開嘴巴僵在當場，這時從遠方傳來了亞絲娜的聲音。

「桐人，危險啊——」

轉身一看，包含亞絲娜與西田在內全部人馬都已經衝上岸邊堤防，距離我有一段相當遠的距離。在漸漸理解狀況的我的背後，響起了盛大的水聲。我心裡浮現很不好的預感，再度轉頭往湖面看去。

那裡站著一隻魚。

詳細一點說明的話，是隻介於魚類與爬蟲類之間，那種進化到一半、長得像空棘魚但更接近爬蟲類的傢伙。牠全身滴著像瀑布般的水滴，六隻粗壯的腳踩在岸邊草上俯視著我。

之所以會用俯視來形容，是因為那傢伙總高度至少有兩公尺以上。那看起來一口就可以吞下整隻牛的嘴在我頭上稍微高一點的地方，嘴角還露出之前那隻蜥蜴的腳。

巨大古代魚那遠在頭部兩側，有籃球那麼大的雙眼與我四目相對，我視線裡自動出現了表示怪物的黃色箭頭。

之前西田曾說湖泊主人大到像隻怪物，但跟在練功區裡出現的怪物不一樣。

這哪裡跟練功區裡的怪物不一樣，這傢伙分明就是隻怪物啊。

我臉上浮現僵硬笑容，往後退了幾步。接著就這麼轉身，宛如脫兔般向前奔跑。背後的巨大魚發出雷鳴般咆哮之後，理所當然踩著讓地面產生震動的腳步，往我追了過來。

我將自己的敏捷度全開，像要飛起來般全力衝刺。幾秒之後，當我到達亞絲娜身旁時，對她發出了強烈抗議：

「太、太太太狡猾了！竟然自己逃走！」

「哇啊，桐人！現在不是說這種事的時候了！」

回頭一看，巨大魚雖然動作遲鈍，但卻以確實的速度朝這邊衝了過來。

「哦哦，竟然在陸上跑……是肺魚嗎……」

「桐人，現在沒空說這些無關緊要的事！得快點逃走才行！」

這次換成西田慌張地叫了起來，瞧他的樣子像快要腳軟了一樣。其他數十名的觀眾們也因為這突如其來的狀況而僵住了，裡面甚至還有不少人表情茫然地坐倒在地。

「桐人，你有帶武器來嗎？」

亞絲娜一邊把臉往我耳邊靠近一邊小聲問道。的確，要讓這群已經陷入恐慌狀態的人井然有序地逃走，可以說相當困難——

「抱歉，我沒帶……」

「真是沒辦法……」

亞絲娜邊搖著頭轉身面對逼近的巨大長腳魚。接著用相當熟稔的動作迅速操縱視窗。

在西田與其他觀眾們茫然注視之下，背對著我們直挺挺站著的亞絲娜用兩手將頭巾以及厚外套同時脫掉。反射著太陽光閃閃發亮的栗色頭髮隨著風在空中飛舞。

外套下雖然是草色長裙與生麻製成的襯衫這種樸素造型，但左腰上那鍍銀的細劍劍鞘閃爍著刺眼光芒。她用右手高聲將劍拔出，悠閒等著發出巨大聲響殺過來的巨大魚。

在我旁邊的西田，這時候才好像恢復思考能力般抓住我的手臂大叫：

「桐人！你太太、你太太她危險啦！」

「不，我想交給她就可以了。」

「你在說什麼啊！這、這樣的話只好出我……」

他從旁邊的夥伴那將釣竿一把搶了過來，然後帶著悲壯表情擺好姿勢，準備往亞絲娜那邊衝過去，我只好趕緊阻止這個年老釣師。

巨大魚突進的速度不減，張開排列著無數尖牙的大嘴，像要一口將亞絲娜吞噬般跳了起來。面對那張血盆大口，側著半邊身子的亞絲娜右手拖曳著白銀色光芒向前衝了過去。

隨著類似爆炸的衝擊聲，巨大魚嘴裡爆發出刺眼閃光效果。整隻魚被炸上了天空，但亞絲娜的位置卻完全沒有改變。

雖然怪物的巨大身軀的確讓人看了膽戰心驚，但我原本就預測牠的等級不會太高了。因為這裡是低樓層，而且又是在與釣魚技能相關的任務裡出現，應該不會出現那種不合理的強敵。

ＳＡＯ這個遊戲不會違反一般線上遊戲的常理。

巨大魚在落下之後發出巨響，ＨＰ條也因為吃了亞絲娜一記重攻擊而大大減少。這時，亞絲娜又毫不留情地補上不辜負她「閃光」封號的連續攻擊。

亞絲娜一邊踩著像極了跳舞般的華麗腳步，一邊不斷使出無數必殺技，而西田與其他參賽者只能在旁邊痴痴地望著她看。不知道他們是為亞絲娜的美麗亦或是她的強勁實力所著迷呢？我想應該是兩者都有吧。

亞絲娜邊揮劍邊散發出壓倒周圍群眾的強烈存在感，當她發現敵人ＨＰ條已經進入紅色狀態時，為了取出距離而先輕輕往後一跳，在落地的同時馬上又發動突進攻擊。全身宛如彗星般拖著發光的彗尾從正面往巨大魚衝去，這是最高級細劍技之一的「閃光穿刺」。

彗星伴隨著如同音爆般的衝擊聲，直接從怪物的嘴貫穿到尾巴，當亞絲娜經過漫長滑行之後停下身來，身後的怪物立刻變成巨大發光碎片四處飛散。過了一會兒，轟然破碎聲響起，在湖面上造成了巨大波紋。

亞絲娜「鏘」一聲將細劍收入劍鞘之後，一派輕鬆地往這裡走了過來。西田他們則是維持著張大嘴巴的姿勢，站著一動也不動。

「嘿，辛苦了。」

「太狡猾了，讓我一個人對付那傢伙。你一定要請客才行。」

「我們的財產不是都整合在一起了嗎。」

「嗚，對哦……」

我與亞絲娜閒話家常了一陣子之後，西田才好不容易邊眨眼邊開口說道：

「哎呀……這可真是驚人啊……這位太太，妳、妳可真是強啊。不好意思，請問妳現在的等級是……？」

我與亞絲娜面面相覷。在這個話題上打轉太久的話，對我們來說實在不太妙。

「先、先別講這件事，你看，從剛剛打倒的魚那邊出現道具了。」

亞絲娜操縱了一下視窗，一根閃耀著白銀光芒的釣竿便出現在她手裡。因為是從任務怪物裡出現的，所以應該是屬於非賣品的稀有道具才對。

「哦、哦哦，這個是？」

西田眼睛發亮，將釣竿拿了起來。四周的參加者也一起發出驚嘆聲。正當我認為已經成功蒙混過去時……

「妳……妳是血盟騎士團的亞絲娜小姐嗎……？」

其中一個年輕玩家靠過來兩、三步之後緊盯著亞絲娜看。接著他的臉上瞬間發出光芒。

「沒錯，果然沒錯。因為我有妳的照片啊！」

「嗚……」

亞絲娜僵硬地笑了笑，往後退了幾步。周圍又發出比剛才大了一倍以上的驚嘆聲。

「太、太感動了！竟然可以在這麼近距離看見亞絲娜小姐的戰鬥……對了，可、可以請妳幫我簽名……」

年輕男人話說到這裡忽然閉起嘴巴，視線在我和亞絲娜之間來回看了兩三次。最後以呆滯的表情說道：

「你……你們，結婚了嗎……」

這次輪到我臉上露出僵硬的笑容了。在我們這兩個不自然地笑著的人四周，忽然一起發出了許多悲嘆與吼叫聲。只有西田一個人還搞不清楚狀況般不斷眨著眼睛。

我和亞絲娜隱密的蜜月生活，也就因此在僅僅兩個星期之後便結束了。不過，以結果來說，最後能參加一次愉快的任務，也可以算是非常幸運吧。

那天晚上，我們收到了一封由希茲克利夫所傳來，邀請我們參加第七十五層魔王攻略戰的訊息。

隔天早上。

當我坐在床邊垂頭喪氣看著地上時，已經整裝完畢的亞絲娜，一邊踩著腳步讓靴子的鞋釘發出聲音，一邊走到我面前。

「嘿，你要沮喪到什麼時候！」

「但只有兩個星期而已啊！」

像個小孩子似地邊回答邊抬起頭來。但實際上，我不能否認身穿久違了的白紅騎士裝的亞絲娜，看起來實在非常有魅力。

其實只要考慮到造成我們暫時退出公會的原因，我們大可辭退這次的邀請。但是訊息最後面出現的「已經有犧牲者出現了」這樣的字眼，實在讓我們兩個人感到難以心安。

「還是至少去聽一下他們怎麼講嘛。好啦，時間到了！」

背上被拍了一下之後才不情願地起身，打開裝備畫面。因為我們還是處於暫時退團狀態，所以我穿上熟悉的黑色皮大衣，戴上最少限度的防具，最後把兩把愛劍交叉地插進背上劍鞘。背上的沉重感，可能是它們對於我在這麼長一段時間當中，只把它們擺在道具欄裡所發出的無言抗議吧。我像是要安撫兩把劍似地稍微將它們抽出來，接著同時迅速將它們收回劍鞘裡，房間裡因此響起了一陣清澈的金屬聲。

「嗯，果然還是這種打扮比較適合桐人。」

亞絲娜面露微笑，跑過來挽住我的右臂。我轉頭看了一下這個即將短暫告別的新居。

「……趕緊把事情解決之後就回來。」

「沒錯！」

兩個人點了點頭後，我便把門打開，朝著冬日氣息濃厚的早晨寒冷空氣跨出腳步。

第二十二層轉移門廣場上，可以見到西田那抱著釣竿的熟悉身影正等著我們。我們事先只有跟他說了出發時間。

聽到他說「可以稍微聊一下嗎」之後我點了點頭，於是三個人便並排坐在廣場長椅上。西田一邊看著上層的底部一邊緩緩說道：

「老實說……至今為止，上面樓層裡有許多以完全攻略遊戲為目標的玩家存在這件事，對我來說就像另一個世界的事情一樣。可能是內心早已經放棄離開這裡的念頭了吧……」

我與亞絲娜無言地聽著他所說的話。

「我想你們也知道在科技產業這個行業裡，技術是日新月異的。因為這是我從年輕時代便開始從事的工作，所以之前還能勉強跟上技術的進步，但現在已經離開現場兩年，我想怎麼樣也跟不上了。反正回去也不知道能不能回公司上班，如果要承受被人當成包袱一腳踢開的悲慘遭遇，那我還寧願待在這裡面釣魚，我是這麼想的……」

話語至此，他停了下來，充滿皺紋的臉上浮現小小笑容。我找不到可以安慰他的話。因為這個男人在變成ＳＡＯ囚犯之後，所失去的東西已經超出我能想像的範圍了。

「我也是——」

亞絲娜如此呢喃：

「我在半年前也跟你想著同樣的事情，每天晚上都一個人哭泣。總覺得在這個世界多過一天，不論是家人、朋友、升學等等，關於現實世界裡的生活就會跟著毀壞，整個人像快要瘋掉

一樣。睡覺時老是夢見原來的世界……心想只有趕快變強、早點將遊戲攻略下來，才是唯一的解決方法，於是便死命地提升關於武器的技能。」

我吃驚凝視著身旁亞絲娜的臉。雖然我從以前就不怎麼去注意別人……但與我相遇時，根本看不出來她有那樣的想法。雖然我不怎麼注意他人也不是現在才開始的就是了……

亞絲娜看向我之後微微一笑，接著繼續說道：

「但是，半年前左右的某一天，當我轉移到最前線準備朝迷宮出發時，廣場草地上有個人躺在那邊睡覺。由於他等級看起來相當高，所以我便很氣憤地對那個人說『如果你有空在這裡殺時間的話，請你快點去幫忙攻略迷宮』……」

說到這裡她用手摀著嘴竊笑著。

「結果那個人竟然回我『今天是艾恩葛朗特最棒的季節裡最棒的天氣設定，在這種日子跑進迷宮實在是太浪費了』，然後手指著旁邊草地說『妳也來睡吧』。真的很沒禮貌。」

亞絲娜收起笑容，視線望向遠方接著說道：

「但是，我聽到他的話之後嚇了一跳。心裡想『這個人確實地在這個世界裡生活著』。不去在意現實世界的生活一天天消失，而是專注於在這個世界裡每一天的經驗累積。我發現原來也有這樣的人……於是我便讓公會的人先離開，然後試著在那個人身邊躺了下來。風迎面吹拂的感覺真的很舒服……暖洋洋的氣溫也很怡人，於是我就這麼睡著了，而且完全沒有作惡夢。

那可能是我來到這個世界之後第一次能睡得那麼熟吧，當我醒來時已經是傍晚了，那個人還在我身邊擺出一臉不耐煩的樣子。而那個人呢，就是他……」

說完之後，亞絲娜緊握住我的手。但我內心其實感到萬分狼狽。我的確還隱約記得那天的事情，可是……

「抱歉亞絲娜……我那時候說的並沒有那麼深的含意，純粹只是想睡午覺而已……」

「這我當然知道。這種事不用你說我也知道！」

亞絲娜噘起嘴來，之後笑著轉向聽著她講話的西田接著說：

「我……從那天起，每天晚上都想著他入睡，結果就真的不會作惡夢了。之後我努力找出他的基地，特地撥時間去見他……慢慢開始期待起明天的到來……想到自己應該是戀愛了就感到非常高興，決定好好珍惜這種感覺。那是我第一次覺得能來到這個世界真是太好了……」

亞絲娜低下頭，用戴著白手套的手揉了揉眼睛，接著深深吸了口氣。

「桐人他對我來說，是我這兩年來生活的意義，也是我仍活著的證明，更是我明天的希望。我是為了與這個人相遇，才會在那一天戴上NERvGear來到這裡。西田先生……我可能還沒有資格對你說這種話，但我覺得西田先生在這個世界裡面一定也有所收穫才對。這裡確實是假想中的世界，眼睛所能見到的全部都是由檔案所構成的假貨。但是對我們來說，我們的心是真實存在的。這樣一想，我們所經驗、所獲得的東西也全部都是真實的。」

西田不斷眨著眼睛，點了好幾次頭。可以看見他眼鏡深處閃著光芒。其實我自己也拚命忍住不讓眼眶發熱。

「……妳說的沒錯，真的是這樣……」

西田再度抬頭仰望天空說道：

「能夠聽到亞絲娜小姐方才的這一番話，也是很寶貴的經驗。當然釣到超過五公尺的大魚也是……人生真的不能隨便放棄。不能輕言放棄啊。」

西田用力點著頭，然後站起身來。

「啊，浪費你們那麼多時間。我深信只要有像你們這樣的人在上層作戰，不久我們就能回到那個世界了……雖然我什麼忙都沒辦法幫上，但至少可以給你們鼓勵。請你們加油。」

西田先生握住我們的手不停地上下搖著。

「我們還會回來。那時候還要請你再陪我呢。」

我伸出右手食指做出拉竿的動作，西田看了之後臉上露出大大的笑容，用力點了點頭。

我們交換了堅定的握手之後，便朝著轉移門走去。踏進像海市蜃樓般搖晃的空間，和亞絲娜互望了一下之後，兩人同時開口說道：

「轉移——格朗薩姆！」

在我們眼前擴散開來的藍色光芒，將不斷揮著手的西田逐漸掩蓋了起來。

20

「偵查隊全滅──?」

隔了兩個星期回到格朗薩姆的血盟騎士團本部時，等待著我們的是衝擊性的通知。

我們目前身處公會本部的鋼鐵塔上層中，之前和希茲克利夫會談時所使用的那間全是玻璃牆壁的會議室裡。半圓形大桌子中央有希茲克利夫那穿著賢者般長袍的身影，左右兩邊雖然坐著公會幹部們，但這次與之前不同的是，已經沒有哥德夫利這個人了。

希茲克利夫將骨瘦如柴的雙手在臉前合了起來，眉間刻劃著深谷，緩慢地點了點頭。

「是昨天的事。收集第七十五層迷宮區的地圖檔案雖然花了不少時間，但總算是在沒出現犧牲者的情形下結束了。不過原本就已經預測到，對上魔王時將會有一番苦戰……」

當然我也不是沒有想過會有這種情形。因為到目前為止攻略過的無數樓層裡，只有第二十五層與第五十層的頭目怪物擁有突出的巨大身軀與強大戰鬥力，所以在攻略這兩層時付出了很大犧牲。

第二十五層雙頭巨人型魔王讓軍隊的精銳幾乎全滅，而這也是造成他們現在組織弱化的主

要原因。接著在第五十層時，長得像金屬製佛像的多臂型頭目發動猛攻，讓許多玩家膽怯，因而擅自緊急轉移離開戰場，造成戰線一度崩潰，如果救援部隊來得再遲一點，我們恐怕就難逃全滅的命運。而那時獨立支撐戰線的，就是現在在我眼前的這個男人。

如果說每隔二十五層就會出現強力魔王，那這次第七十五層同樣出現強力魔王的可能性應該相當高。

「……於是我們派出了由五個公會共同組成，總共有二十人的隊伍。」

希茲克利夫缺少抑揚頓挫的聲音繼續說道。由於他半閉著眼睛，所以無法從他黃銅色瞳孔裡看出他現在的情緒。

「偵查是在非常慎重的行動之下進行。我們派十個人當作後衛，在魔王房間的入口處待機……先進入的十個人到達房間中央，就在魔王出現的瞬間，入口的門便關上了。接下來的情形就是由擔任後衛的十個人所報告。他們說門關閉有五分鐘以上，當時不論是開鎖技能或者直接加以打擊，都沒辦法讓門開啟的樣子。等門好不容易打開時——」

希茲克利夫嘴角緊緊地抿了起來。閉起眼睛一下子後，接著說道：

「房間裡面已經沒有任何東西了。十個人和魔王的身影全都消失。現場也沒有轉移脫離的痕跡。而他們也沒有回來……為了確認，我們還派人前往底層黑鐵宮，去確認金屬碑上的死亡名單，結果……」

他沒有把話繼續說下去，只是左右搖了搖頭。我旁邊的亞絲娜先是屏住呼吸，接著馬上小聲從嘴裡擠出一句話來：

「十……個人都……怎麼會這樣……」

「是水晶無效化空間……？」

「也只有這種可能性了。根據亞絲娜的報告，第七十四層似乎也是如此，所以我認為大概今後所有的魔王房間都會是如此吧。」

「怎麼會……」

我不禁嘆了口氣。無法緊急脫出的話，因為意想不到的事故而死亡的人數將會大大提高。「不出現犧牲者」，這是在攻略這個遊戲時的最大前提。但不打倒魔王的話就不可能完全攻略遊戲……

「開始越來越像死亡遊戲了……」

「但也不能因此而放棄攻略……」

希茲克利夫閉起眼睛，用聽起來像呢喃但又斬釘截鐵的聲音如此說道：

「除了沒有辦法用水晶脫出之外，這次的房間在構造上似乎是當魔王出現，將同時斷絕背後的退路。這麼一來，只剩派出在利於指揮範圍內最大人數的部隊去攻略這個辦法了。原本非常不願意招喚新婚的你們回來。但希望你們可以了解我的苦衷。」

我聳了聳肩如此回答：

「讓我們幫忙吧。不過，我會以亞絲娜的安全為最優先考量。如果遭遇危險狀況，比起隊伍全體，我會選擇先保護她的安全。」

希茲克利夫臉上浮現些許笑容。

「當一個人有想要守護的人存在時，總是能發揮出強大力量。我很期待你的奮戰。我們將在三個小時後開始攻略。參加人數加上你們兩個總共是三十二人。下午一點在第七十五層科力尼亞市轉移門前集合。那麼，解散。」

說完這些話之後，紅衣聖騎士以及他屬下的那些男人一起站了起來走出房間。

「三小時後嗎——我們要做什麼呢……」

亞絲娜在鋼鐵長椅上坐下之後對我如此問道。我一言不發凝視著她的身影。包裹在白底紅色圖案的連身戰鬥服下那賞心悅目的四肢、細長又有光澤的栗色頭髮、渾圓且閃耀著光輝的褐色瞳孔——她的模樣就像絕世寶石那麼美麗。

發現我絲毫沒有將視線移開的意思之後，亞絲娜光滑潔白的臉頰上隱約出現一抹紅霞，她害羞地笑著說道：

「你……你是怎麼了？」

我吞吞吐吐回答她：

「……亞絲娜……」

「什麼事？」

「……妳不要生氣先聽我說。今天的魔王攻略戰……妳能不能不要參加，留在這裡等我回來呢？」

亞絲娜先是盯著我看，接著有點悲傷地低下頭說道：

「……你為什麼要對我說這種話呢……？」

「雖然希茲克利夫那麼說，但在無法使用水晶的地方根本不知道會發生什麼事。我很害怕……我只要一想到……妳有可能遭遇什麼事故……」

「……你是說你要自己到那種危險地方，然後要我在安全的地方等你嗎？」

亞絲娜站起身來，昂然走到我面前。她的眼睛裡燃燒著怒火。

「如果桐人你一去不回，那我也會自殺。除了已經沒有活下去的意義之外，我也不能原諒待在這裡等待的自己。如果要逃就兩個人一起逃。桐人你想這麼做的話，我願意一起逃走。」

說完，她將右手手指貼在我胸口正中央。眼神開始變得溫柔，嘴角也浮現些許笑容。

「不過……我想今天參加攻略戰的每個人都感到恐懼，也都想要逃走。但即使害怕，還是有十幾個人願意參加，那是因為團長和桐人，這兩個應該是這個世界最強的人，願意站在前面

帶領大家的緣故……我是這麼想的……我知道桐人你很不喜歡背負這種責任。但是，這不只是為了別人，也是為了我們自己……為了讓我們回到原來世界，然後再一次相遇，我希望我們能一起努力。」

我舉起右手，悄悄地握住亞絲娜貼在我胸前的指尖。不想失去她的強烈感情充斥我胸口。

「……抱歉……我實在太害怕了。老實說，我真的很想就這樣兩個人一起逃走。我不想亞絲娜妳死掉，當然我自己也不想死。就算……」

我凝視著亞絲娜的眼睛，把接下去的話說完：

「就算回不去現實世界也沒有關係……我想和妳一直生活在那個森林小屋裡。就我們兩個人……一直到永遠……」

亞絲娜用另一隻手抓緊自己的胸口。接著像是在忍耐什麼似地閉著眼睛，皺著眉頭。最後從微張的嘴裡吐露出無奈嘆息。

「啊啊……真像是在作夢。如果真的可以那樣就太好了……每天都可以跟你在一起……直到永遠……」

話說到這裡便停了下來，像要切斷那微小願望般把嘴唇緊緊閉了起來。張開眼睛，抬頭看著我時，臉上的表情相當認真。

「桐人，你有想過嗎……？我們在現實世界裡的身體究竟怎麼了？」

這個突然聽到的問題讓我一時答不出話來。其實所有玩家應該都有這個疑問才對。但既然沒有與現實世界聯絡的辦法，就算再怎麼想也沒有用。大家心裡雖然隱約有著恐懼，但還是勉強不去面對這個問題。

「還記得嗎？這個遊戲剛開始時，那個人……茅場晶彥的遊戲說明。他說NERvGear可以容許兩個小時的斷線。而那個理由是……」

「……為了讓我們的身體被搬運到有看護設備的醫院去……」

聽見我的呢喃後，亞絲娜用力點了一下頭。

「實際上過了幾天之後，大家都遭遇到持續斷線一個小時的事件對吧。」

的確是有這麼回事。我看著眼前斷線的警告，不斷地擔心會不會就這樣過了兩個小時然後被NERvGear給燒死。

「我想那時候應該所有玩家都一起被搬運到各家醫院去了。一般家庭是沒有辦法看護像我們這種植物人長達好幾年的時間。所以應該是被搬到醫院後，重新連接上網路才對……」

「嗯……說不定是這樣……」

「如果我們的身體是在醫院床上，連接了許多管線才能維持生命的狀況下……我不認為可以毫無異常地一直持續下去。」

忽然有一種自己全身開始變得稀薄的恐怖感侵襲而來，為了確認彼此的存在而把亞絲娜用

力抱了過來。

「……也就是說……不論我們能不能完全攻略遊戲……都會有一個最終期限存在……」

「……而這個期限將因每個人的身體狀況而有所不同……在遊戲裡面，關於『外面』的話題算是禁忌，所以這件事我從來沒有跟別人說過……但桐人你不一樣。我……我呢，想要一輩子在你身邊。想要好好跟你交往，真正地結婚，一起白頭到老。所以……所以……」

她已經沒辦法說出接下去的話了。亞絲娜將臉埋在我胸前，終於忍不住嗚咽起來。我慢慢撫摸她的背，幫她把接下去的話說完：

「所以……我們現在一定得作戰……」

其實恐怖感並沒有消失。但是亞絲娜努力忍著想要逃走的心情，準備要開創自己的命運，我又怎麼能夠在這裡放棄呢。

沒問題——一定沒問題的。只要我們在一起，一定——

為了甩掉襲上心頭的惡寒，我的手臂更加用力地緊抱住亞絲娜。

21

第七十五層科力尼亞市的轉移門廣場前，已經有一看就知道等級相當高的玩家們聚集在那裡，我想他們應該就是攻略組了。我和亞絲娜從轉移門裡出來，往他們那邊走了過去，眾人在看到我們之後都緊閉著嘴，面露緊張表情對我們行注目禮。裡面甚至還有用右手對我們行公會式敬禮的人在。

我因為感到非常困擾而停下腳步，但身旁的亞絲娜卻以熟練的動作回禮，然後往我腹部戳了一下。

「我說啊，桐人你也算是領袖級人物了，不好好跟人家回禮不行唷！」

「怎麼會……」

我只好以僵硬的動作敬了個禮。到目前為止的魔王攻略戰裡，我也曾隸屬於許多集團，但還是第一次受到這樣的矚目。

「唷！」

我因為肩膀被人用力拍了一下而回頭一看，就看到刀使克萊因那綁著低級圖案頭巾的臉孔

在那邊笑著。令人驚訝的是，他旁邊竟然站著一個巨大的身軀，那是手拿雙手斧，身上全副武裝的艾基爾。

「什麼……你們竟然也要參加啊。」

「有必要這麼驚訝嗎！」

一臉憤慨的艾基爾粗聲粗氣說道：

「聽說這次作戰相當辛苦，我才會丟下買賣跑來幫忙。你竟然沒有辦法理解我這種無私無慾的偉大情操……」

艾基爾用誇張的動作不斷說著話，我則拍了一下艾基爾的手臂對他說道：

「我現在很了解你無私的精神了。那在分配戰利品時可以不用算你那份囉？」

一聽到我這麼說，眼前這個巨漢便把手放在他光溜溜的頭上，眉頭皺成八字形回答：

「哎呀，這、這個嘛……」

克萊因與亞絲娜聽到他沒骨氣地開始含糊其詞，兩個人便同時開朗地笑了起來。笑聲傳染了其他聚集在這裡的玩家，大家的緊張似乎稍微得到紓解。

下午一點整，轉移門裡又出現了幾名新玩家。那是身穿紅色長衣、手拿巨大十字盾的希茲克利夫，與血盟騎士團的精銳部隊。看見他們的身影後，緊張氣氛再度籠罩在玩家們身上。

單純從等級強度來看的話，比我和亞絲娜等級高的應該就只有希茲克利夫本人而已，但他們那種團結的模樣就是能讓人感到相當有壓迫感。除了白紅的公會顏色相同之外，他們每個人武器都不一樣，但從身上散發出的集團力量，與之前曾見過的軍隊部隊可以說有天壤之別。

聖騎士與他四名手下將玩家集團分成兩邊後，直接朝我們走了過來。當克萊因與艾基爾被壓迫感逼得往後退了幾步時，亞絲娜卻一臉輕鬆地與他們互相敬了個禮。

停下腳步的希茲克利夫對我們輕點一下頭後，便面向集團開始發言：

「看來沒有任何人缺席。感謝大家的參與。我想大家都已經知道狀況了。接下來等待我們的，將會是一場嚴酷戰役，但我相信靠著各位的力量一定能夠成功渡過危機。讓我們為了解放日而戰吧——！」

隨著希茲克利夫強而有力的叫聲，玩家們也一起發出了振奮的吼聲。我對他那種宛如磁力的強大魅力感到咋舌不已。在普遍欠缺集團領導能力的線上遊戲狂熱分子裡面，竟然會有像他這樣擁有領袖氣質的人物存在，還是該說是這個世界讓他發現自己在這方面的才能呢？他在現實世界裡究竟是從事哪方面的工作啊……

像是感應到我的視線般，希茲克利夫轉向我後浮現出些許笑容，接著開口：

「桐人，今天就拜託你了，我很期待你『二刀流』的表現。」

那低沉而柔軟的聲音中，完全感覺不到任何膽怯，面對可以想見的苦戰，竟然還能保持這種輕鬆的態度，讓人不得不說，真是了不起。

在我無言地點頭回應後，希茲克利夫再度轉頭面對玩家集團，輕輕地舉起一隻手說道：

「那我們出發吧。我會打開直接通往魔王怪物房間前面的迴廊。」

說完後便從腰間袋子裡拿出了深藍色水晶，其他玩家看到之後馬上發出「哦哦……」的驚嘆聲。

一般的轉移水晶僅能將使用者個人轉移到指定城鎮的轉移門，但現在希茲克利夫手裡的「迴廊水晶」道具，是可以記錄下任何地點，然後打開瞬間到達紀錄地點的轉移門，可以說是非常便利的道具。

只不過它雖然方便，但數量相當稀少，ＮＰＣ商店裡也沒有販賣。入手方法只有開啟迷宮寶箱或是打倒強力怪物，所以就算入手之後也很少會有玩家直接拿來使用。剛才由眾人嘴裡所發出的驚嘆聲，與其說是見到稀有的迴廊水晶，倒不如說是因為看見希茲克利夫若無其事地將它拿來使用而發出的吧。

希茲克利夫像絲毫不在意眾人眼光似地將右手高舉，嘴裡喊出「迴廊開通」。極為高價的水晶霎時粉碎，他面前的空間出現搖曳著藍色光芒的漩渦。

「那麼，各位，跟我來吧。」

將我們所有人看過一遍之後，希茲克利夫紅衣一翻，便往藍色光芒中踏了進去。他的身影瞬間被炫目閃光包圍，接著消失。四個ＫｏＢ成員也馬上跟著他走了進去。

不知何時開始，轉移門廣場周圍聚集了許多玩家。應該是聽聞魔王攻略作戰的事而來替我們送行的吧。就在激勵喊叫聲當中，劍士們一個接著一個縱身進入光之迴廊當中，往目的地轉移而去。

最後剩下來的只有我和亞絲娜。我們兩個輕輕點了點頭，手牽著手，同時往光之漩渦裡跳了進去。

在經過類似輕微暈眩的轉移感覺之後，睜開眼便發現我們已經置身在迷宮當中。這裡是一條相當寬廣的迴廊。牆壁邊排列著粗大的柱子，可以在最前方見到一扇巨大的門。

第七十五層迷宮區是由類似有點透明感的黑曜石材質所構成。與下層迷宮那種粗略切割過的凹凸不平表面不同，這裡的地板是由磨得像鏡子一樣的黑色石頭呈直線狀排列而成。空氣又冷又潮濕之外，還有淡淡雲靄在地面上緩緩環繞著。

站在我身邊的亞絲娜像覺得寒冷般用雙臂抱著身體，接著說道：

「……總覺得……有種很不好的預感……」

「嗯嗯……」

我也同意她的看法。

到今天為止的兩年內，我們攻略了總共七十四層迷宮區，打倒了同樣數量的魔王。在累積

了這麼多經驗之後，現在光是看見頭目棲息地就大概可以預測出牠擁有什麼程度的力量了。

為數三十人的玩家在我們周圍三三兩兩打開選單視窗，開始檢查著身上的裝備與道具，但可以看得出他們表情都非常僵硬。

我和亞絲娜一起靠在一根柱子的陰暗處，我用手臂悄悄地環抱她纖細的身軀。在戰鬥之前，一直壓抑住的不安整個爆發而出。身體開始發起抖來。

「不要緊的……」

亞絲娜在我耳邊呢喃：

「桐人就由我來守護。」

「不……我不是害怕戰鬥……」

「呵呵……」

發出小小笑聲之後，亞絲娜繼續說：

「所以……桐人你也要守護我啊。」

「嗯嗯……我一定會的。」

我的手臂用力抱了她一下之後便放開了。希茲克利夫在迴廊中央將十字盾實體化之後，全身一震讓裝備發出聲響，然後開口說道：

「大家準備好了嗎？這次完全沒有關於魔王攻擊模式的情報。基本上就是由我們KoB擔任前衛來抵擋敵人攻擊，然後大家趁著這個機會認清牠的攻擊模式，隨機對牠發動反擊。」

劍士們無言點了點頭。

「那麼——我們上吧。」

用盡可能柔軟的聲音說完後，希茲克利夫便直接走向黑曜石大門，將右手放到門中央。我們全體都開始感到緊張。

我拍了一下並肩而立的艾基爾與克萊因肩膀，對轉過頭來的兩人說道：

「別死啊。」

「嘿，你自己才要多注意一下哩。」

「在靠今天的戰利品海撈一筆之前，我是不會死的。」

兩個人自大地回答完之後，大門發出沉重的聲響慢慢地動了起來。玩家們一起拔出武器，我也同時將背上的兩口愛劍拔了出來。看了在我旁邊、手持細劍的亞絲娜一眼，對著她點了一下頭。

最後，從十字盾內側高聲將長劍拔出的希茲克利夫高高舉起右手叫道：

「——戰鬥開始！」

然後就走進完全敞開的大門裡，我們全體則跟在他身後。

房間內部是相當寬廣的巨蛋型空間。應該有我和希茲克利夫對決時的競技場那麼大吧。呈

現圓弧型的牆壁逐漸向上延伸，一直到了遙遠上方才彎曲起來併攏。當三十二個人全部走進房間，圍出自然的陣型站定之時——背後的大門馬上發出轟然巨響關閉了。在魔王死亡或者是我們全滅之前，這扇門應該都沒有辦法打開了。

眾人之間維持了數秒鐘的沉默。雖然一直注意寬廣的地面，但魔王卻遲遲沒有出現。時間就像是要將我們的神經繃緊到極限般一秒一秒地經過。

「喂——」

不知道是哪個人發出了忍受不了的聲音，就在這個時候……

「上面！」

亞絲娜在旁邊尖聲叫了起來。我趕緊抬頭向上看去。

巨蛋的頂端——有個東西貼在上面。

那是個非常巨大而且有長度的東西。

蜈蚣——？

在看到的瞬間我便直覺有這種想法。全長應該有十公尺左右吧。牠那由多數體節所組成的身體，與其說像昆蟲，更讓人想起人類的背脊骨。每一段灰白色圓筒型的體節旁都伸出一對骨頭整個外露的尖銳步足。視線沿著牠身體往前移動之後，可以看見逐漸變粗的前端有著一顆臉型凶惡的頭蓋骨。而且那不是人類的頭蓋骨。扭曲成流線型的骨頭上有著兩對共四個往上高高吊起的眼窩，內側還閃爍著藍色火焰。整個往前方突出的下顎骨並排著銳利尖牙，頭骨兩側還有宛如鐮刀狀的巨大骨頭手臂往外突了出來。

集中視線看向牠之後，怪物的名稱便與黃色浮標同時顯示出來。「The Skullreaper」——骸骨獵殺者。

骸骨蜈蚣就在我們所有人膽戰心驚的無言注視之下，一邊蠕動無數步足，一邊緩緩地爬上天花板，牠所有步足忽然全都大大地伸展開來——從隊伍正上方落下。

「別待在那！快散開！」

希茲克利夫的尖銳叫聲劃破凍結的空氣，全部成員到這時才好不容易回過神來開始行動。我們急忙從牠應該會降落的地點退開。

但是在落下的骸骨蜈蚣正下方的三個人動作稍微遲了一點。他們似乎不知道該往哪邊移動，只是停下腳步抬頭向上望著。

「快來這邊！」

我急忙地叫了起來。三個人像解開咒縛般開始往我這裡跑——

但是……當蜈蚣在他們背後落下的瞬間，整個地面都產生強烈震動。這讓他們三個人腳下踩了個空，而蜈蚣的右臂——光是刀刃部分就有一個人身高那麼長的巨大骨頭鐮刀，對準他們橫掃了過去。

三個人同時從背後被砍飛了出去。當他們在空中時，ＨＰ條就已經以猛烈速度減少著——一口氣從黃色的警戒區域減少到紅色危險區域——

「……！」

然後就這麼直接變成零。仍在空中的三具身體連續化為無數結晶然後碎裂。消滅的聲音重疊著響起。

「——！」

身旁的亞絲娜不由得屏住呼吸。我也感到自己的身體猛烈僵硬住。

僅僅一擊——便造成他們死亡——！

在技能與等級併用的ＳＡＯ裡，隨著等級上升，ＨＰ最大值也會跟著上升，所以不管劍的技巧如何，只要等級高的話就不會那麼容易死亡。尤其是今天參加隊伍的都是高等級玩家，就算是魔王的攻擊好了，硬吃上幾記連續技應該也能支撐得下去才對——卻只吃了一擊就——

「這實在太誇張了……」

亞絲娜用沙啞聲音囁嚅。

一瞬間便奪走三條性命的骸骨蜈蚣將上半身高高挺起，發出了震天吼叫聲，接著以猛烈速度朝一群新玩家突進。

「哇啊啊啊——！」

那個方向的玩家們發出恐慌慘叫聲。只見骨頭鐮刀再度舉起。

就在危急之時，忽然有個身影衝進鐮刀正下方。而那人正是希茲克利夫。他舉起巨大盾牌抵擋住鐮刀攻擊，幾乎要衝破耳朵的撞擊聲響起，緊接著火花四處飛散。

但是敵人擁有兩把鐮刀。左側手臂不斷攻擊著希茲克利夫的同時，還不忘舉起右邊鐮刀往僵在當場的一群玩家砍了下去。

「可惡……！」

我奮不顧身地飛奔而出。像在空中飛舞般瞬間縮短於敵人之間的距離，朝發出轟然巨響往下揮落的骨頭鐮刀下方衝了進去，接著交叉左右雙劍擋下鐮刀的攻擊。

身上立刻承受超越常理的衝擊力。但——鐮刀沒有因此而停下。它一邊飛散出火花一邊將我的劍彈開，往我眼前逼近過來。

不行，力道太強了——！

就在這個時候，一把新出現的劍劃出純白光芒撕裂空氣，由下方命中鐮刀。撞擊聲響起。趁著鐮刀來勢減緩的空檔，我馬上用盡全身力氣將骨頭鐮刀推了回去。

站在我身邊的亞絲娜看了我一眼之後說：

「兩個人同時承受的話——可以擋得住！我們能辦到的！」

「好——那就拜託妳了！」

我點了點頭。感覺只要亞絲娜在我身邊，就會有無盡氣力由身體裡湧現出來。

骨頭鐮刀這次換成橫掃，再度朝我們逼近，我和亞絲娜同時使出往右斜下方砍擊。兩人完全同步的劍帶著兩道光芒命中鐮刀。在產生強烈衝擊後，這次換敵人的鐮刀被反彈了回去。

我用力大喊：

「大鐮刀就由我們來抵擋！大家快從側面發動攻擊！」

我的聲音似乎將大家從咒縛中解放開來，玩家們發出怒吼，舉起武器朝著骸骨蜈蚣的身體發動突擊。好幾記攻擊深深地砍入敵人身體，這時候頭目的ＨＰ條才好不容易有了些微減少。

不過，馬上又響起了好幾名玩家的慘叫聲。趁著反擊鐮刀攻擊的空檔看了一眼之後，發現蜈蚣尾巴末端的長槍狀骨頭將好幾名玩家給橫掃在地。

「嗚……」

雖然巴不得能過去幫忙，但我和亞絲娜、以及在稍遠處獨力抵抗左邊鐮刀的希茲克利夫，都沒有多餘力量可以趕過去了。

「桐人……」

我朝發出聲音的亞絲娜看了一下。

——不行啊！老是注意那邊的話，自己會有危險！

——說的也是……——又攻過來了……！

——以左上斬抵擋下來！

我和亞絲娜只互望了一眼便了解對方的心意，兩個人用完全相同的動作將鐮刀彈了回去。

勉強將不時響起的哀號與慘叫聲趕出自己腦袋，把精神集中在抵擋敵人那藏著兇猛威力的攻擊上。結果很不可思議的，中途開始我們兩個便不用開口，甚至也不用看對方，就有一種彷彿思緒完全連結在一起的超傳導感，讓我們兩個人同時以相同技巧回應，並擋下敵人那絲毫不給人喘息機會的攻擊。

這一瞬間——就在這個生死一瞬的死鬥中，我體驗到過去從未有過的一體感。亞絲娜與我融合為一體，成為一股戰鬥意識不斷揮著劍——在某種意義上來說，這是無可比擬的官能體驗。雖然有時在抵擋敵人的重攻擊時會被餘波所傷，因而讓ＨＰ一點一點減少，但我們在這時根本已經不在意這件事情了。

22

戰鬥整整持續了一個小時。

當這場讓人感覺似乎永無止盡的死鬥終於結束，魔王怪物的巨大身軀四處飛散時，我們當中已經沒有任何人有多餘力氣可以發出歡呼聲了。有的人像倒下般往黑曜石地板一坐，有的人則是整個躺在地面上劇烈喘著氣。

結束了——嗎……？

嗯嗯——結束了——

這個共同思緒的對話結束之後，我和亞絲娜的「連結」似乎也就中斷了。忽然間強烈疲勞感朝我襲來，這讓我承受不住而跪到地板上。我與亞絲娜背對背坐了下來，兩個人暫時都無法動彈。

我們一起存活下來了——即使這麼想，現在也不是放開胸懷感到高興的時候。因為犧牲者實在太多了。繼戰鬥開始時就犧牲的三人後，就不斷以一定的速度響起刺耳的物體破碎聲，當我數到第六個人時就放棄繼續數下去了。

「總共犧牲了──幾個人……？」

在我左邊累得蹲在地上的克萊因抬起頭，用沙啞聲音對我問道。張開手腳仰臥在克萊因身邊的艾基爾，也把臉轉向我這邊。

右手一揮將地圖叫了出來，數了一下上面綠色光點。由出發時的人數反推總共出現了多少犧牲者。

「──總共有十四個人犧牲了。」

雖然是我親自確認過的人數，但還是難以相信這個事實。

他們每個人都是頂級且經歷無數戰役的玩家。就算沒辦法脫離或是瞬間回復好了，只要採取以生存為優先的戰鬥方式，應該不會馬上就死亡才對──雖然是這麼想，但──

「騙人的吧……」

艾基爾的聲音也失去了平時那種活力。倖存者頭上都籠罩了一層陰鬱的空氣。

好不容易才攻略了四分之三──而上面還有二十五層樓。雖然說仍有好幾千名玩家，但認真以攻略為目標，而待在最前線的大概只有幾百個人而已吧。如果光是一層的攻略就出現這麼多犧牲者，那麼我們將面臨──最後可能僅剩下一名玩家能夠面對最終魔王這樣的困境。

而在這種情況下，我想殘活下來的應該就是那個男人吧……

我的視線往房間深處看去。在全部趴在地上的人群中，只有一個身穿紅衣的男人挺直了身子毅然站在那裡。那個人當然是希茲克利夫。

當然他也不是完全沒受傷。將視線對準他，讓浮標出現之後，可以見到他的ＨＰ條已經減少了許多。我與亞絲娜得合力才好不容易抵擋下來的骨鐮刀，他自己一個人便撐完全場戰鬥。在這樣的情況下，除了受到數值上的傷害外，就算因為過於疲憊而倒下也一點都不為過。

但是他那種悠然而立的身影，卻讓人完全無法感覺他在精神上有任何疲勞。真是令人難以置信的堅韌度。簡直就像機械——像是裝備著永動機械的戰鬥機器一樣……

我在因為疲憊而感到意識朦朧的情況下，不斷凝視著希茲克利夫的側臉。這名傳說中的男人表情一直都是如此地平穩。他只是無言俯視趴在地上的ＫｏＢ成員以及其他玩家。他那溫暖又充滿慈悲的眼神——就好像——

就好像看著在精緻籠子裡遊戲著的小白老鼠群一般。

這一剎那間，一股令人恐懼的戰慄感貫穿我全身。

意識一口氣完全清醒了過來。由指尖到腦中央急速開始發冷。在我心中開始產生某種預感。細微的靈感種子不斷膨脹，充滿疑問的樹芽開始向上伸展。

希茲克利夫的那種眼神、那種平穩度。那不是體恤受傷同伴所露出的表情。他與我們並不站在同等的立場。他那是由遙遠的高處給予我們垂憐的——造物神的表情……

我想起之前在與希茲克利夫對決時，他那種超乎常人的恐怖反應力。那已經超越了人類速

度極限。不對，應該說是，超越了ＳＡＯ允許玩家能使出的最快速度。

再加上他平常那種態度。雖然身為最強公會領袖卻從不曾發出過命令，只將所有事情交給其他玩家，自己則在一旁注視。如果那不是因為信任自己部下——而是因為知道一般玩家不可能得知的情報而對自己的自制呢？

不為死亡遊戲規則所束縛的存在。但又不是ＮＰＣ。只是程式的話，不可能表現出那種充滿慈悲的表情。

既不是ＮＰＣ也不是一般玩家，剩下來的可能性就只有一個。但要怎麼做才能確認這種可能性呢。目前沒有……任何辦法。

不對，應該有。有一個只有在這一刻、在這個地方才能辦到的方法。

我凝視著希茲克利夫的ＨＰ條。在經過嚴酷戰鬥之後，它已經大大地減少了，但仍未降到一半以下。勉強維持在將近五成左右的ＨＰ條目前仍然顯示為藍色。

至今為止從未陷入黃色警戒區域的這個男人，有著常人難以望其項背的壓倒性防禦力。與我對決時，希茲克利夫就是在ＨＰ快要降到一半以下的瞬間，才在表情上出現變化。而那應該不是因為害怕ＨＰ條變成黃色才對。

不是怕變成黃色——我想那應該是——

我慢慢地重新握好右手的劍。以極微小的動作緩緩地將右腳往後移。跟著腰稍微向後一縮，做出低空衝刺的準備姿勢。希茲克利夫沒有注意到我的動作。他那平穩視線只看向意志消沉的公會成員而已。

如果預測不正確，那麼我將被打為犯罪者，然後得接受毫不容情的制裁。

那個時候……就對不起了……

我看了一眼坐在身邊的亞絲娜。這個時候她剛好也抬起頭，我們兩個人便四目相對。

「桐人……？」

亞絲娜露出驚訝表情，只有動嘴而沒有發出聲音。但這時候我右腳已經往地面一踢。

我與希茲克利夫的距離大概有十公尺，我以緊貼著地板的高度全力衝刺，一瞬間便跑過這段距離，右手的劍一邊旋轉一邊往上刺去。我用的是單手劍基本突進技「憤怒刺擊」。因為威力不強，所以就算命中希茲克利夫也不會傷害到他的性命。不過，如果真如我所料——

希茲克利夫以驚人的反應速度注意到拖曳著淡藍色閃光、由左側進逼的劍尖後，瞪大了眼睛露出驚愕表情。他馬上舉起左手盾牌準備抵擋。

但他這個動作我在決鬥時就已經見過多次，所以還記得很清楚。我的劍化成一條光線，在空中以銳利角度改變了軌道，擦過盾邊緣往希茲克利夫胸口刺去。

就在劍快刺進他胸膛時，碰上了一道肉眼見不到的牆壁。強烈的衝擊由劍傳到我的手臂。紫色閃光炸裂，我和那傢伙之間出現了由同樣是紫色——也就是系統顏色所顯示的訊息。

「Immortal Object」。不死存在。對我們這些弱小且有限制存在的玩家來說，這是絕不可能擁有的屬性。對決時，希茲克利夫所害怕的，一定就是讓這個宛如神般的保護暴露在眾人眼光之下。

「桐人，你做什麼──」

看見我突然攻擊而發出驚叫聲跑了過來的亞絲娜，在看見訊息之後瞬間停止了動作。我、希茲克利夫以及克萊因和周圍的玩家們也完全沒有動作。在一片寂靜當中，系統訊息慢慢地消失無蹤。

我放下劍，輕輕向後一躍，拉開與希茲克利夫之間的距離。往前走了幾步的亞絲娜來到我右邊與我並肩站著。

「系統上不死……？這是怎麼回事啊……團長？」

聽見亞絲娜困惑的聲音之後，希茲克利夫沒有做出回答。他只用相當嚴峻的表情盯著我看。我垂著兩手上的劍，開口說道：

「這就是傳說的真相。系統似乎會保護這個男人的ＨＰ，而不會讓它陷入黃色警戒區域。能夠擁有不死屬性的……除了ＮＰＣ之外就只有系統管理員了。但這個遊戲裡面應該沒有管理員才對。除了一個人之外……」

我說到這裡便停了下來，抬頭看了一下天空。

「……其實我在來到這個世界之後就一直有一個疑問……就是那傢伙現在究竟是在哪裡觀察我們，並進行這個世界的調整呢。但是我一直忘記了一個不論是哪個小孩子都知道的，最單純的真理。」

我筆直地看著紅衣聖騎士，接著開口說道：

「那就是『沒有什麼事，比站在旁邊看人家玩角色扮演遊戲還要來的無聊了』。我說的沒錯吧……茅場晶彥。」

周圍充斥著讓一切完全凍結的寂靜。

希茲克利夫面無表情地緊盯著我看。周圍的玩家們沒有任何動作。不對，應該說沒辦法有任何動作。

我身邊的亞絲娜慢慢向前走了一步。她的眼睛像是在凝視著什麼虛無空間似的，不帶絲毫感情。只見她嘴唇稍微一動，接著沙啞的聲音便傳了出來。

「團長……真的……是這樣嗎……？」

希茲克利夫依然沒有回答她的問題，只是稍微側頭對著我如此說：

「……就當是讓我做個參考，可不可以告訴我，你為什麼會注意到這件事……？」

「一開始讓我覺得奇怪的，就是在之前那次對決時的最後一瞬間，因為你的速度實在是太快了。」

「果然如此。那的確是讓我相當懊悔的失誤。因為被你的攻勢給壓制，導致系統的極限輔助產生了效果。」

他輕輕點了點頭，嘴唇的一角微微揚起，露出有點像是苦笑的樣子，這也是他臉上首度顯露出表情。

「我原本預定攻略到第九十五層時，才要把這件事公佈出來。」

慢慢地看了一遍所有玩家，臉上笑容變成超然微笑後，紅衣聖騎士充滿威嚴地宣布：

「——的確，我就是茅場晶彥。進一步來說，就是要在最上層等待各位的最終魔王。」

這時感覺到身旁的亞絲娜有點站不穩的跡象，我的視線仍盯著茅場，直接用右手扶住她。

「……你品味也太差勁了吧。最強玩家直接轉變成最凶惡的最終魔王嗎？」

「你不覺得這是個很好的劇本嗎？我原本認為這應該會造成一段不小的高潮，但想不到在進行到四分之三時就被人看穿了。原本就認為你是這個世界裡最大的不確定因子，但想不到竟然會有這樣的破壞力……」

身為這遊戲的開發者，同時也是將一萬名玩家的精神囚禁於此的男人茅場晶彥，一邊露出似曾相似的淺笑一邊聳了聳肩。聖騎士希茲克利夫在容貌上與現實生活中的茅場長得完全不同。但是給人的那種無機質、類似金屬般的冷漠氣氛，就與兩年前降臨在我們頭上的無臉化身一樣。茅場臉上帶著笑容繼續說道：

「……我本來就預測你將是最後站在我面前的人。在全部共十種獨特技能裡，『二刀流』技能是賦予全部玩家裡擁有最快反應速度的人身上，而那個人將要扮演對抗魔王的勇者角色，不論他最後是獲勝或落敗。但不管是攻擊速度還是洞察能力上，你都已經展現出超乎我想像的力量。不過……這種出乎意料之外的發展，也可以算是線上角色扮演遊戲的醍醐味吧……」

這時候，原本像被凍住而無法動彈的一名玩家緩緩站起身來。他是擔任血盟騎士團幹部的其中一人。那看起來剛毅木訥的小眼睛裡，顯露出悲慘又苦惱的感情。

「你這傢伙……你這傢伙……你竟敢把我們的忠誠——還有希望都……給……給……完全糟蹋了——！」

他握緊手裡的巨大斧槍，一邊怒吼著一邊衝了出去。

我們根本來不及阻止他。只見他用力揮舞著重武器朝著茅場砸去——

但是，茅場動作比他快了一步。他左手一揮，在出現的視窗上快速操縱著，結果男人身體馬上就在空中停了下來，並掉落在地面發出巨大聲響。他的ＨＰ條上閃爍著綠色框線。是麻痺狀態。茅場的手沒有因此停下，繼續操作著視窗。

「啊……桐人……」

轉過身去，見到亞絲娜已經跪在地上。我立刻確認周遭玩家的情況，發現除了我和茅場之外，每個人都以不自然的姿勢倒在地上發出呻吟。

我把劍收回背上後，跪在地上把亞絲娜抱了起來，握住她的手。接著抬起頭望向茅場。

「……你究竟想怎麼樣。把我們全部殺了滅口嗎……？」

「怎麼會呢？我不可能做出這麼過分的行為。」

紅衣男微笑著搖了搖頭道。

「既然事情已經到達這種地步，那也沒辦法了。只有把預定提早，先到最上層的『紅玉宮』去等待各位到來。雖然半途拋下為了讓玩家們有對抗九十層以上強力怪物群的力量，而一路培養上來的血盟騎士團、以及攻略組的各位玩家，並非我的本意，但我想靠你們的力量應該可以到達得了最上層才對。不過……在那之前……」

茅場停止說話之後，那雙讓人感到充滿壓倒性意志力的雙眸便緊盯著我看。接著他將右手上的劍輕輕插在黑曜石地板上，那尖銳又清澈的金屬性聲音撕裂周圍空氣。

「桐人，我得給你識破我真面目的獎賞才行，就給你個機會吧。給你現在在這裡和我進行一對一對決的機會，當然我會把不死屬性解除。如果你獲勝，遊戲就算被完全攻略，全部玩家都能由這個世界登出。你覺得如何……？」

一聽到他說的話，我手臂裡的亞絲娜拚命動著她麻痺的身體，搖著頭對我說道：

「不行啊桐人……！他是想趁現在先消滅你……目前……目前我們還是先撤退吧……！」

我的理性也告訴我，這個意見是正確的。那傢伙是個可以干涉系統的管理人。嘴巴上雖然說要進行公平決鬥，但實際上會進行什麼樣的操作根本不得而知。這裡應該先行撤退，然後交換彼此意見來擬定出對應方法才是最好的選擇。

但是……

那傢伙他剛才說了什麼話？說他一路培養了血盟騎士團？說他們一定能到達……？

「別開玩笑了……」

我嘴裡無意識地漏出細微聲音。

這傢伙把一萬人的精神關進自己創造的世界裡，而其中不但已經有四千人的意識已經遭電磁波燒毀，他本人還在旁邊看著玩家們按照自己所寫的劇本，做出愚蠢又可悲的掙扎模樣。以一個遊戲管理員來說，這應該是最痛快的體驗了吧。

我想起在第二十二層裡亞絲娜提到關於她的過去。想起當時她靠在我身上所流下的眼淚。眼前這個男人為了自己創造世界的快感，而讓亞絲娜的心受到無數次傷害、流了大量的血，無論如何我都沒辦法就這麼退卻。

「好吧。就讓我們一決勝負。」

我緩緩地點著頭。

「桐人……！」

亞絲娜悲痛的叫聲再度響起，我把視線朝向手臂中的她。雖然胸口有著像被直接貫穿過去

的疼痛，但我還是勉強自己裝出笑臉對她說道：

「抱歉。我沒辦法……在這個時候逃走啊……」

亞絲娜像是還想說些什麼似地張開嘴巴，但在途中便放棄了，取而代之的，是她努力擠出來的微笑。

「你沒有打算……要犧牲吧……？」

「當然……我一定會贏。用我的勝利來終結這個世界。」

「知道了。我相信你。」

就算我落敗而被消滅，妳也一定要活下去——雖然很想這麼說，但終究還是說不出口。我只好一直緊緊地握住亞絲娜的右手，來取代這句話。

放開她的手之後，我把亞絲娜的身體橫放在黑曜石地板上，接著站起身來。我一邊慢慢走向一言不發看著這裡的茅場，一邊用兩手高聲將劍拔了出來。

「桐人！快住手……！」

「桐人——！」

往聲音來源看去，可以看見艾基爾與克萊因兩人努力要撐起身體，同時叫著我的名字。我在行進當中轉身面對他們，與艾基爾視線相對之後，對著他輕輕低下頭說：

「艾基爾，謝謝你一直以來對劍士職業的幫忙。我知道你把賺到的錢，幾乎都用在育成中層區域的玩家上了。」

對著瞪大眼睛的巨漢微微一笑之後，臉稍微移動了一下。

頭戴低級圖案頭巾的刀使抖動著長滿鬍鬚的臉頰，似乎想找些話來說般不斷急促呼吸著。

我筆直地望著他那深陷的雙眼，深深吸了一口氣。這時我的喉頭不論怎麼努力還是開始哽咽，沒有辦法控制自己不發出斷斷續續的聲音。

「克萊因。那個時候…………真的很抱歉拋下你不管，我一直都很後悔。」

用沙啞聲音說完這短短一句話後，老友的雙眼邊緣出現了小小的發光物體，接著不斷滴了下來。

克萊因眼睛裡瞬間溢出滂沱的眼淚，他為了再度站起身而劇烈掙扎著，用他那快要撕裂的喉嚨如此吼著：

「你……你這傢伙！桐人！別跟我道歉！現在別跟我道歉！我不會原諒你的！不在外面的世界好好請我吃頓飯的話，我是絕對不會原諒你的！」

我對著還想繼續吼下去的克萊因點了點頭後說：

「知道了。就這麼約好了，下次就在外面世界見面吧。」

我舉起右手，用力伸出大拇指。

最後我又再度凝視著那個少女，是她讓我可以說出這兩年來深藏在心裡的話。

對流著淚露出笑容往我這裡看的亞絲娜——

在心裡呢喃了一句「抱歉了」後，便轉過身去。朝一直保持超然表情的茅場開口說道：

「……不好意思，我有一個請求。」

「什麼請求？」

「當然我不覺得會輸，但如果我真的落敗的話——只要一段時間就好，希望你能限制住亞絲娜，讓她無法自殺。」

茅場看起來很意外似的動了一下單邊眉毛後，乾脆地答應了我的要求。

「好吧，我會設定讓她暫時無法離開塞爾穆布魯克。」

「桐人，不行啊！你不能、你不能這麼做啊——！」

亞絲娜一邊流淚一邊在我背後如此叫道。但我沒有回頭。只是右腳往後一縮，將左手劍往前，右手劍下垂，擺出自己的戰鬥姿勢。

茅場左手操作著視窗，把我跟他的ＨＰ條調整至相同長度。那是接近紅色區域，只要完整吃上一記重攻擊就能分出勝負的量。

接著那傢伙頭上出現「changed into mortal objet」——解除不死屬性的系統訊息。茅場操作到這裡後便把視窗消去，拔起插在地板上的長劍，將十字盾擺在自己後方。

我的意識十分冷靜而且清澈。「亞絲娜，抱歉了……」這種想法像泡沫般在腦裡浮現，接著飛散而去後，我的心便被戰鬥本能所籠罩，開始變得像刀鋒一樣銳利。

老實說，我也不清楚自己究竟有多少勝算。之前的對決裡，在劍技上來說，並不覺得自己比他遜色。但前提是那傢伙不使用他口中的「極限輔助」，那種讓我停止而只有他自己能動的系統干涉技才行。

這全得看茅場的自尊心了。從他剛才的說話內容來判斷，他應該是準備只用「神聖劍」能力來勝過我才對。這樣看來，只有趁他還沒有使用特殊能力之前盡快決定勝負，我才能有存活的機會了。

我與茅場之間的緊張感逐漸高揚。感覺上就連空氣也因為我們兩人的殺氣而震動了起來。這已經不是對決，而是單純的互相殘殺了。沒錯──我將把那個男人──

「殺了你……！」

嘴裡銳利地呼出一口氣，同時往地上一踹。

在彼此間還有一段距離時，右手劍便橫掃了出去。茅場用左手的盾輕鬆地抵擋了下來。火花飛散，一瞬間照亮了我們兩人的臉龐。

金屬互相碰撞的衝擊聲像是宣告戰鬥已經開始的訊號般，兩人之間一口氣加快速度的刀光劍影開始壓迫周圍空間。

這是我至今為止所經驗的無數場戰鬥當中最不規則、最人性化的戰鬥。我們兩個人都曾經

見識過對方招式。加上「二刀流」還是由那個傢伙所設計，所以單純的連續技一定會被他全部識破才對。這麼一想，就可以理解為什麼對決時，我的劍技會全部都被抵擋下來了。

我完全不使用系統上所設定的連續技，僅靠著自己的戰鬥本能來不斷揮舞著左右手的劍。當然這樣沒有辦法獲得系統輔助，但是靠著被加速到極限的知覺，讓雙臂輕鬆超越了平時的揮劍速度。連我的眼睛都因為殘像而看見自己手中有數把，甚至數十把劍的樣子。但是——

茅場以令人咋舌的準確度不斷將我的攻擊揮落。而且只要我在攻擊中一出現空隙，他便立刻對我施加銳利反擊。而我只能靠著瞬間反應能力來加以抵擋。整個局面就這樣僵持不下。為了能夠多獲得一些敵人的思考以及反應的情報，我把自己的意識集中在茅場雙眼。這使得我們兩人的視線交錯。

但茅場——希茲克利夫那黃銅色的雙眸一直相當冷淡。之前對決時曾出現過一下子的人類感情，如今已經完全消失無蹤了。

忽然間我背脊上感到一股惡寒。

我現在面對的是一個無情地殺了四千人的男人。一般正常人能做出這種事來嗎？承受四千人的死亡、四千人的怨念這種沉重壓力還能保持冷靜——那已經不能算是人類，而是怪物了。

「嗚哦哦哦哦哦哦！」

為了清除自己心底深處所產生的微小恐懼感而怒吼了起來。我將兩手動作更為加快，一秒

之間連續發動數次攻擊，但茅場的表情仍然沒有任何改變。他以肉眼幾乎看不見的速度揮動著十字盾與長劍，確實地將我全部攻擊彈開。

他根本是把我耍著玩嘛——！

心裡的恐懼感逐漸轉變成焦躁。難道說茅場之所以一直採取守勢，其實是因為隨時可以對我施以反擊，而且有自信可以承受住我的一擊而仍能存活嗎？

我的心開始被疑慮所掩蓋。原來對他來說，根本就不需要動用極限輔助。

「可惡……！」

這樣的話——這招怎麼樣——！

我切換自己的攻擊模式，使出二刀流最高級劍技「光環連旋擊」。就像日冕般朝全方位噴出的劍尖，以超高速連續二十七次攻擊向茅場殺了過去。

但是——茅場他正是在等待這一刻，等待著我使出系統規定的連續技。他嘴角首度出現了表情。而這次出現的是與之前正好相反——是確定自己即將獲勝的笑容。

在發出最初幾下攻擊之後，我就已經發現自己的錯誤了。竟然在最後一刻不依靠自己的直覺而去尋求系統幫助。連續技已經無法在中途停下來了。攻擊結束的同時我將被課以瞬間僵硬時間。而且茅場對於我從開始到結束的攻擊，全都了然於胸。

看見茅場完全猜測出我劍的方向，令人眼花撩亂地移動著十字盾擋住我全部攻擊，我只能在心裡默默如此念道：

抱歉了——亞絲娜……至少妳一定要——活下去——

第二十七擊的左側突刺命中了十字盾中心，迸出一片火花。接著響起堅硬金屬聲，我左手握的劍瞬間粉碎了。

「再見了——桐人。」

茅場長劍高高地在停止動作的我頭上舉起。他的刀身迸發出暗紅色光芒。接著劍帶著血色光芒在我頭上降下——

這個瞬間，我的腦袋裡出現了一道強勁、劇烈的聲音。

桐人——就由我來——守護！

有一道人影以極快速度衝進茅場那閃爍深紅色光芒的長劍，以及呆立在當場的我中間。我眼裡可以見到栗子色長髮在空中飛舞。

亞絲娜——為什麼——！

處於系統所造成的麻痺狀態而應該無法動彈的她，竟然站在我面前。她勇敢挺起胸，大大地張開雙臂。

茅場臉上也出現了驚訝表情。但已經沒有人可以阻止揮落的斬擊。一切就像慢動作般緩慢

地進行著，長劍由亞絲娜肩膀一直切劃到胸口，然後停了下來。

我拚了命地朝整個人向後仰躺下去的亞絲娜伸出了雙手。她就這麼無聲無息地倒在我的懷抱裡。

亞絲娜視線與我相對之後，臉上露出微笑。接著——她的ＨＰ條就這麼消失了。

時間頓時停止。

夕陽。草原。微風。天氣讓人感到有些寒冷。

我們兩人並肩坐在山丘上，往下看著夕陽所發出的金紅色溶化在深藍湖面上。

四周響起樹葉搖曳的聲音與倦鳥回巢時的叫聲。

她悄悄握住我的手。把頭靠在我肩膀上。

天空中的雲開始流動。星星一顆、兩顆的開始閃爍。

我們兩個人絲毫不感厭煩地看著世界一點一點染上另一種顏色。

不久後，她對我說道：

「我有點睏了。可以靠在你膝蓋上睡一會嗎？」

我一邊微笑一邊回答：

「嗯，當然可以。妳慢慢睡吧——」

倒在我懷抱裡的亞絲娜就跟那個時候一樣，臉上露出靜謐的笑容。我凝視著她那充滿無限慈愛的眼睛。但那時候所感覺到的重量與溫暖，現在卻消失無蹤。

亞絲娜全身一點一點被金色光輝所包圍。最後變成光粒開始散落。

「騙人的吧……亞絲娜……怎麼會……怎麼會呢……」

我以顫抖的聲音呢喃。但是無情的光線慢慢地增強——

從亞絲娜眼裡輕輕掉落一顆淚珠，一瞬間散發出光芒後又消失了。她嘴唇輕微地、緩慢地，像要留下最後聲音般動了起來。

抱 歉 了

再 見

她輕輕地浮起——

在我懷抱中發出更炫目光芒後，變成無數羽毛飄散而去。

接著，到處都看不見她的身影了。

我一邊發出幾不成聲的吼叫，一邊用雙臂不斷地收集著散去的光芒。但是金色羽毛就像被風吹起般上飄，接著擴散，最後蒸發而消失。她就這麼消失不見了。

這種事不應該會發生才對。不可能會發生。不可能。不可——我整個人崩潰地跪在地上，最後一根羽毛輕觸了一下我撐在膝蓋上的右手之後便消失了。

23

茅場嘴角扭曲，用誇張的動作張開雙臂如此說道：

「這可真是驚人。這不就跟單機版角色扮演遊戲的劇本一樣嗎？應該沒有方法能從麻痺狀態裡恢復過來才對……這種事還真的會發生啊……」

但他的聲音已經無法傳達到我意識裡面。這時我只感覺自己所有感情都已經燒盡，僅有不斷往絕望深淵掉落的感覺包圍著我。

這麼一來，我所有努力的理由都消失了。

不論是在這個世界裡戰鬥、回去現實世界、甚至是繼續存活下去的意義全部消失了。過去因為自己力量不足而失去公會同伴時，我就應該了斷自己的生命。這麼一來，我就不會遇見亞絲娜，也就不會再犯下同樣的錯誤。

讓亞絲娜不能夠自殺——我怎麼會說出如此愚蠢、如此輕率的話來呢。我根本完全不了解亞絲娜。像這樣——心裡開了個空虛大洞的情況下，又怎麼能夠活得下去呢……

我默默凝視著亞絲娜遺留在地板上的細劍。接著伸出左手，一把將它抓了起來。

拚了命凝視這把太過於輕巧又柔細的武器，希望能從它身上找出任何亞絲娜曾經存在過的紀錄，但上面什麼都沒有。不帶有任何感情閃爍著光輝的表面上，沒有留下任何關於主人的痕跡。我就這樣右手握著自己的劍，左手握著亞絲娜的細劍，搖搖晃晃地站了起來。

一切都無所謂了。我只想帶著那段兩人短暫的共同生活記憶，到同樣的地方去找她。

感覺上背後似乎有人在叫著我的名字。

但我沒有因此停下腳步，只是用力舉起右手的劍朝著茅場殺去。踉蹌地走了兩三步之後，將劍刺了出去。

看見我這已經不是劍技，甚至連攻擊都稱不上的動作，茅場臉上出現了憐憫的表情——他用盾輕鬆地將我手中的劍彈飛之後，右手長劍直接貫穿我胸膛。

我毫無感情地看著金屬光輝深深刺進自己身體裡。腦袋裡根本沒有任何想法。有的，只是「這麼一來就什麼都結束了」這種無色透明的超然領悟。

在視線右端可以見到我的ＨＰ條緩慢地減少。不知是不是因為知覺加速仍未停止，似乎可以清楚地見到ＨＰ條上消逝的每一分毫血量。我閉上雙眼。希望在意識消失那一瞬間，腦袋裡能浮現著亞絲娜的笑臉。

但就算閉上眼睛，ＨＰ條也仍然沒有消失。那可憐地發著紅色光芒的條狀物，以確實的速度逐漸縮短。我可以感覺到至今一直允許我存在的，那名叫系統的神祇，正舔著舌頭等待著最後一刻到來。還有十滴血。還有五滴血。還有——

這時候，我忽然感覺到過去從未有過的強烈憤怒感。

就是這傢伙。殺了亞絲娜的就是這傢伙。身為創造者的茅場也不過是其中一分子而已。撕裂亞絲娜肉體、消除她意識的，是現在包圍著我的這種感覺——這一切都是系統的意思。就是那一邊嘲弄著玩家的愚蠢，一邊無情地揮下鐮刀的數位死神——

我們究竟算是什麼？被SAO系統這個絕對不可侵犯的絲線所操控的滑稽人偶嗎？只要系統說聲「好」就能夠存活，它喊一聲「去死」，我們就得消滅，就只是這樣的存在嗎？

像是要嘲笑我的憤怒似的，HP條就這麼直接消失了。視線裡一個小小訊息浮現了出來。

「You are dead」。「死吧」這個由神所下達的宣告。

強烈的寒冷入侵我全身，身體的感覺逐漸稀薄。可以感覺到大量命令程式為了分解、切割、侵蝕我的存在而正在我身體裡蠢動著。寒冷氣息爬上我的脖子，入侵到頭腦當中。皮膚的感覺、聽覺、視覺，什麼都逐漸離我遠去。身體整個開始分解——變成多邊形碎片——然後四處飛散——

怎麼能這麼簡單就消失。

我睜開自己眼睛。看得見。還可以看得見。還可以看到依然將劍插在我胸口的茅場。還有

他那充滿驚愕的表情。

不知道是否知覺的加速又再度展開了，本來應該在一瞬間被實行的虛擬角色爆散過程，現在感覺上進行得相當遲緩。身體輪廓早已變得朦朧，每個部位的光粒都像要裂開般逐漸掉落消失，但我仍存在著。我仍然活著。

「嗚哦哦哦哦哦哦哦哦哦！」

我盡全力吼著。一邊吼一邊進行對系統、對絕對神的抵抗。

只是為了救我。那麼愛撒嬌又害怕寂寞的亞絲娜，都可以奮力鼓起自己意志力來打破不可能恢復的麻痺狀態，奮不顧身地投入無法介入的劍招裡了。我怎麼可以什麼都不做地就這麼被打倒呢。絕對不可以。就算死亡已是不可逃避的結果——但在那之前——有件事我一定要——

我握緊了自己的左手。像將細線連接起來般奪回自己的感覺。這讓仍有東西殘留在手上的觸感重新復甦。亞絲娜的細劍——現在我可以感受到她投注在這把劍裡的意志力。能夠聽見她要我加油的鼓勵聲。

我的左臂超乎常理的慢慢動了起來。每往上抬起一點，輪廓都會產生扭曲，模組也跟著粉碎。但是這動作並沒有停止。一丁點、一丁點地耗費自己的靈魂將手向上抬。

不知道是不是傲慢反抗要付出代價，猛烈的疼痛貫穿我全身。但我仍咬緊牙關持續動著手臂。僅僅數十公分的距離感覺上卻如此遙遠。身體彷彿被冷凍似的冰冷。全身只剩下左臂還有感覺。但冷氣也開始急速侵蝕這最後的部位了。身體就像冰雕時的碎冰般不斷開始散落。

但是，終於，閃爍著白銀光芒的細劍前端瞄準了茅場胸口中央。這時茅場沒有任何動作。他臉上驚愕的表情已經消失——略微張開的嘴角上浮現了平穩笑容。

一半是我的意識，一半是受某種不可思議的力量引導，我的手臂挺過了這最後的距離。茅場閉上眼睛承受這無聲息刺進自己身體的細劍。他的ＨＰ條也消失了。

一瞬間，我們就維持著這種貫穿彼此身體的姿勢佇立在當場。我用盡了全身力氣，抬頭凝視著上空。

這樣就——可以了吧……？

雖然聽不見她的回答，但一瞬間我感到有一股暖氣緊緊包圍住我的左手。霎時，連接我那即將粉碎身體的力量解放開來。

在逐漸沉入黑暗的意識中，感到自己與茅場的身體化為數千個碎片飛散而去。兩聲熟悉的物體破碎聲重疊著響了起來。這次全部的感覺確實離我遠去，急速向外脫離。聽到叫著我名字的細微呼喊聲，我想那應該是來自於艾基爾與克萊因的聲音吧。此時系統那無機質的聲音像要掩蓋其他雜音般響起——

遊戲攻略完成——遊戲攻略完成——遊戲攻……

24

醒過來時才發現自己待在一個不可思議的地方。

這裡有著快讓整個天空燃燒起來的夕陽。

腳底下踩著厚厚的水晶地板。透明地板下面有被夕陽染紅的雲群慢慢流過。抬頭仰望，可以見到被夕陽染紅的天空無限延伸到遠方。一望無際的天空有著由鮮豔朱紅色轉變為血一般鮮紅，再轉變為紫色的層次變化。此外還有些微風聲響起。

除了閃爍著金紅色光芒的雲群外，什麼東西也沒有的天空，飄浮著一個小小水晶圓盤，而我就站在那圓盤邊緣。

……這裡是什麼地方？我的身體應該已經破裂成無數碎片而消失了才對。難道還在ＳＡＯ裡面嗎……還是已經來到死後的世界了？

試著看了一下自己的身體。皮大衣與長手套這些裝備與死亡時的穿著沒有兩樣。但全部都顯得有些透明。其實不只是裝備而已，就連露在衣服外的身體部分也變成像有色玻璃那樣半透明的材質，因為受到夕陽照射而發出紅光。

伸出右手，試著輕輕揮了一下手指。熟悉的效果音與視窗同時出現。那麼，這裡應該還是ＳＡＯ的內部了。

但是視窗裡面卻沒有裝備人偶以及選單存在。空白畫面上只有小小的文字顯示著「最終階段實行中　現在進度為五四％」而已。在凝視當中，數字上升到五五％。原本以為身體崩壞的同時也會腦死——然後意識也跟著消滅，但現在這是怎麼回事呢？

當我聳了聳肩將視窗消去時，我背後忽然有聲音響起。

「桐人……」

如同天籟的聲音衝擊般貫穿我。

心裡一邊祈禱著剛才聽見的聲音千萬不要是幻覺，一邊慢慢地轉過頭去。

背對著那片彷彿快要燃燒起來的天空，她就站在那裡。

長長的頭髮隨風飄動。雖然她洋溢著溫柔笑容的臉龐就在我伸手可及的距離，但我完全無法動彈。

感覺上視線只要一離開她，她馬上就會消失不見——所以我只能無言地凝視著這個女孩。對方也與我一樣，全身呈現虛幻的半透明狀態。染上夕陽顏色而發出光芒的身影，比這世上任何東西都還要美。

我努力忍住自己盈眶的熱淚，勉強擠出了一個笑容。用呢喃般的聲音對她說道：

「對不起。我也死掉了……」

「笨蛋……」

女孩一邊笑一邊從眼睛裡落下豆大的淚珠。我張開雙臂，靜靜地叫著她的名字。

「亞絲娜……」

緊緊擁抱住閃爍著淚光，撲到我胸口的亞絲娜。我發誓再也不放手了。不論發生什麼事，我都不會再度鬆開我的手臂。

漫長擁吻之後，我們兩個人的臉好不容易才分開，眼睛凝視著對方。實在有太多關於那場最後戰役的事想跟她說、想對她道歉了。但是，我想已經不需要任何言詞。我轉而將視線朝向被夕陽染紅的無限天空，開口說道：

「這裡……究竟是什麼地方？」

亞絲娜無言地將視線往下看去，接著伸出手指。我朝著她指的方向看去。

距離我們所站的小水晶板相當遙遠的天空中——可以見到一個東西浮著。那物體有著將圓錐前端切除之後的形狀。全體由無數的樓層重疊起來所構成。仔細一看，可以見到層與層之間有許多山與森林、湖泊以及城鎮。

「艾恩葛朗特……」

聽見我的呢喃之後，亞絲娜點了點頭。不會錯的，那就是艾恩葛朗特。飄浮在無限天空中的巨大浮遊城堡。我們花了兩年時間在那個劍與戰鬥的世界裡持續地作戰。而它現在正在我們腳底下。

來到這裡之前，曾在現實世界發布ＳＡＯ時的資料裡見過它的外觀。但這還是第一次由外部眺望它的實體。一種近似敬畏的感情充斥身體，讓我不由得屏住呼吸。

這座鋼鐵巨城——現在正逐漸地崩毀當中。

就在我們的無言注視之下，底部樓層一部分已經分解成無數碎片，有的飛散，有的向下剝落。豎起耳朵一聽，還能聽見一些摻雜在風裡的沉重轟隆聲。

「啊……」

亞絲娜發出小小叫聲。底層的一大部分崩毀，無數的樹木與湖水混在建材當中不斷地落下，最後沒入紅色的雲海裡。那邊應該是有著我們森林家園的地方附近。浮遊城那烙印著我們兩年來記憶的每個樓層，就像剝開薄膜般一層層慢慢地崩落。每散落一層，我們胸口就被哀悼的感情刺痛一次。

我抱著亞絲娜，直接在水晶浮島上坐了下來。

心情不可思議的相當平靜。雖然不知道我們到底處於何種狀況、接下來會怎麼樣，卻完全沒有不安的感覺。我做了自己該做的事，也因此失去了生命，現在和我最愛的少女一起看著這世界的終焉。這樣就夠了——心裡有種滿足感。

我想亞絲娜應該也跟我一樣才對。在我的懷抱裡，她半閉著眼睛凝視逐漸崩壞的艾恩葛朗特。我緩緩地撫摸她的秀髮。

「很棒的景色對吧。」

忽然有聲音在我身旁響起。我和亞絲娜往右邊看去，不知何時已經有個男人站在那裡了。

那人正是茅場晶彥。

面容不是希茲克利夫，而是身為SAO開發者本來的面貌。身穿白色襯衫打著領帶，披著一件白色長袍。在他那柔弱、尖瘦的臉上，只有那雙帶著金屬質感的眼睛給人相同的感覺。而那雙眼睛現在則是充滿著溫和的眼神，眺望逐漸消失的浮遊城。他的全身也跟我們一樣呈現半透明狀態。

明明數十分鐘前才跟這個男人進行賭上性命的死鬥，但見到他之後我的心情仍相當平靜。難道說我是將自己的憤怒與憎恨遺留在艾恩葛朗特之後，才來到這個永遠是傍晚時分的世界嗎。我把視線從茅場身上移開後，再度看向巨城，接著開口：

「那究竟是怎麼回事？」

「應該說是……象徵性的表現吧。」

茅場的聲音也相當平靜。

「現在，設置在ARGUS總公司地下五樓的SAO用大型主機，正用上所有記憶體進行將檔案完全刪除的工作。再過十分鐘左右這個世界就會完全消滅了。」

「那裡面的人呢……他們怎麼樣了？」

亞絲娜呢喃道。

「不用擔心。就在剛才──」

茅場動了一下右手後，持續看著被叫出來的視窗。

「還存活著的所有玩家，總共六千一百四十七人全部都完成登出了。」

這麼說來，克萊因與艾基爾等在那個世界裡的朋友，以及兩年來成功存活下來的人們，全都平安回到現實世界裡了。

我緊緊地閉上雙眼，將滲出的液體拭去之後開口問道：

「……死了的人呢？我們兩個也是曾經死掉的人，但還能待在這裡，那是不是也能將之前死亡的四千人送回原來世界呢？」

茅場的表情沒有任何改變，他將視窗消除之後，把雙手插進口袋，然後開口說道：

「生命不是這麼簡單就能復原的東西。他們的意識再也回不來了。死者註定會消失，這個道理不論在哪個世界都一樣。至於你們的話──是因為我最後還想跟你們說點話，才會特別創造出這些時間。」

雖然內心想著──殺了四千人的傢伙能說這種話嗎，但很不可思議的是我並沒有生氣，取

而代之的是產生了更多疑問。恐怕全部玩家，不對，應該說是知道這次事件的所有人，應該都有這個最基本的疑問。

「為什麼──要做出這種事情來呢……？」

我感到茅場稍微苦笑了一下。沉默了一陣子之後，他又開口說道：

「為什麼嗎──我也已經忘了很久了。究竟是為了什麼呢？當我知道完全潛行環境系統的開發之後──不，應該說是從更早之前開始，我就是為了創造出那個城，那個超越現實世界所有框架與法規的世界而活。然後我在最後一刻，見到了能夠超越我所創造出來的世界法則的東西……」

茅場充滿靜謐光芒的眼神先是朝向我，接著又馬上移開。

開始變強的風搖動著茅場的白衣與亞絲娜的頭髮。巨城已經有一半以上崩壞。擁有許多回憶的城鎮──阿爾格特也已經分解並遭到峰峰相連的雲層所吞噬。茅場繼續開口說道：

「我們從小時候開始就會不斷地有許多夢想對吧？我也忘了究竟是從幾歲開始，自己就被這個空中浮遊城堡的幻想給纏上了……那個幻想中的情境，不論經過多少時間都鮮明地留在我的腦海裡。隨著年紀增長，影像也越來越真實、越來越擴張。從地面上飛起，直接到那座城堡去……長久以來，那一直是我唯一的願望。聽我說，桐人。我仍然相信──在某個世界裡，真的有那座城堡存在──」

忽然間，我彷彿有種自己是在那個世界裡出生，長久以來一直夢想能夠成為劍士的少年。而少年在某一天遇見了有著淡褐色瞳孔的少女。兩個人墜入愛河，最後終於共結連理，在森林裡的小小房屋裡永遠幸福的生活著——

「啊啊……如果真能那樣就太好了。」

我如此呢喃道。懷抱中的亞絲娜也靜靜點了點頭。

我們之間恢復了沉默。再度朝遠方望去，發現連浮遊城之外的部分也開始崩毀。可以看見原本一望無際的雲海與紅色天空，在遙遠彼端被白光吞沒而逐漸消失。光之侵蝕在四處發生，而且似乎慢慢往這裡接近。

「差點忘記跟你們說……桐人、亞絲娜，恭喜你們完全攻略遊戲。」

聽到這句話之後，我和亞絲娜抬頭看著站在右邊的茅場。而他則是以平穩的表情低頭看著我們。

「那麼——我也該走了。」

風像是要把他帶走似的吹了起來——等我們注意到時，已經到處都見不到他的人影。紅色夕陽光線透過水晶板，微微閃著光芒。這裡再度只剩下我們兩個人。

他到底到哪裡去了呢。難道是回到現實世界裡了嗎？

不——我想他應該不會這麼做。他應該是把自己的意識消除，出發去尋找存在於某處真正

的艾恩葛朗特了吧。

虛擬世界的浮遊城已經只剩下頂端部分。結果我們無緣見到的第七十六層開始脆弱地崩壞。將整個世界包圍，消除的光之幕也越來越靠近我們。一碰到那搖搖晃晃宛如極光的光線，雲海與滿是晚霞的天空便裂成無數細微碎片散落然後消失。

艾恩葛朗特最上層有一座擁有華麗尖塔的巨大鮮紅宮殿屹立著。如果按照順序進行遊戲，我們將會在那裡與魔王希茲克利夫交手才對。

失去主人的宮殿即使在作為地基的最上層崩落了，也像要抵抗命運般持續飄浮在空中。以紅色天空作為背景而顯得更加鮮豔的宮殿，讓人感覺像是浮遊城最後殘留下來的心臟一樣。

不久之後，破壞一切的浪潮無情地包圍住鮮紅宮殿。它從下部開始分解成無數紅球，然後掉落在雲層之中。最高尖塔的四散與光幕完全將空間吞蝕，幾乎是在同一時間發生。巨城艾恩葛朗特完全消滅，世界僅剩下幾朵夕陽照耀下的紅雲與小小水晶浮島，以及坐在浮島上的我和亞絲娜而已。

我想已經沒剩下多少時間了。我們現在應該是在茅場給予我們的，極為短暫的寬限時間裡。這個世界消滅的同時，NERvGear最終機能也會發動，將我們的一切全部消除才對。

我把手靠在亞絲娜臉頰上後，慢慢地把嘴唇印了上去。這是最後的吻。希望能用上全部時間，將她的全部刻劃在我靈魂上。

「要分開了……」

亞絲娜輕輕搖了搖頭。

「不，我們不會分開。我們將結合為一體然後消失。所以我們會永遠在一起。」

她用細微但極其清楚的聲音說完之後，在我懷抱當中改變身體方向，由正面筆直凝視著我。她歪著嬌小的頭部，面露微笑說道：

「最後告訴我你的名字吧。桐人你真正的名字。」

我感到有些疑惑。好不容易才理解，她是指兩年前離開的那個世界裡的名字。

自己曾以另一個名字過著完全不同的生活這件事，對我來說就好像發生在某個遙遠世界裡一般疏遠。心裡一邊抱著不可思議的感慨，一邊將由記憶深處浮上來的名字說出來。

「桐谷……桐谷和人。上個月應該滿十六歲了。」

感覺上從這個瞬間開始，另一個自己那原本完全停止的時間，開始發出聲音流動了起來。和人那藏在劍士桐人內心深處的記憶，開始緩緩浮了上來。就好像在這個世界裡穿在身上的鎧甲不斷剝落一樣。

「桐谷……和人……」

一個字一個字清晰地發完音之後，亞絲娜露出有點複雜的表情笑了一下。

「原來你比我小啊。我叫……結城……明日奈。今年十七歲。」

結城……明日奈。結城明日奈。在胸中不斷重複著這美麗的五個音符。

忽然，我的雙眸溢出灼熱液體。

在永遠的黃昏裡停止運作的感情又再度動了起來。整個人感覺到心臟快撕裂的激烈疼痛感。自從來到這個世界之後，首次讓眼淚無止盡的流下。我就像個小孩子似的喉頭哽咽，緊握住雙手放聲大哭。

「對不起……對不起……跟妳約好……要帶妳……回到……那世界的……我……」

說不出話來。結果我沒辦法拯救自己最重視的人。因為自己能力不足，而讓她原本應該步上的光輝道路被封閉了起來，如今這種悔恨感變成淚水不斷從我眼眶溢了出來。

「沒關係……不要緊的……」

明日奈也哭了出來。如同寶石般閃爍著七彩光輝的淚珠不停地由臉頰上滑落，最後成為光的粒子蒸發消失。

「我覺得很幸福了。能夠與和人相遇、一起生活，是我到目前為止的人生裡，最幸福的一段日子。謝謝你……我愛你……」

世界的終焉已經接近了。鋼鐵巨城以及無限雲海早已在亂竄的光芒之中消失，在白色閃光之中，只剩下我們兩個人還殘留著。光線不斷吞沒周圍空間，使之變成光的粒子消散而去。

我與明日奈緊緊相擁，等待最後一刻到來。

我想在灼熱光線當中，連我們的感情也將會被燃燒然後昇華吧。心裡只剩下對明日奈的愛戀。在所有的一切都被分解、蒸發的過程當中，我只是不斷呼喊著明日奈的名字。

視線被一片光芒所掩蓋。白色帷幕將四周完全遮掩，然後變成極小粒子到處飛舞。眼前明日奈的笑容也與充滿整個世界的光線混合在一起。

——我愛你……我愛你——

在最後僅剩的一點意識裡面，可以聽見那宛若動人銀鈴般的聲音。

形成我這個存在與明日奈這個存在的輪廓消失，兩個人合而為一。

我們的靈魂融合在一起，然後擴散開來。

最後消失得無影無蹤。

25

空氣裡夾雜著許多味道。

我首先為自己仍存有意識而感到震驚不已。

流入鼻孔裡的空氣含有大量情報。首先是刺鼻的消毒藥水味。接著是乾布上被太陽曬過的味道、水果甜香以及自己身體的味道。

緩緩地將眼睛張開。一瞬間感覺有兩道像要刺進腦袋深處的強烈白光，只好趕緊再度把眼睛緊緊閉上。

不久後謹慎地試著再次睜開眼睛。眼前可以見到各式光團在飛舞。直到現在才發覺有大量液體囤積在眼睛裡面。

眨了眨眼睛，試著將它們排出體外。但液體卻不斷地湧出。原來這是眼淚。

原來我正在哭泣。是為了什麼呢？僅有一種由猛烈、深沉的喪失感所造成的悲痛殘留在胸口深處。耳朵裡面似乎仍有不知是誰發出的細微叫聲在迴響。

因為強光而瞇起眼睛，然後總算是把眼淚給甩掉了。

我似乎是躺在某種柔軟的東西上面。可以看到頭上有類似天花板的物體存在。上面有著白灰色光澤的面板呈格子狀排列，其中幾個似乎有內藏光源而發出柔和的亮光。眼角可以見到應該是空調裝置的金屬製通風口，從風口裡面一邊發出低沉的機器聲一邊吐出空氣來。

空調裝置……也就是機器。怎麼可能會有這種東西。就算冶鍊技能再怎麼高的達人也沒辦法做出機器。如果那真的如我所見是機器——那麼這裡就——

不會是艾恩葛朗特。

我瞪大了眼睛。靠著這些思考，我的意識終於清醒了過來。當我正急忙準備跳起來時——身體卻因為完全使不上力而不聽使喚。右邊肩膀雖然抬起了幾公分，但馬上又不爭氣地沉了下去。

只有右手好不容易可以開始活動。我試著把它從蓋住身體的薄布裡頭移了出來，抬到自己眼前。

一時之間沒辦法相信，自己的手臂竟然變得如此骨瘦如柴。這樣根本沒有辦法揮劍。仔細看著病態的白色肌膚，可以看見上面長滿了無數汗毛。皮膚下面有藍色的血管縱橫，關節上有著細小的皺紋。一切都真實到令人覺得恐懼。可以說太像生物而讓人感到相當不習慣。

手肘內側有著用膠帶固定住的點滴金屬針頭，從針頭上能見到相當細的管線向上蔓延。視線順著管線一路追上去，可以發現它連接在左上方一個吊在銀色支柱上的透明袋子。袋子裡大

概還剩餘七成左右的橘色液體，正由下方的活栓依一定速度向下滴落。

動了一下擺放在床上的左手，試著想要抓住手的觸覺。看來我似乎是全身赤裸躺在由高密度凝膠素材所製成的床上。因為我感覺到有種比體溫稍微低一點的濕冷感觸傳到身上來。這時忽然從久遠的記憶裡，想起自己很久之前曾經看過一則新聞，這種床是為了一直躺在床上的需要看護者所開發。而它具有防止皮膚發炎以及分解、淨化代謝物的功能。

接著我把視線往周圍看了一遍。這是間小小的房間。牆壁與天花板同樣是白灰色。右手邊有扇相當大的窗戶，上面還掛著白色的窗簾。雖然看不見窗外的景色，但能見到應該是陽光的黃色光芒透過窗簾布射了進來。凝膠床左邊深處有一架四輪式托盤，上面放著由藤木所編製的籃子。籃子裡插著一大束顏色樸素的花朵，而那似乎正是甘甜香味的來源。四輪式托盤後面則是一扇關著的四角形門。

從收集來的情報中可以推測出，這裡應該是病房才對。而我則是一個人獨自躺在裡面。

把視線放回抬在空中的右手，忽然想起一件事。我試著把中指與食指豎起來向下一揮。什麼都沒有發生。效果音沒有響起，選單視窗也沒有出現。我又更用力地揮了一遍。接著又一遍。結果都是一樣。

這麼說來，這裡真的不是SAO裡面了。那麼是別的虛擬世界嗎？

但從我五感所獲得的大量情報，從剛才就一直高聲告訴我有另一種可能性。那也就是——

這裡是原來的世界。是我離開了兩年，以為再也沒辦法回來的現實世界。

現實世界——我花了不少時間才理解這個單字所代表的意義。對我來說，長時間以來只有那個劍與戰鬥的世界才是唯一的現實。如今還是沒辦法相信那個世界已經不存在，自己也已經不在那個世界裡了。

那麼，我是回來了嗎？

——即使這麼想，也沒有特別覺得感動或是歡喜。只感到有點疑惑與些微失落感而已。

這麼說來，這就是茅場口中所說的完全攻略遊戲的獎賞嗎？明明我在那個世界裡已經死亡，身體也完全消滅，而我也接受這個事實，甚至還因此感到滿足。

沒錯——我就那麼消失就好了。在灼熱光線當中分解、蒸發，與那個世界融合，與那個女孩合為一體——

「啊……」

我不由得叫出聲來。這使得兩年沒有使用的喉嚨感到相當疼痛。但這時我根本不在意這點事。我睜大雙眼，將湧上喉頭的名字叫出聲來。

「亞……絲……娜……」

亞絲娜。那個烙印在我心底深處的疼痛感又鮮明地復甦了。亞絲娜，我心愛的妻子，與我共同面對世界終焉的那個女孩……

難道一切都是夢嗎……？還是在虛擬世界裡所見到的幻影……？我心裡一瞬間有了這樣的迷惑。

不，她的確存在。我們一起歡笑、哭泣、同眠的那些日子怎麼可能是夢。

茅場那個時候說了——桐人、亞絲娜，恭喜你們完全攻略遊戲。他的確有提到亞絲娜的名字。如果我也包含在生存玩家內的話，那亞絲娜應該也回到這個世界來了才對。

一想到這裡，我內心便湧現對她的愛戀以及令人發狂的想念。我想見她。想撫摸她的秀髮。想親吻她。想用我的聲音呼喚她的名字。

用盡全身力氣掙扎著想要站起來。這時才注意到我的頭部被固定著。用手摸到扣在下巴的硬質安全帶後將它解了開來。頭上似乎戴著什麼沉重物體。我用兩手奮力將它摘了下來。

我撐起上半身，凝視著手中的物體。那是一頂上了深藍色塗料的流線型頭盔。由後腦杓部分長長伸展出來的護墊上，有著同樣是藍色的電纜延伸連接到床上。

這是——

NERvGear。我就是靠著它與那個世界連結了兩年的時間。NERvGear的電源已經關閉。記憶裡它的外觀應該是有著閃耀光澤，但現在塗裝已經剝落，邊緣部份更因為剝落的緣故，讓裡面的輕合金露了出來。

這個裡面，有那個世界的全部記憶——心中忽然有了這種感慨，於是我輕撫著頭盔表面。

我想應該不會再有戴上它的機會了。但這東西真的善盡了它的職責……

我在心底深處嚅囁道，然後將它橫放在床上。與這頂頭盔共同奮戰的日子，已經是遙遠過去的記憶。接下來在這個世界裡有一定得去做的事在等著我。

忽然，感覺可以聽見遠方有吵雜聲音響起。豎起耳朵一聽，聽覺才像好不容易恢復正常似的，讓各式各樣的聲音衝進我耳裡。

確實能夠聽見許多人的說話聲、叫聲，還有門的另一邊慌忙交錯的腳步聲以及滾輪轉動的聲音。

我不知道亞絲娜是不是待在這所醫院。ＳＡＯ玩家應該分散在日本各地，以比例來說，她在這所醫院裡的可能性應該相當低才對。但是，我得先從這裡開始找起。不論要花多少時間，我都一定要將她找出來。

我將微薄的被單扯下來後，可以見到瘦弱身體上纏繞著無數管線。貼在四肢上的應該是為了防止肌肉弱化的電極吧。我花了點時間將它們一個個拆了下來。然後完全無視位於床下部面板上亮起橘色ＬＥＤ燈，以及響徹整個房間的尖銳警告聲。

我將點滴的針頭拔起後，全身才好不容易恢復了自由。我把腳踩到地板上，慢慢地試著用力想要站起來。雖然身體一點一點向上抬起，但膝蓋卻馬上就像要折斷似的，這讓我不由得苦笑了起來。那種宛若超人的筋力數值補正已經完全消失無蹤了。

我抓住點滴架來支撐身體，好不容易站起身來。看了一下房間裡面，在放著花籃的托盤下方發現了病服，於是我將它拿起披在自己赤裸的身上。

只做了這些許動作，我便已經開始喘氣。兩年來完全沒有使用過的四肢肌肉，正利用疼痛來向我發出抗議。但我怎麼能這樣就示弱呢。

有聲音在催促著我快點、快點。我全身都渴望著她的氣息。在我重新用自己手臂抱緊亞絲娜——明日奈之前，我的戰鬥都還不算結束。

握緊手中取代愛劍的點滴架，將身體靠在上面，我朝著門口邁出最初的一步。

《Sword Art Online刀劍神域1 完》

後記

這部《Sword Art Online刀劍神域》是我為了參加七年前，也就是二〇〇二年的電擊遊戲小說大賞，有生以來第一次寫的長篇小說。

但是好不容易完成之後，發現原稿張數已經遠遠超過當時一百二十張的張數上限，而我又沒有毅力與能力把它刪減到規定內的張數，只能嘴裡一邊唸著「算了……」然後一邊抱著膝蓋面對牆壁而已。

小心眼的我，雖然沒辦法好好刪減原稿，但心裡還是想著「那就試試把它放在網路上公開好了」，並在那年秋天架設了自己的網站。真的是非常幸運，一公開就意想不到獲得了許多讀者的正面迴響。而這些感想也成為我創作的原動力，於是讓我接著寫了續篇、番外篇，當我準備再接下去寫續篇與系列作時，才發現已經過了六年的時光。

時間來到了二〇〇八年，好不容易又有了「再挑戰一次看看吧」這樣的心情，我把當時剛完成的別部作品（雖然又再次遠超過規定的張數，但這次總算好不容易刪到剛好一百二十張）拿去參加第十五屆電擊小說大賞，受幸運女神眷顧的我，很惶恐地得到了大賞。但我的幸運還

不只是如此而已，當責任編輯讀了我率性寫下並累積起來的這部《SAO》系列原稿之後，對我說「這部也出版吧！」時，我的高興與感動真是永遠難以忘懷。

話雖如此，事實上我心裡還是存有一絲不安。因為這部作品裡有許多在這裡根本列舉不完的問題，其中最大的一個就是來自於「之前都在網路上公開的作品，因為要出版就突然把它拿下來真的好嗎」這樣的猶豫。

但是，我必須要說，決定要出版的時間點，確實是在許多條件都剛好符合的情況下才決定的。只要一想到要不是我那時剛好執筆告一段落，而網路遊戲這種東西又開始被社會所認知，最重要的是，如果擔任我責任編輯的不是三木．〈工作是戀人〉．一馬先生的話（在一般業務已經忙翻天的情況下，只花了一個禮拜的時間便將我全部原稿讀完，真是令我嚇了一大跳），這件事便不可能會實現，就更讓我有了不努力搭上這一生只有一次等級的幸運連鎖，就不是遊戲玩家……不對，就成不了作家這樣的決心，所以也才會有這部書籍版《Sword Art Online刀劍神域1 艾恩葛朗特》的付梓。

一直以來，我都是以「網路遊戲、虛擬世界究竟是什麼」這個題目來進行我的創作，而這部作品可以說是我的原點。而如果各位願意與我一起走到它的終點，我會感到相當高興。

用許多完美的設計來點綴「近未來假想遊戲裡的奇幻冒險」這種棘手的設定內容，並且將戰鬥中的角色們栩栩如生呈現出來的abec老師，還有仔細閱讀仍存在許多問題點的初稿，讓這部作品得以新生的責任編輯三木先生，真的很謝謝你們。

此外也由衷感謝長久以來，一直在網路上支持《Sword Art Online刀劍神域》的各位讀者。如果沒有你們的鼓勵，這本書就不會出現在這個世界上，當然也不會有身為「川原 礫」的我存在了。

最後，當然還是要對把這本書拿在手上閱讀的你，獻上我最大的感謝！

二〇〇九年一月二十八日　川原 礫

加速世界
02
Accel World

第15屆電擊小說大賞『大賞』作品續集也加速登場——！

▶▶▶ accel World 2

川原 礫
插畫／HIMA

某天，少女朋子忽然出現在春雪眼前，還十分親熱地稱他為「大哥哥」，
黑雪公主見狀便投以冷酷的滅殺眼神，
讓春雪連在現實世界，都得面對艱難的考驗。
就在這場騷動發生的同時，「加速世界」中的「災禍之鎧」事件也揭開了序幕。
「災禍之鎧」是一種一旦寄生上去，就會對宿主產生精神污染的強化外裝，
而春雪即受命於討伐鎧甲。
他終於要踏進多人同時戰鬥的領域「無限制空間」。
那裡是一個禁忌的「加速世界」，
規模遠遠凌駕於供正規對戰虛擬角色單挑打鬥的「對戰空間」上。
在此同時，春雪所屬軍團的「王」黑雪公主，仍然沒有擺脫心中不為人知的傷痛……

Tomoko

次世代青春娛樂作品大受矚目的續集!!
於2009年12月發售!!!

特報!!
由川原礫&abec聯手打造，
在個人網站上超過650萬閱覽人數的傳說級小說第二彈!!
《Sword Art Online刀劍神域2艾恩葛朗特》也將於2010年上旬發售!!

國家圖書館出版品預行編目資料

Sword Art Online刀劍神域 1 艾恩葛朗特 /
川原礫作 ; 周庭旭譯. ── 初版. ── 臺北市：
臺灣國際角川, 2009.11─ 面； 公分
──(Kadokawa fantastic novels) ──

譯自：ソードアート・オンライン 1
アインクラッド
ISBN 978-986-237-399-6（平裝）

861.57 98018654

Kadokawa Fantastic Novels

Sword Art Online刀劍神域 1

艾恩葛朗特

（原著名：ソードアート・オンライン１　アインクラッド）

2009年12月25日　初版第1刷發行
2023年6月7日　初版第31刷發行

作者：川原 礫
插畫：abec
日版設計：BEE-PEE
譯者：周庭旭

發行人：岩崎剛人
總編輯：蔡佩芬
副總編輯：朱哲成
美術設計：李思穎
印務：李明修（主任）、張加恩（主任）、張凱棋

發行所：台灣角川股份有限公司
地址：104台北市中山區松江路223號3樓
電話：（02）2515-3000
傳真：（02）2515-0033
網址：www.kadokawa.com.tw
劃撥帳戶：台灣角川股份有限公司
劃撥帳號：19487412
法律顧問：有澤法律事務所
製版：尚騰印刷事業有限公司
ISBN：978-986-237-399-6